회 전태일문학상 수상작품집

# 한여름 낮의 꿈

KB144879

제30회 전태일문학상 수상작품집

# 한여름 낮의 꿈

2022년 11월 6일 초판 1쇄 인쇄
2022년 11월 13일 초판 1쇄 발행

지은이  김은진 외
편집  최세정·이소영·엄귀영·김혜림
표지·본문 디자인  김진운
마케팅  최민규

펴낸이  고하영·권현준
펴낸곳  (주)사회평론아카데미
등록번호  2013-000247(2013년 8월 23일)
전화  02-326-1545
팩스  02-326-1626
주소  03993 서울시 마포구 월드컵북로6길 56
이메일  academy@sapyoung.com
홈페이지  www.sapyoung.com

ISBN 979-11-6707-084-5  03810

제30회
전태일문학상
수상작품집

# 한여름 낮의 꿈

김은진 외 지음

사회평론

# '일하며 살아가는 사람들'의 목소리를 담는 문학

"전태일문학상을 새롭게 시작합니다."

1996년 8월 31일 자 『한겨레』 2면 하단에 실린 전태일문학상 지면 광고의 첫 문구입니다. 1988년에 제정된 이래 6회까지 진행됐던 전태일문학상이 수년간의 공백기를 거치고, 다시 시작을 알린 광고입니다.

"전태일문학상 운영위원회는 좀 더 새로운 자세로 삶의 글들을 모으려고 합니다. 전태일문학상이 시인이나 작가를 만들어내는 문인 등용문이 아니라 우리들의 이야기를 서로 나누는 잔치로 자리 잡을 수 있도록 노력하려고 합니다."

단지 전태일문학상을 재개한다는 의미만은 아니었습니다. 전태일문학상이 앞으로 나아가야 할 방향을 새롭게 제시하는 것이기도 했습니다.

그 일환으로 전태일문학상의 작품 모집 방법과 심사 방식에 변화를 주었습니다. 이는 이 땅에서 일하며 살아가는 사람들이 자신의 힘찬 삶을 가슴에만 묻어 두지 않고, 동료와 이웃 들에게도 들려줄 수 있는 장(場)으로 만들기 위한 시도였습니다.* 이 시도가 단 한 번에 마무리된 것은 아니었습니다. 일하며 살아가는 사람들과 눈 맞추고 발맞추며 나아가다 보니, 그들의 상황에 맞게 바뀌기도 여러 번이었습니다. 그 부단한 변화의 산물은 지금까지 차곡차곡 쌓여 온 전태일문학상 수상작품들로 증명될 것입니다.

그동안 전태일문학상은 "세련되게 잘 꾸민 글보다는 일하는 사람들이 깨끗한 우리말로 쓴 삶의 이야기를 기다"**려 왔습니다. 이번 심사 자리에서 한 심사위원이 이야기했듯, "분명 어느 심사 자리에 놓이더라도 높은 평가를 받을 만큼 뛰어난 작품"보다는 "전태일문학상이 아니면 주목받지 못할" 작품을 더 가치 있게 바라보았습니다. 제1회 전태일문학상 소설 부문 심사위원이었던 최일남 소설가도 최우수작 선정 기준을 "글솜씨 못지않게 응모자가 표현하고자 하는 삶의 진실성에 두었다"***고 밝힌 적이 있습니다.

현대중공업 생산직 노동자 정인화 씨의 장편 연작시 「불매가」****를 비롯해 수많은 노동자 작가들의 작품이 세상 밖으로 나

* 『한겨레』, 1996년 8월 31일 자 2면 하단 전태일문학상 광고 내용 중 일부를 재구성함.
** 『한겨레』, 1996년 8월 31일 자 2면 하단 전태일문학상 광고 내용 중.
*** 최우수작 정인화의 시 「불매가」, 『경향신문』, 1988년 11월 8일 자.
**** 제1회 전태일문학상 최우수작.

올 수 있었던 이유도 전태일문학상의 이러한 특별함 때문일 것입니다. 1988년 당시 전태일기념사업회 회장이었던 문익환 목사가 전태일문학상의 제정 취지를 설명한 부분과도 일맥상통합니다. "지난 70년 '내 죽음을 헛되이 하지 말라'고 외치며 산화하신 열사를 기념하기 위해 인간답게 살려는 사람들의 구체적인 삶이 담긴 글을 모아 문학사에 뚜렷한 이정표를 세우고자 한다."[*]

1988년 제정된 전태일문학상은 34년이 지난 올해로 30회를 맞이하였습니다. 2005년 첫발을 뗀 전태일청소년문학상도 17회째 이어져 오고 있습니다. 이를 기점으로 운영위원회도 새로워졌습니다. 운영위원회의 인적 개편이 이루어졌고, 전태일문학상·전태일청소년문학상 운영 규정도 새롭게 제·개정을 하였습니다.

물론 겉모습의 변화에만 머물지 않을 것입니다. "공장에서, 농촌에서, 학교에서, 각각의 삶터와 일터에서"[**] 일하는 사람들의 목소리를 어떻게 문학으로 담아낼지 또한 고민하겠습니다. 사실 이는 어느덧 30회가 된 전태일문학상이 매회 마주해야 했던 숙명과 같은 과제였습니다. 그럼에도 현 운영위원들은 이전의 운영위원들이 그랬듯, 전태일 정신에 입각하되 현시대에 어울리는 답을 새롭게 찾아 나갈 것을 약속드립니다.

* 『한겨레』, 1988년 5월 29일 자 광고 내용 중.
** 전태일문학상 제정 취지 중.

제30회 전태일문학상은 시 부문 651편(162명), 소설 부문 117편(91명), 생활글 부문 55편(43명), 르포 부문 10편(8명)이 응모됐고, 제17회 전태일청소년문학상은 시 부문 266편(84명), 산문 부문 114편(113명), 독후감 부문 6편(6명)이 응모됐습니다. 올해도 접수 현황은 예년과 비슷한 수준입니다.

제30회 전태일문학상 시 부문 당선작은 박수봉의 「영등포」외 3편, 소설 부문 당선작은 김은진의 「한여름 낮의 꿈」, 생활글 부문은 강정민의 「명절 선물 세트」, 르포 부문 당선작은 손소희의 「공장의 담벼락을 허문 연대의 시간」입니다. 자세한 심사평은 본문에 게재된 내용을 참고하시기 바랍니다. 응모자들의 노고와 정성에 깊이 감사드리며, 당선자들에게는 다시 한번 축하의 인사를 전합니다.

제17회 전태일청소년문학상 시 부문은 "청소년기 특유의 감성을 그린 작품도 있었고, 사뭇 어른스러운 시도 눈에 띄었"다는 전체 평을 받았습니다. "시와 가까워지기에 좋은 시절이 따로 있는 것은 아니지만, 그래도 청소년기는 시를 읽고 쓰기에 좋은 때인 것만은 분명"한 만큼 시 부문에 응모한 청소년들이 "더욱 시와 가까이 지내"고 "더 즐겁게 글을 쓸 수 있기를" 기대한다는 바람도 있었습니다.

산문 부문은 "다양한 환경의 각기 다른 인물을 보여 주었지만 노동해방, 인간해방으로 요약할 수 있는 전태일 정신을 담은 작품들이" 많았다는 평을 받았습니다. "전태일의 삶이 그러했던 것처럼, 문학은 언제나 양지보다 음지에 눈을 맞추었"기에 우리 청소년들도 "빨리 가기보다는 좀 느려도 함께 가는 방법을 모색하는 삶과 문학에 초점을 맞추었으면 한다."는 당부도 있었습니다.

독후감 부문은 청소년들이 『전태일평전』을 읽고 이를 글로 형상화하는 단계를 거치게 함으로써 "전태일의 삶을 알아 가고" 또 이해할 수 있는 계기를 마련해 주었다는 평이 지배적이었습니다. 하지만 "좋은 독후감은 좋은 책을 어떻게 읽었는지를 보여 주는 글이"자 "남의 글을 읽은 감상을 나의 글로 재탄생시키는 과정"이기에 "단순히 책 내용의 요약에 그쳐서는 안 된다"는 조언도 있었습니다.


해마다 공동 주최하는 경향신문사, 수상작품집을 출간해 주는 사회평론사, 후원을 해 주는 민주화운동기념사업회와 한국작가회의, 그리고 올해 심사를 맡아 주신 심사위원분들에게 감사의 인사를 전합니다. 전태일문학상과 전태일청소년문학상이 지금까지 존재할 수 있었던 이유는 좋을 때나 어려울 때나 언제든 함께 발맞춰 걸어 주시는 수많은 분들의 힘 덕분이었습니다.

지금 이 순간에도 수많은 노동자들이 날것 그대로의 언어로 자신이 처한 현실을 드러내고 있습니다. 이를테면 지난여름, 용접노동자 유최안이 1세제곱미터밖에 안 되는 '철제 감옥'에 스스로를 가둔 채 "이대로 살 순 없지 않습니까!"라고 이야기했습니다. 52년 전, 봉제 노동자 전태일이 분신하며 "우리는 기계가 아니다!"라고 외친 순간과 별반 달라지지 않은 노동 현실을 우리는 마주하고 있는지도 모릅니다. 이러한 상황은 역설적이지만, 전태일문학상과 전태일청소년문학상이 존재해야 할 이유가 아닐는지요. 그래서 올해 새롭게 바뀐 전태일문학상·전태일청소년문학상 운영위원회가 26년여 전 새로운 시작을 알린 운영위원회의 다짐을 다시 한번 깊이 새겨 보려 합니다.

"일하는 사람의 삶이 담겨 있는 글이라면, 전태일문학상 운영위원회는 더 많은 이웃들이 널리 읽을 수 있도록 노력하겠습니다."*

2022년 10월
전태일문학상·전태일청소년문학상 운영위원
강성남 김건형 김동수 박미경 윤종현 홍명진

---

* 『한겨레』, 1996년 8월 31일 자 2면 하단 전태일문학상 광고 내용 중.

# 차례

# 제17회 전태일청소년문학상 수상작

박수봉

•

영등포 외

박수봉

- 전북 장수 출생
- 2022년 『전북일보』 신춘문예 시 당선
- 시집 『편안한 잠』 출간

# 영등포

양말을 빨아 난로 위에 널어놓고
영등포는 저물고 있었다
굴속 같은 다락방을 기어오르면
잠보다 먼저 눈물이 흘렀지만
냉담한 마룻바닥은 젖어 들지도 않았다
뒷골목 다락방엔 꼬마들이 살았다
밧데리, 라지에다, 라이닝, 카브레다 기름때 전
가게에서 제 이름을 잃고
꼬마라는 이름표로 시들어 가던 아이들
교복 대신, 먹물을 들인 헐렁한 군복에다
멍키스패너를 챙겨 넣고
왼쪽 오른쪽을 고민하면서 꿈을 풀고 조이던
영등포, 뒷골목의 보닛을 열어 보면
각종 슬픔이 벌레처럼 바글거렸다
시퍼런 산소 불로 구멍 난 삶을 때우다 보면
자꾸만 더 커져 가던 구멍
휑한 그곳으로 마구 몰려들던 어머니, 어머니
세상엔 메울 수 없는 구멍이 많다는 것도
나는 그때 알았어요

가슴이 터지도록 짐자전거 페달을 밟아야
저물던 하루, 어둠 속 샛강의 꼬리를 밟고 서면
강 건너 여의도 불빛이 뒤척였다
멀리서만 반짝이는 세상은
나에겐 건널 수 없는 슬픈 손짓이었다
억센 삶이 되려고
스스로를 두들겨 구겨진 길을 펴던 뒷골목의 시간들이
화석으로 박혀 있는 영등포, 불 꺼진 거리에
눈이 내리면 나는 눈발로 거리를 떠돌았다
남쪽으로 뻗은 철로를 따라 죄도 없이 엎드린
판자촌 처마 끝엔
제과 공장 하얀 모자가 달처럼 걸려 있었다

# 청소를 하면서

환하게 핀 봄날 도주한 청년의 방을 닦는다
창문을 열고 침구류를 걷어 내자
푹 익은 살냄새가 날개를 단다
바닥에 버리고 간 각종 고지서에서 그의
무수한 불면의 밤들이 쏟아진다
벽지에 써 놓은 욕설을 지우다가 그것이
문지를수록 번지는 그의 상처임을 알았다
어떤 세제로도 지워지지 않는
세상에 긁힌 마음을 조심조심 문지르며 나는
그 절망의 깊이를 가늠해 본다
매일 아침 변기에 앉아 상상하던 미래를
가래침처럼 뱉어 버리고 도주한 청년
욕실 구석구석에 곰팡이 꽃이 피어 있다
생각에 찌든 변기를 닦아 놓고 고여 있던
슬픔의 성분을 꾹 눌러 버렸다
주방에는 양은 냄비가 퉁퉁 분 허기를 물고 있다
청년실업수당으로 면발을 불린 라면에
노랗게 허기가 부풀어 있다
도주 세대 곳곳에 청년이 남기고 간

가래침과 절망 그리고 성난 목소리를 거두어
종량제 봉투에 담아 묶으면서
그가 지녔던 어둠의 총량을 가늠해 본다
찢어진 달력이 걸려 있는 원룸에서 나는
청년이 버리고 간 난감한 문장들을 뒤적이고 있다
멀리서 보면 꽃 피는 세상이 화려하게 보여도
꽃그늘에 서 보면 우울한 꽃의 눈물도 있다
세상 속으로 스며들지 못하고 튕겨져 나간
젊은이가 앓던 자리, 그 멍든 자국을
나는 걸레를 새로 빨아 자꾸만 닦는다

# 징검다리

찬물에 엎드려 식어 버린 침묵이
물안개를 자욱이 피워 내고 있다
덫에 걸린 짐승처럼 물소리에 갇힌
차고 습한 몸뚱어리가
물 그늘에 제 슬픔을 감추고 있다
한때는 산맥의 줄기를 이루던 등뼈가
부서지고 깨어져 방향도 없이 떠돌다가
여기 도막 난 길이 되었다
가슴에 돌처럼 박힌 한 사람을 기억하며
나는 흘러가는 강물을 보고 있다
돌다리가 잠기면 성난 황토빛 갈기 속으로
주저 없이 뛰어들던 사내
구릿빛 등 위에서 내 발은 언제나 뽀송했다
물에 박힌 돌처럼 온몸이 굳어 가면서
가족의 길을 덧대느라 사내의 등은 늘 젖어 있었다
오랜 침묵으로 다져진 돌이어서
물컹거리는 일은 없을 거라 생각했지만
등뼈를 밟으면 아직도 신음 소리 새어 나오는 듯하다
강물에 손을 씻으며 사내처럼 마른 징검다리의

등을 씻는다 얼마나 많은 위태로운 걸음들을

업어 건넸는지 우둘투둘 만져지는 등뼈,

두 손으로 등목을 하듯 물을 끼얹는다

길이 끝난 곳에서 다시 길을 열어 주는 징검다리

나는 다리의 등에 업혀

도막 난 길의 숨결을, 스며 있는 울음을

몇 번이고 되풀이해서 읽고 있다

매미가 여름의 끝을 부여잡고 마지막 울음을 쏟아 내고 있습니다. 저렇게 죽어라고 울어 대는 것도 누군가에게 닿기 위한 필사의 몸부림이겠지요. 자신의 존재를 알리기 위한 처절한 울음소리를 듣고 있자면 자연스레 떠오르는 한 사람이 있습니다.

이 땅에, 우리가 사는 세상에 이러한 사람들도 함께 살고 있다며, 지금 듣는 매미 소리보다 더 맹렬하게 울다 간 청년 전태일, 노동자, 아니 인간 해방을 위하여 주저 없이 목숨을 바친 아름다운 삶의 숨소리를 다시 느껴 보는 오후입니다.

내가 관리하는 원룸에 이사하며 버리고 간 옷장과 침대 매트리스를 옮기느라 안간힘을 쏟는 중에 전화를 받았습니다. 쏟아지던 땀이 한꺼번에 식어 버리는 느낌이었습니다. 계단참에 앉아 잠시 숨을 돌리면서 마시는 찬물이 너무 상쾌하여 입꼬리가 자꾸 저절로 올라갔습니다.

시를 쓰면서 꼭 한번 받아 보고 싶었던 상이었습니다. 평소 흠모하던 인물의 이름이 새겨진 상을 받는다고 생각하니 아직도 실감이 잘나지 않습니다. 부족한 저에게 영광스러운 상을 안겨 주신 심사위원님들께 감사드립니다. 그리고 이 상을 주최하고 주관하시는 관계자들께도 감사의 인사를 드립니다.

누구보다 전태일문학상의 수상을 기뻐해 줄 오산의 문우들, 그리고 전태일을 사랑하는 모든 분들과 함께 이 기쁨을 나누겠습니다. 감사합니다.

김은진

·

# 한여름 낮의 꿈

김은진

- 1977년 부산 양정 출생
- 현재 사진 일을 하며 서울에 거주 중

공장 내부를 둘러싼 컨베이어 라인은, 거대한 아나콘다가 휘젓다 빠져나간 허물 같았다. 하얀 모자와 하얀 위생복을 입은 사람들이 라인 곳곳에서 일할 준비를 하고 있었다. 탈지분유나 설탕 같은 재료를 배합하고 버려진 포대들이 바닥에 흩어져 있었다. 기계와 컨베이어에서 끊임없이 소음이 새어 나왔다. 민수의 목소리가 잘 들리지 않았다. 민수는 지금까지 기계가 한 번도 멈춘 적이 없다고 말했다. 아이스크림을 순식간에 얼리기 위해서 기계는 항상 급랭 상태가 유지돼야 한다고 했다. 그래서인지 공장 안은 조금 더웠다.

　프레스 기계에서 아이스크림이 찍혀 나오고 있었다. 기계음과 함께 아이스크림 백여 개가 하얀 서리를 내뿜으며 왈칵 쏟아졌다. 저절로 입이 벌어졌다. 공대생인 내겐 4차 산업혁명의 어떤 기술보다 놀라운 광경이었다. 민수는 박스가 라인을 타기 시작했으니 빨리 들어가자고 손짓했다. 우리는 머리 위 냉장창고로 향하는 컨베이어 레일을 따라 서둘러 개구멍으로 향했다.

"야, 너희들 친구 맞냐? 덩치가 완전 달라. 보통 비슷한 애들끼리 놀던데? 비주얼이 개그콘서트야."

개구멍으로 들어서자 지게차 안에서 다리를 꼬고 앉은 사람이 히죽거리며 말했다. 말상에 붉은 얼굴이었다. 특히 코가 빨갰다. 가르마를 탄 머리카락은 젤을 발랐는지 꼭 말라빠진 딸기 꼭지같이 비죽배죽했다. '아, 딸기.' 하마터면 이 말을 입 밖으로 뱉을 뻔했다.

딸기는 민수가 전부터 귀띔해 준 꼰대였다.

"이제 박스 라인 탄다!"

컨베이어 앞에서 밤샘 작업을 한 야간조 남자 네 명이 가볍게 인사를 하고 개구멍으로 빠져나가고 있었다. 교대한 자리에 민수를 포함한 세 명이 손에 장갑을 끼고 있었다. 나는 뭘 해야 할지 몰라 라인 끝에서 덩달아 장갑을 꼈다.


우리가 하는 일이란 이렇다.

공장은 크게 세 군데인데, 아이스크림을 만드는 공장과 냉장창고, 그리고 옆 냉동창고로 나뉜다. 냉장창고와 냉동창고 사이에는 지게차가 드나들 수 있을 정도의 큰 유압식 문이 있다. 냉동창고는 체육관만큼이나 천장이 높고 넓은 공간이었고, 팔레트와 아이스크림 박스들이 천장까지 줄지어 빼곡히 쌓여 있었다. 그 반대편 끝에도 유압식 문이 있는데, 지게차는 그 문을 통해 냉동창고에 저장된 아이스크림을 냉동 화물차로 실어 날랐다.

냉장창고라고 불리는 곳이 우리의 일터다. 말 그대로 냉장고 온도라 가만히 있으면 춥지만 일하기엔 적당한 온도. 냉장창고와 공장 사이에는 가로세로 1미터 정도의 좁은 통로가 하나 있다. 냉장창고의 냉기를 보호하고 공장의 열을 차단하기 위해 설계된 최소한의 출입구이다. 공장 쪽에서 보자면 엉덩이 높이에서 시작되는 통로였지만 냉장창고에서는 무릎 높이였다. 네모난 구멍을 통과하려면 몸을 굽혀야 해서 우리는 이 통로를 개구멍이라고 불렀다.

개구멍으로 머리를 내밀면 공장의 뜨거운 공기가 훅 느껴졌고 공장 내부도 보였다. 공장에서 아이스크림이 만들어지면 오십 개, 백 개 단위로 한 박스에 담겨 컨베이어벨트를 타고 냉장창고로 오게 된다. 레일은 내 키보다 높은 벽 위에서 미끄러지듯 이어지고, 박스는 그 레일을 따라 롤러코스터를 타듯 내려온다. 아이스크림이 담긴 박스는 위가 열린 채 오게 되는데 우리는 한 손으로는 위쪽을 접고 또 한 손으로는 테이프 커터기로 테이프를 붙인다. 그 옆으로 플라스틱 팔레트 네 개가 바닥에 깔려 있다. 우리는 그 사이에 서서 밀려오는 박스를 봉하고 아이스크림 종류별로 한 사람이 한 팔레트씩 맡아서 쌓는다. 박스 무게는 꽤 묵직하다. 한 팔레트에는 사오십 개 정도의 박스가 쌓이는데 박스를 다 쌓으면 큐브 모양이 된다. 우리는 이 행위를 까대기라고 한다. 큐브 모양이 완성되면 딸기가 팔레트를 지게차로 떠서 냉동창고로 옮겨 놓는다.

공장에는 나이 든 일용직 사람들과 중단기 알바생들이 대부분이었다. 그들은 여름 한철 생활비를 벌거나 등록금을 마련하기 위해 왔을 것이다. 나도 등록금을 마련해야 했다. 제대 후 마땅한 아르바이트 자리를 찾는 중이었다. 마침 대학 동기 민수가 자신이 다니는 이 아이스크림 공장을 소개해 줬다. 2교대가 부담이긴 했다. 하지만 시급이 좋았고 아이스크림을 마음껏 먹을 수 있다는 말에 이런 꿀알바가 어디 있냐며 당장 하겠다고 했다. 그러나 세상에 공짜는 없는 법이었다.

이틀이 어떻게 지났는지 몰랐다. 몸살이 온 것처럼 온몸이 쑤시고 손발이 팅팅 부어 침대에 누워 있었다. TV에서 4차 산업혁명의 자율주행이니 메타버스니 하는 말이 오고 갔다. 단순 무식한 노동에 녹다운이 되어 뭉뚝하게 부은 내 발가락과 TV 화면을 견주어 보자니 그것들이 나와 무슨 상관인가 하는 생각이 들었다.

엄마가 새벽 주방 일을 마치고 아침에 제육볶음과 파스를 사 가지고 왔다. 엄마는 내 허리와 허벅지에 파스를 붙여 주며 제육볶음도 2인분, 파스도 2인분이 든다며 손가락으로 옆구리 살을 찔러 댔다. 웃자니 허벅지와 배가 당겼다. 나도 엄마 어깨에 파스를 붙여 주며 앞으로 취직하면 돈도 2인분을 벌 테니, 사모님은 전원주택 지을 자리만 알아보라고 했다. 엄마는 그게 언제 되겠냐며 또 옆구리를 찔러 댔다.

주말에 쉰 게 도움이 됐는지 월요일 오전에는 몸이 좀 나아졌다. 밤 7시부터 야간조라 오전부터 점점 조바심이 났다. 겨우 이틀 일하고 벌써 달력 날짜를 헤아리고 있는 나 자신이 한심스러웠다. 가뜩이나 박스 옮기는 게 미숙해 경식 형과 현우 아저씨, 민수에게 도움을 받는 처지였다. 전역한 지 얼마 안 된 부사관 출신인 경식 형은 내가 미처 옮기지 못한 박스를 말없이 팔레트로 옮겨 주곤 했다. 형은 아직 군대에 미련이 남았는지 군복 바지에 스포츠머리를 하고 다녔고, 우리가 장난스럽게 경례를 하면 형은 깍듯이 경례를 받아 주었다. 현우 아저씨는 나이가 많은 편이었다. 왜소한 체구로 박스라도 제대로 들까 싶었지만 사실 아저씨는 상하차 일만 10년을 해온 베테랑이었다. 그리고 우리 중 제일 고참으로 아이스크림 공장 2년 차이기도 했다. 그래서 일의 요령이나 세상 물정도 훤했다. 이 공장이 열악한 하청공장이라는 것도, 쉽게 테이핑하는 방법이나 야간 근로 수당이 어떻게 계산되는지 알려 준 것도 아저씨였다.

딸기는 민수와 나를 간섭하고 가르치려 했다. 부자와 가난한 자의 차이를 얘기하며 돌연 너는 열의가 없다, 성격이 물렀다, 자기 관리를 하지 않는다는 등 한숨 돌리는 휴식조차 용납하지 않으려 했다. 모르는 사람이 보면 이 공장의 주인이라 여길지도 모른다.

　며칠 까대기가 몸에 익다 싶더니 이젠 자꾸 시계를 보게 된다. 벽에는 커다란 원형 시계가 걸려 있다. 너무 크고 낡아서 당장 버려도 이상하지 않을 고물이었다. 하지만 초침의 1초, 1초가 너무나 위엄 있고 절도 있게 움직여 함부로 손댈 수 없을 것 같았다. 새벽 3시. 서서 몸을 바쁘게 움직여도 졸음이 몰려왔다. 군대에서 졸면서 야간 행군을 하는 기분이랄까. 모두 무거운 침묵 속에서 꿈을 꾸듯 움직였다. 졸다 깬 침침한 눈으로 또 시계를 바라봤다. 나는 시계가 고장 난 줄 알고 몇 번을 핸드폰 시계와 비교했는지 모른다. 30분이 지났겠지 하면 10분이 지났고, 1시간이 지났겠지 하면 20분이 지나 있다. 시곗바늘 1초의 간격이 얼마나 광활하던지, 이 냉장창고 안에서는 1초의 시간도 의심스러웠다.

　얼마나 지났을까. 시간도 공간도 휘어진다는데 혹시 시간도 급랭되어 버린 건 아닌지. 딸기가 시간을 팔레트로 떠서 냉동창고에 처박아 버린 걸까. 아인슈타인은 사실 대학 시절에 아이스크림 공장에서 알바를 뛰다 유레카를 외치며 빛의 속도로 집에 달려가 상대성이론의 초고를 쓰지 않았을까. 그때도 이 지긋지긋한 컨베이어 라인은 돌고 있었겠지. 그런데 컨베이어 라인은 대체 누가 만든 거야. 이집트 벽화에도 노예들이 바위를 옮길 때 컨베이어 같은 통나무들이 깔려 있던데. 그건 그렇고 얼마나 지났을까? 10분? 어쩜 하느님이 세상을 창조할 때 제일 먼저 컨베이어를 창조한 건 아닐까. 피조물들을 그 위에 줄줄이 세워 놓고 세상으로 내보내기 시작한 거지. 아, 하느님은 얼마나 빠셨을까. 하하, 그런데 왜 하필 나를 창조한 거지. 아니 무슨 말을 하는 거야. 그게 다 나랑 무슨 상관이람. 내가 꿈을 꾸나. 이런 뒤죽박죽된 생각들이 녹은 아이스크림처럼 물컹거리고 있었다.

"오……빠."

꿈이라고 하기에는 너무 노골적이었다. 망상이 가도 너무 갔다고 생각했다.

"아이스크림 좀 주세요."

순간 머리가 맑아졌다.

모두가 우물쭈물하고 있는 사이 경식 형이 개구멍으로 다가갔다. 내 나이 또래의 볼이 발간 여자애였다.

"오빠, 아이스크림 좀 주세요, 너무 졸리고 더워서요. 옆에 동생들이랑 나눠 먹게요. 우리 라인에서는 아이스크림 구경도 못 하거든요."

작은 소리였지만 컨베이어가 돌아가는 소리에도 또렷하게 들렸다.

"뭐 줄까요?"

"수박바 세 개랑 메로나 두 개요."

평소 박스가 찢어져 팔레트에 올릴 수 없는 아이스크림은 냉동창고 안 플라스틱 박스에 낱개로 보관해 두고 있었다. 경식 형이 냉동창고로 들어갔다. 우리는 경식 형의 박스까지 처리하느라 더 바빠졌다. 하지만 곁눈질로 계속 개구멍을 힐끔거렸다. 조금 뒤 냉동창고에서 내뿜는 하얀 서리 사이로 아이스크림을 손가락에 끼고 마치 미래에서 온 군인처럼 경식 형이 나왔다.

"더 먹고 싶으면 언제든 말해요."

형이 아이스크림을 건네며 말했다.

"오빠, 정말 고마워요."

손을 흔들고 쿨하게 돌아서는 경식 형이 멋있어 보였다.


보잘것없는 개구멍에서 일어난 이 해프닝은 나에게 적잖은 신선함으로 다가왔다. 맨정신으로 12시간을 버티기에는 미칠 노릇이었고 점점 좀비가 되어 가는 기분이었다. 공장에서 초, 분 단위로 느꼈던 시간, 내 인생이 순간순간 삭제되는 기분이었다. 하지만 그날의 하루는 그 시간만이 온전한 '시간'처럼 느껴졌다.

이런 암묵적인 기대는 그렇게 다음 날로 이어졌다. 새벽 3시를 조금 지나고 있었다. 나는 무거운 침묵 속에서 컨베이어의 리듬에 몸을 내맡기고 있었다. 그 일정한 리듬과 동작이 다시 졸음을 불러왔다. 하지만 혹시나 하는 마음이 일시에 졸음을 몰아냈다. 그리고 시간이 지나자 그 기대감은 실망감으로, 더 큰 졸음과 망상을 불러왔다. 그건 내가 억지로 빠져드는 졸음과도 같았다. 그렇게 기대감과 졸음은 공존하며 프레스 기계처럼 오르내리고 있었다.

"오빠."

나는 온 힘을 다해 몸을 돌렸다. 하지만 팔레트를 발판 삼아 이미 한 발이 공중에 떠 있는 사람이 있었다. 민수였다. 너무 순식간이라 마치 이 순간을 위해 팔레트 위에서 발돋움질하며 기다려 온 사람 같았다. 사치고 낭비라고 하더니, 나는 개구멍 앞에 있는 민수의 뒤통수에 대고 혼자서 중얼거렸다.

민수는 연애란 사치고 낭비라고 했다. 민수의 이 지겨운 알바의 역사는 고등학교 때부터 시작되었다. 민수의 꿈은 세계적인 건축가가 되는 거였다. 유학 자금을 위해 일찍부터 돈을 모았던 민수는 현실을 깨닫기까지 얼마 걸리지 않았고 곧 유학도 포기했다. 그 후 민수의 알바는 더 이상 선택이 아닌 필수였다. 나도 알바라면 신물이 나는데, 민수는 정말 안 해 본 일이 없다. 엑스트라 보조 출현, 마트 재고정리, 고시텔 청소, 뷔페 설거지, 행사 스태프까지……. 강의 시간에 교재를 꺼내려 가방을 여는데 전단지 한 다발이 나온다거나 형형색색의 종이 고깔이 나온 적도 있었다. 도대체 민수가 학교를 온 건지 알바를 온 건지 헷갈릴 지경이었다. 나중에는 시드 머니를 모아야 한다며 주식과 코인에 손을 댔다. 연애하면 돈을 제대로 모을 수 없다고 소개팅 자리는 고사하고 쫓아다니는 여자도 마다하던 민수였다. 그랬던 녀석이 지금은 그 누구보다 빨랐다.

그날 이후 개구멍으로 귀를 세우고 있었던 사람은 비단 나 혼자만이 아니었다. 다음 날은 경식 형, 그다음 날은 현우 아저씨까지 개구멍으로 나를 앞질러 갔다. 이건 순전히 내 몸이 무거운 탓도 있었지만 라인 끝에 자리한 위치 때문에 조금 부당하다는 생각이 들었다.

다음 날 나는 신경을 곤두세우고 있었고, 오늘만은 절대 물러설 수 없다며 신발 끈을 단단히 묶었다. 새벽 3시가 지나자 시계를 보는 횟수보다 개구멍을 바라보는 횟수가 더 많아졌다. 나뿐만 아니라 모두가 개구멍을 힐끔거렸다. 그리고 마침내 하얀 위생복을 입은 여자아이의 상체가 보였다. 나는 박스를 팔레트 위로 아무렇게나 던지고 개구멍으로 향했다. 민수가 이미두 걸음이나 나보다 앞섰지만 나는 당당히 계속 나아갔다. 민수가 내 단호한 태도에 뒤로 물러났다. 나는 개구멍에 다가서서 자세를 낮췄다. 검은 뿔테 안경에 화장기 없는 어린 여자애였다.

"와, 여긴 시원한 바람이 불어서 좋아요."

그녀가 환하게 웃었다.

"아이스크림 줄까요?"

"아니요, 괜찮아요. 옆에 언니가 한번 가 보라고 해서 왔어요. 그냥 여기 잠깐 서 있어도 될까요?"

나는 고개를 끄덕였다.

그녀가 눈을 감았다. 그러고는 숨을 크게 내쉬었다. 위생 모자에서 삐져나온 머리카락이 냉장창고에서 부는 바람에 한 올 한 올 날렸다.

"이제 좀 살 것 같네요. 오빠, 고마워요."

그녀가 눈을 뜨며 웃자 나도 기분이 좋아졌다.

"아이스크림 줄까요?"

"괜찮아요. 다음에 오면 꼭 주세요."

뒷걸음질을 하며 하얀 장갑을 흔드는 그녀가 개구멍에서 멀어지고 있었다.


우리는 그렇게 새벽 3시의 마법 같은 일에 모두 몰두하고 있었다. 하지만 약속이나 한 듯 그 누구도 개구멍에 관한 이야기를 입 밖에 내지 않았다. 그건 막말로 친구들끼리 여느 여자를 두고 아무렇게나 주고받는 소모적인 성적 농담들과는 성질이 전혀 다른 것이었다. 그러니까 말하자면, 자신만의 비밀 같은 것이랄까. 누군가 발설하면 금방 사라져 버리거나 허망한 기억으로 남을 불안 같은 것 말이다.

주간조로 바뀌자 우리는 틈틈이 멀쩡한 아이스크림 박스를 뜯어 냉동창고 안 플라스틱 박스에 쏟아 넣었다. 플라스틱 박스는 여러 종류의 넘쳐나고 있었다. 가득 담긴 아이스크림을 보며 우리가 그래도 같은 팀이라는 생각이 들었다. 그렇게 우리는 다음 한 주를 기다렸다.

졸린 눈을 비비다 개구멍을 봤다.

그 애는 눈을 감고 바람을 마주하고 있었다.

나는 개구멍으로 소리 죽여 다가갔다. 그 애를 방해하고 싶지 않아서였다.

슬며시 눈을 뜬 그 애가 말했다.

"오빠는 이 구멍에 꽉 차요."

"……"

"넘 웃겨."

내 얼굴이 뜨거워졌다.

"근데, 저 여기 잠깐 들어가 봐도 돼요?"

예기치 못한 말에 나는 주춤했다. 하지만 나는 주변을 살폈고 곧 손을 뻗었다. 검은 뿔테 안경의 그 애가 내 손을 잡았다.

"으, 추워."

모두 하던 일을 멈추고 그 애를 봤다. 고갯짓으로 짧은 인사를 한 그 애는 위생복 주머니에 손을 찔러 넣은 채 팔레트 주변을 천천히 돌았다.

"여기가 아이스크림 종점이구나. 매일 아이스크림 뚜껑 닫는 작업만 하다 보니 공장이 어떻게 돌아가는지 몰랐거든요."

레일로 미끄러지는 박스를 보며 그 애가 계속 말을 이었다.

"그래도 여기는 조용해서 좋네요. 우리 라인은 기계도 기계지만 반장 아주머니랑 기계실 아저씨가 항상 화가 나 있거든요. 그래서 저같이 느린 사람은 늘 혼나요. 사람마다 자기만의 속도가 있는 법인데 저는 이 세상 속도랑 안 맞나 봐요. 아, 지금은 괜찮아요. 새벽 이 시간이면 반장님은 졸고 있거든요. 언니들도 조금 쉬고 오라고 했고요."

그 애가 주머니 속에서 작은 상자를 꺼냈다. 상자를 열어 무언가를 꺼내 구석진 장갑 보관함 위에 올려놓았다. 작은 물병 같은 것에서 물이 찰랑거렸다. 젖은 풀 냄새가 났다.

"피톤치드예요. 고맙기도 해서 언니들이랑 조금씩 보태서 샀어요."

병 안으로 가느다란 스틱 네 개가 꽂혔다.

"네 개네?"

팔레트로 박스를 옮기던 현우 아저씨가 눈웃음을 지으며 말했다.

"네 명이니까."

그 애가 뒤돌아 눈을 찡긋거렸다. 그 모습이 귀여웠다.

"옆에 언니들이 여긴 동굴 같다고 해서……. 근데, 여기 너무 어둡지 않아요? 우리 쪽은 그래도 밝은데……. 아, 여기가 냉동 창고로 가는 문이구나."

"아이스크림 줄까요?"

내가 하고 싶은 말을 민수가 먼저 했다.

"누가바 두 개만요. 저는 속이 안 좋아서 못 먹고, 옆에 언니들 줄게요."

묻기는 민수가 먼저 물었지만 아이스크림은 내가 먼저 가지고 나왔다.

"하루 종일 뚜껑만 닫다 보면 내가 자동 기계 인형인가 하는 생각이 들어요. 집에 가면 자기 바쁘고 일어나면 또 출근. 그러다 이상한 거 있죠. 언젠가부터 내가 만든 아이스크림은 꼴도 보기 싫은 거예요. 평소 즐겨 먹던 건데."

나도 그랬다. 다만 다른 점이 있다면 처음에는 좋아서 먹다가 지금은 복수하듯이 먹는다는 거 말고는.

"그래도 보석바는 좋아해요. 얼음 알갱이를 깨물면 상쾌한 기분이 들거든요."

그 애의 수다 속에 밤새 굳었던 얼굴들이 펴지고 있었다.

"헉, 저 시계 맞죠? 저 이제 가 봐야 할 것 같아요. 반장님이 찾을라……."

그 애가 다시 까닥, 인사를 했다. 모두 장갑 낀 손을 흔들었다.

"또 와요."

경식 형이 말했다. 그렇게 미소 띤 얼굴은 처음이었다. 그 애가 개구멍을 넘어갔다. 그 모습에 나는 서둘러 아이스크림을 건네다 머리를 개구멍 모서리에 부딪쳤다.

"오빠, 넌 재미있는 사람 같아요."

웃음을 참으며 뒷걸음질하던 그 애가 아이스크림을 흔들었다.

"저는 아직 아이스크림을 못 먹은 거예요."

그 애의 말이 메아리처럼 들렸다.

돌아서니 모두들 밀린 박스를 처리하느라 바빴다.

하루를 탈탈 털어 내 기억 속에 남은 시간이란 고작 이 몇 분이 전부였다.

우리의 이런 은밀한 기다림과 즐거움은 딸기 때문에 그리 오래가지 못했다. 민수가 여자애에게 아이스크림을 넘기려 할 때 냉동창고에서 지게차가 급하게 들어왔다. 딸기가 지게차에서 뛰어내리며 소리쳤다.

"야! 이 새끼야, 냉동창고에서 다 봤어. 이건 절도야 절도!"

민수는 그 자리에서 얼어 버렸다.

"이게 네 거야? 네 거냐고! 내가 너희들만 먹으라고 했지, 마음대로 가져가래? 꼴에 어디다 선심 쓰고 있어!"

딸기가 민수의 손에서 아이스크림을 낚아챘다. 그 바람에 아이스크림이 바닥에 떨어졌다. 딸기의 시선이 바닥으로 향했다. 그가 아이스크림을 하나하나 작업화로 밟아 뭉갰다. 우리는 아무 말도 하지 못했다. 모두가 뭉개지는 기분이었다.

그날부터 딸기는 누군가 오면 어느새 나타나 개구멍을 막아섰다. 그리고 직접 아이스크림을 내주었다. 이따금 딸기와 친해 보이는 여자애들이 개구멍에서 딸기와 시시껄렁한 농담을 나눴고, 웃음소리가 들렸다.

"미친년들, 자기 일이나 할 것이지."

민수의 잠꼬대 같은 혼잣말에 우리는 깜짝 놀랐다. 민수 자신도 놀라는 표정이었다. 우리는 다시 박스를 옮겼고 누구도 민수를 뭐라 할 수 없었다. 다들 비슷한 마음이었다. 지금 개구멍에서의 웃음소리와 생동감이 도리어 우리를 더 초라하고 우울하게 만든 건 분명한 사실이었다.

다음 날 내가 우려하던 일이 생기고 말았다. 졸음을 이겨 내며 커터기에 테이프를 갈고 있을 때였다.

"오빠, 저 보석바 먹으러 왔어요."

환한 얼굴의 그 애는 액자 속 그림 같았다. 나는 정말 내 손으로 주고 싶었다. 우리에게 디퓨저를 선물했던 그 애, 우리를 웃게 해 준 그 애, 한 번도 아이스크림을 먹지 못한 그 애. 그건 사장이 와도 막을 수 없는 부름이었고 누가 봐도 한심한 행동이라는 걸 잘 알고 있었다. 나는 도저히 거부할 수 없었다. 내 발걸음은 냉동창고로 옮겨가고 있었다. 팔레트에 박스가 채워지기를 기다리던 딸기가 지게차에서 내렸다.

"뭐야. 뭐냐고!"

딸기가 바짝 다가왔다. 붉은 얼굴이 더 붉어졌다.

"말로 해선 안 되겠네!"

딸기가 작업복 소매를 걷어 올리고 내 몸을 세차게 밀어냈다. 나는 바지 주머니에서 지폐를 꺼내려는 참이었다. 그때 '쫘악' 하고 박스에서 테이프 뜯기는 소리가 났다. 경식 형이 아이스크림을 꺼내 들고 성큼 우리 앞으로 왔다. 형이 손에 들고 있던 아이스크림 포장지를 이로 북 찢었다. 그러고는 단단한 내용물을 한 입 뚝 끊어 물었다. 뼈마디가 끊어지는 소리 같았다.

뚝, 뚝. 딸기가 경식 형과 나를 번갈아 보았다. 현우 아저씨가 손으로 박스를 세차게 여러 번 쳤다. 아저씨의 팔레트에 박스가 다 채워져 있었다. 딸기가 서둘러 지게차에 올라가 팔레트를 떠서 냉동창고 안으로 들어갔다. 경식 형은 냉동창고 문이 닫혀 지게차가 사라질 때까지 딸기의 뒤통수를 쳐다봤다. 그건 일종의 경고 같았다. 나는 구겨진 지폐를 손에 쥔 채 개구멍을 돌아보았다. 그 애는 이미 사라지고 없었다.

밤참을 먹고 현우 아저씨와 나는 공장 담벼락에 잠시 기대어 앉았다. 아저씨가 밤하늘로 담배 연기를 내뿜었다.

"딸기가 왜 딸기가 된 줄 알아?"

나는 의아해하며 아저씨를 봤다.

"쟤도 예전에는 너처럼 하얬대. 냉동창고에 계속 들락거리다 보니 얼굴이 동상에 걸린 거지. 콤플렉스라 병원에도 여러 번가 봤지만, 의사가 이 일을 끝내지 않고는 달리 방법이 없다고 하더래. 정직원이 되면 사무직으로 올려 준다는데 올해는 되려나 몰라. 네가 생각하는 것만큼 나쁜 놈은 아니야. 그런데 컨베이어만 돌면 자기도 이상해진대. 그 소리가 채찍질 같다나. 때려치고 싶다가도 컨베이어만 돌면 자기 라인을 찾아가게 된다는 거야. 다른 누군가가 자기 자리를 대신할까 봐 불안해하면서 말이지. 그렇게 4년을 버텼대."

아저씨가 담배 한 개비를 더 꺼내 물고 라이터를 켰다. 아저씨 얼굴이 환해졌다.

"컨베이어벨트를 누가 만든 줄 알아? 유튜브에서 봤는데, 포드사를 설립한 헨리 포드래. 자동차의 왕 말이야. 포드가 컨베이어시스템을 딱 떠올린 곳이 도살장이야. 이동하는 트롤리에 돼지가 매달려 조각조각 분리되는 것을 보고 영감을 얻었다는 거야. 아, 저걸 역순으로 하면 자동차가 완성되겠구나 하고 말이지. 그게 대량생산의 시작점이자 산업혁명의 꽃이라나. 아무튼 그딴 건 모르겠고, 내가 이 직종의 일만 10년째야. 그동안 별의별 인간들을 다 봤지. 반나절 만에 힘들어서 도망가는 인간들도 있었고, 물류센터에 박스 물량을 보고 지레 겁을 먹고 도망간 인간들도 있었어. 그런데 잘 생각해 봐. 이곳을 벗어난다 해도 라인이 없을까? 결국 어떤 형태로든 라인 앞에 서게 된다는 거야. 어디를 벗어나든 말이야."

나는 딸기가 밀친 내 가슴팍을 어루만지다가 아저씨의 말이 과연 나를 위로하는 말인지, 자신을 위로하는 말인지 헷갈렸다.

포털 사이트와 뉴스에서는 올해 최고 더위가 연일 경신되고 있다는 헤드라인을 내보내고 있었다. 아이스크림의 수요가 폭발적으로 증가하는 철이었다. 예상치 못한 수요에 비축해 둔 아이스크림이 바닥나자 공장은 아이스크림 생산량을 더 늘렸다. 팔레트는 두 개가 더 깔렸고 고스란히 우리 네 명의 몫이 되어 버렸다. 냉장창고에서 이전에 안 나던 땀이 났다. 뒤늦게 인원을 모집한다고 하지만 언제 충당이 될지 알 수 없었다. 단기간 일할 사람은 찾기 쉽지 않다고 했다. 사실 찾고는 있는지 의문이었다. 더위가 한층 더해질수록 컨베이어의 속도는 더욱 빨라졌다. 공장은 막바지 총력전으로 물량을 뽑아내고 있었다. 가을부터는 줄곧 수요가 줄어들므로 여름 한철 뽑아낸 물량은 내년 늦봄까지 소비될 수 있는 양이었다. 그것이 석 달간 대대적으로 단기 알바를 모집하는 까닭이었다. 여름 동안 얼마나 많은 아이스크림을 뽑아내느냐에 인건비 절감의 여부가 달려 있었다.

공장은 우리에게 남은 마지막 수분 한 방울이라도 쥐어짜려는 듯이 컨베이어의 속도를 높였다. 우리의 존재는 아랑곳없이 일단 박스를 냉장창고에 집어넣기만 하면 된다고 생각하는 것 같았다. 4초마다 밀려오는 박스가 이제 2초마다 몰려왔다. 허리 한번 펼 시간이 없었다. 경식 형의 경고가 무색하게, 딸기 역시 냉장창고와 냉동창고, 냉동 화물차와 지게차를 수시로 오가며 서로가 볼 틈이 없었다. 공장 전체가 폭주하는 기관차 같았다. 각자의 팔레트도 쌓기 힘든 마당에 추가된 팔레트까지 처리하기에는 서로가 힘에 부쳤다. 처음에는 추가 할당이 현우 아저씨와 경식 형에게 좀 더 돌아가는 듯했다. 하지만 그것도 잠시 우리는 추가된 두 개의 팔레트를 사이에 두고 박스를 머릿속으로 양분하고 있었다. 누군가 급하게 화장실을 간다고 하거나 불분명한 의식으로 머릿속 순서를 놓쳤을 때, 우리가 서로에게 보내는 눈총은 때때로 따가운 것이었다.

개구멍에서의 일은 까마득하게 느껴졌다. 그들도 우리처럼 바쁘기는 마찬가지였고, 분업화된 각자의 일을 해내기 바빴다. 아이스크림을 찾는 사람은 없었고 찾아 줄 여유도 없었다. 은밀한 기다림은 이제 은밀한 머릿속 계산이 되어 버렸고 신경을 예민하게 만들었다. 서로를 감시하는 기분마저 들게 했다. 하지만 그것도 익숙해지자 우리는 다시 혼자만의 쓸데없는 상념과 망상으로 빠져들었다.

새벽 3시를 지나고 있었다. 머리통이 잘린 연체동물처럼 의식이 없어도 몸은 제 할 일을 다하고 있었다. 의식과 육체의 경계를 종잡을 수 없었다. 뇌도 얼어 가는 것 같았다.

시간이 가긴 가는 걸까. 1초, 2초, 3초, 4초……. 엄마도 나처럼 시간이 안 가겠지. 월급 받으면 엄마에게 편한 신발을 사 줘야 하는데. 일 마치고 온 엄마의 발이 퉁퉁 부어 있었거든. 엄마는 뭐 하러 이런 걸 샀냐고 하겠지. 공장에서 줬다고 할까. 2인분을 벌었다고 할까. 하하. 그런데 엄마, 우리는 얼마나 더 열심히 살아야 행복해지는 걸까.

새벽녘 가물거리는 의식 사이로 실타래 같은 기억을 찾아 개구멍을 본다. 시야가 좁아지자 개구멍의 프레임 속에서 흐릿한 상이 머문다. 아빠는 웃고 있다. 하지만 표정 뒤에 드러나는 고통을 숨길 수는 없다. 병원 벚꽃나무 아래에서 나에게 독사진을 부탁하던, 그 핸드폰 사진이 아빠의 영정 사진이 될 줄 그때는 알지 못했다. 아빠를 마지막으로 떠나보낸 것도 이 레일에서다. 아빠는 결국 수많은 라인을 돌다 화장터의 레일 끝에 다다른 것이다. 관은 레일을 따라 화구로 미끄러졌고, 아빠는 세상이 정한 속도로 소각되어 사라졌다.

컨베이어벨트가 내 심장 박동을 끌어올린다. 피가 돈다. 몸에 혈액들도 라인의 부속으로 느껴진다. 내 몸도 컨베이어벨트의 일부로 느껴진다. 몸의 내부로부터 세계의 내부까지 이어지는 거대한 축의 구동을 느낀다. 축의 중심에서 멀어질수록 속도는 더욱 가속화한다. 그 속도는 까무러치지 않을 정도의 경계를 유지하며, 내 노동과 울분을 길들인다. 몸의 한계가, 그 속도가 나를 점령한다. 나는 너에게 맞물려 구겨진다. 굴종한다. 나는 너다. 일체 당하는 희열. 이상한 웃음이 입 안으로 고인다.

고깃덩어리들이 컨베이어벨트를 타고 지나가고 있다. 머리, 팔, 손, 다리, 발, 몸. 나는 도살된다. 해체된다.

분쇄되어 사라진 그들과 아직 태어나지도 않은 그들이 '지금' 라인 앞에 있다. 수많은 육체들이, 수많은 시간들이, 지나가고 쌓여 간다. 거대한 무덤으로, 그들이 여기 있다.

"너, 새끼, 빨리 안 해? 밀리고 있잖아."

경식 형과 눈이 마주친다. 민수도, 아저씨도, 같은 눈이다. 그 눈 속에서 나 또한 같은 눈임을 깨닫는다. 축의 가장자리에서, 우리는 서로의 분노를 발견한다. 서로의 경멸을 발견한다.

박스는 레일을 타고 미끄러진다. 컨베이어벨트는 속도를 높인다. 가득 찬 팔레트를 구석으로 민다. 지게차가 팔레트를 가져가지 않는다. 박스가 컨베이어 라인 위에서 밀린다. 팔레트에 박스가 금방 찬다. 팔레트를 밀어 놓을 공간이 없다. 박스를 규정보다 더 쌓는다. 더 이상 올려지지 않는다. 닥치는 대로 바닥에 박스를 던진다. 딸기를 불러도 대답이 없다. 밀린 박스들로 레일 상단 입구가 막힌다. 라인 위로 정체된 박스들이 탈선한 기차처럼 나뒹군다. 컨베이어벨트가 박스를 냉장창고로 계속 구겨 넣는다. 박스들이 터지고 내용물들이 쏟아진다. 아이스크림들이 발에 밟힌다. 발 디딜 틈이 없다. 민수가 주저앉는다. 경식 형이 주먹으로 박스를 내리친다. 현우 아저씨가 개구멍으로 머리를 내민다.

"씨발! 대체 우리보고 어떻게 하라는 거야!"

그때 사이렌이 울리며 컨베이어벨트가 멈췄다.

공장 공터에 많은 사람들이 나와 있었다. 모두들 어딘가를 보며 수군거렸다. 냉동 화물차 하역장 앞에서 구급차와 경찰차의 비상 불빛이 공터에 큰 타원을 그리며 교차하고 있었다. 얼마 뒤 냉동창고의 유압식 문이 열렸다. 누군가 들것에 실려 나오고 있었다. 들것 위의 사람은 하얀 서리에 뒤덮여 있었다. 미동도 없이 웅크린 형태로 굳어 있었다. 사람들이 웅성댔다. 들것을 내려놓은 구급대원들은 다급하게 담요로 사람을 감싸고

인공호흡을 했다. 서리에 덮인 하얀 얼굴은 딸기였다. 딸기는 냉동창고에서 무너진 팔레트와 박스에 깔려 빠져나오지 못한 채 얼어 버린 것이다.

구급차는 공장 정문을 빠져나갔다. 구급차가 시야에서 점점 멀어지고 있었다. 우리는 아무 말도 하지 못했다. 웅성대던 사람들도 침묵했다. 밖은 이른 새벽이라 덥지 않았고 간간이 바람이 불었다. 경비 아저씨가 정문 철제 출입문을 닫았다. 간혹 마른기침 소리만 들릴 뿐 사람들은 여전히 침묵하고 있었다. 아니 어쩜 우리는 잠시 동안 단잠에 빠져 있는지도 몰랐다.

"찰칵."

침묵을 깬 건 핸드폰 카메라 셔터 소리였다.

"별이 많다."

사진을 찍던 여자애가 새벽하늘을 올려다보며 말했다. 새삼스레 나도 하늘을 올려다보았다. 정말 별이 많았다. 얼마 만에 올려다보는 하늘인지 몰랐다. 누군가 하늘을 가리키며 북극성 찾는 법을 조용히 이야기했다. W 자같이 생긴 카시오페이아 별자리에서 두 점을 이어 일직선으로 가면 유독 빛나는 별이 북극성이라고 했다. 그 말을 엿듣던 누군가가 자신의 별자리는 물고기자리라며 자신은 물고기와 인연이 많다고 했다. 지금 있는 라인도 물고기 모양의 아이스크림을 만들고, 전에는 횟집에서 물고기 모양의 접시를 들고 서빙을 했다며 옆 사람의 어깨를 치면서 소리 죽여 웃었다. 그러면 나는 처녀자리인데 평생 알바나 하며 노처녀로 살다 죽어야 하나. 어깨를 맞댄 여자애가 맞장구를 쳤다. 그런데 오늘 시급은 주는 거겠지? 아까부터 월세 걱정을 하던 누군가가 걱정스럽게 물었다. 당연히 줘야 하는 거 아니냐면서 또 누군가는 대답했다.

공터의 수다 속에서 뭔지 모를 아늑함 같은 게 느껴졌다. 점점 날이 밝고 있었다.

냉동 화물차 아래에서 무언가 빛나는 게 보였다. 나는 호기심에 일어나 걸어갔다. 야구공만 한 얼음덩어리들이었다. 나는 발로 얼음을 툭 차 봤다. 잘 굴러갔다. 그리고 무심코 민수를 향해 얼음을 찼다. 굴러가던 얼음이 민수의 발치에서 멈췄다. 민수가 잠깐 얼음을 바라보더니 웃으며 일어섰다. 그리고 힘껏 얼음을 발로 찼다. 얼음이 한참을 굴러가 정문 경비실 앞에서 멈춰 섰다. 이 모습을 뒷짐 지고 지켜보던 경비 아저씨가 냅다 내 쪽으로 얼음을 찼다. 나는 굴러오는 얼음을 발로 멈춰 세웠다. 그러고는 뒤로 한 발 물러나 민수에게 있는 힘껏 찬다는 게 그만 헛발질로 신발이 날아가 버렸다. 공터에 웃음소리가 터졌다. 나는 검은 뿔테 안경의 여자애가 던져 준 신발을 신고 부끄러워 얼른 민수에게 얼음을 찼다. 두 조각 난 얼음이 하나는 민수에게 또 하나는 여자애들에게 굴러갔다. 그중 덩치 큰 여자애가 일어나 나를 향해 얼음을 찬다는 게 빗나가, 바로 옆 여자애들 무리로 굴러갔다. 무리 중 한 명이 쪼르르 달려 나와 또 민수에게 얼음을 찼다.

공터는 본의 아니게 축구장이 되어 갔다. 얼음은 이제 차일 때마다 두 조각에서 네 조각으로 또 여덟 조각으로 계속 나뉘어 갔다. 콩알만 한 얼음 조각들을 손안에 모은 여자애들은 옆 친구의 등 뒤로 몰래 다가갔다. 그리고 윗옷 속에 얼음을 넣고는 까르르 웃으며 도망쳤다. 꺅 소리를 지르며 얼음을 털어 낸 여자애는 다시 그 얼음을 옆 사람의 윗옷 속에 넣으려고 쫓아다녔다. 얼음을 못 넣게 손사래 치던 여자애를 지켜보던 사람들은 배를 잡고 웃었다. 현우 아저씨가 아이스크림을 한 아름 가지고 나와 사람들에게 나눠 주고 있었다. 경식 형이 어느새 볼이 발간 여자애 옆에 앉아 무언가를 수줍게 이야기하고 있었다. 공터에 깔린 작은 얼음 조각들이 아침 햇살에 빛나며 녹아가고 있었다. 나는 얼음이 녹은 자리를 발끝으로 비비다가 눈물이 났다. 냉동 화물차가 정문 앞에 서자 경비 아저씨가 철문을 열었다. 공장에서 컨베이어벨트가 돌아가기 시작했다.

사진을 배우던 시절 처음 암실에 들어갔던 날을 기억한다.

현상한 필름을 확대기에 끼우고 하얀 인화지를 이젤에 물린다. 필름을 투과한 빛이 인화지에 닿는다. 현상액 트레이에 인화지를 담그고 천천히 흔든다. 일정한 시간이 지나자 보이지 않던 잠상의 입자들이 소름같이 돋아난다. 과거의 시간이 지금, 현재의 시간으로 떠오르는 순간이다.

글을 쓴다는 것 역시 어두운 방에 홀로 앉아 잠상이 떠오르기를 기다리고 기다리는 일이다. 수많은 잠상들이 피어오르고 가라앉기를 반복하다 어느 순간 감정과 기억들이 문장을 조합하고 구조를 만들어 낸다. 「한여름 낮의 꿈」은 그렇게 현상된 소설이다.

내가 태어나고 자란 곳은 공단 주변이다. 공장과 매연, 생선 썩은 냄새와 기름 냄새, 대형 트럭과 부서진 보도블록, 방치된 공터와 잡풀들, 빼곡한 주택들과 좁은 골목길……. 소설을 구상하다 보면 나도 모르게 그 배경들이 배어 나온다. 그건 꿈속에서도 마찬가지다. 멀리 떨어져 많은 시간이 지났음에도 어린 시절의 배경 속을 배회하는 것이다. 그 정서와 기억은 어쩔 수 없는 모양이다. 마치 이미 그려진 밑그림처럼.

오랜 시간 어디에도 내보내지 못한 소설 한 편, 한 편을 더디게 써 나갔던 것 같다. 큰 열정을 가졌다거나 무엇을 이루어야겠다고 한 것은 아니었다. 그저 문학을 품고 있는 사람들과 함께 있는 게 좋았기에 지금까지 소설을 놓지 않을 수 있었다.

이제 조금 욕심을 내보려 한다. 자기 확신을 가져 보려 한다. 그 처음이 전태일문학상이라 의미가 깊다. 부족한 작품을 선정해 주신 심사위원분들과 전태일재단에 감사의 말씀을 전한다.

고마운 사람들이 많다.

사랑하는 아내 혜선과 딸 서윤, 혼자 계신 아버지, 좋은 소식을 앞둔 동생 은주, 부산 친구들, 그리고 돌아가신 엄마…….

마음의 고향인 '풀밭', 풀밭 식구들, 웅모를 지지해 준 영일 형, 아마도 혼자 가는 길이었다면 이 자리에 오지 못했을 것이다. 일일이 호명하진 못하지만 고마운 마음을 전한다.

강정민

•

# 명절 선물 세트

## 강정민

- 1971년 서울 출생
- 2014~2018년 월간 『작은책』 글쓰기 모임 회장
- 2015~2017년 오마이뉴스에 〈부모님의 뒷모습〉 연재

## 선물 세트

'신설 법인 정규직 급구. 일 어렵지 않음. 배우면서 일하면 됨.'

단체 톡방에 올라온 구인 글. 다른 건 마음에 드는데 '신설 법인'이 마음에 걸린다. 정규직이면 뭐 하나? 신설 법인이 문 닫으면 계약직만도 못하다. 하지만, 난 찬밥 더운밥 가릴 처지가 아니다. 무슨 일이든 하고 싶다.

명절쯤 일이 생각났다. 퇴근 시간대에 약속이 있어 지하철을 탔다. 사람들은 약속이나 한 듯 선물 세트를 들고 있었다. 모두 들고 있는 선물 세트가 내 손에만 없었다. 부러웠다. 아무리 싸구려 선물 세트라도 그것을 들고 있는 한, 이 사회에서 '쓸모 있는 사람'이라는 증명서를 받은 거 같고 선물 세트가 없는 나는 '쓸모없는 사람' 같았다.

나이 서른일곱에 셋째를 낳았다. 돌림 노래처럼 세 번째 육아를 다시 시작했다. 아이가 셋이 되고 다시 사회에 나갈 수 있을 것이라는 기대감을 지웠다. 그리고 10년 후, 고등학생이 된 둘째가 물었다.

"엄마, 우리 반에서 집에 있는 엄마는 둘뿐이래. 엄마랑 내 친구 엄마."

"그래서? 엄마도 나가 돈 벌라고?"

"아니, 그냥 그렇다고."

이제 다시 사회에 나간다고 하면 나를 받아 줄 곳이 있기나 할까?

"엄마, 엄마는 공대잖아? 그럼 아빠보다 취업 더 잘되는 거 아니야? 왜 취업 안 했어?"

이렇게 해맑게 묻는 녀석은 아토피가 진짜 심했다. 자고 일어나면 발등에 피가 낭자했다. 양말을 벗기면 발등의 딱지도 같이 떨어져 나갔다. 아토피 때문에 어린이집에 보내지 못하고 집에서 끼고 키웠다. 그런데 이제 자기 살 만해졌다고 저런 말을 하고 있다. 돈 버는 엄마가 용돈도 잘 주니 더 좋겠지. 막내도 초등학교 고학년이 되었으니 이젠 진짜 내가 사회에 나가야 한다는 생각이 절실하게 들었다.

경력이 단절된 20년 동안 나름 치열하게 살았다. 공동육아어린이집 창립 조합원으로 어린이집 개소를 위해 재정을 담당했고, 대안학교 학부모로 학교 운영위원을 맡기도 했다. 지역에서 소모임과 작은 도서관에서 학습 모임을 꾸려 아이를 키우면서도 쉼 없이 무언가를 했다.

그런데 다시 사회에 나가려니 나는 진짜 아무런 능력 없는 무능력자다. 그러니까 찬밥 더운밥을 가릴 처지가 아니다. 정규직 일자리면 아무리 신설 법인이라 할지라도 지인의 소개가 아니고서는 '경단녀'인 내가 구할 수 있는 자리가 아니다. 지인에게 연락해서 이력서를 보내고 약속을 잡아, 면접까지 봤다.

면접을 보고 기운이 빠져 돌아오는데 월요일부터 출근하라는 연락을 받았다. 워드 자격증 하나 없는 나는 걱정이 되었다. 출근하고 보니 일하는 사람은 상사와 나 둘뿐이었다. 상사는 과거 중소기업에 말단으로 입사해 젊은 나이에 대표까지 오른, 뚝심과 영업력이 있는 사람이라고 했다. 하지만 뜻밖의 사건에 엮여 대표에서 물러나야 했단다.

출근 첫날, 상사는 나를 불러 A4용지 석 장을 주었다. 첫 장은 자금 집행 현황에 관한 것, 둘째 장은 월 지출 내역에 관한 것, 셋째 장에는 일일 업무 일지가 연필로 작성되어 있었다. 상사는 이것을 파일로 만들라고 지시했다. 첫 업무를 시작하며 회사의 자기자본이 얼마인지, 그리고 매달 고정 지출이 어찌 되는지 대략 알게 되었다. 임대료와 관리비, 인건비 등 고정비가 2천만 원 정도 되었다. 상근자가 둘뿐인데 어디서 뭘 해서 이익을 얻어 이 고정비를 감당할지 첫날부터 걱정이 되었다. 남은 자본금도 얼마 없는데 나는 몇 개월이나 월급을 더 받을 수 있을까? 세상의 모든 창업자가 다 존경스럽게 느껴졌다.

퇴근 시간이 가까워지자 상사가 먼저 사무실을 나서며 "사람 없는데 불나면 안 되니까 전원 잘 끄고 문단속 잘하고 퇴근하세요." 하고 당부했다. 멀티탭 전원이 꺼졌는지 확인하고 현관문이 잠겼나 흔들어 보고 집으로 향했다.

다음 날, 출근해서 청소하는데 상사가 나를 불렀다. 텔레비전이 안 나온다고 했다. 모뎀과 텔레비전 전원을 확인했는데 여전히 안 된다. 상사는 통신사 설치 기사에게 전화해 보라고 했다. 기사는 전화를 받지 않았다. 좀 시간이 지나니 상사가 텔레비전이 나온다고 했다. 그런데 다음 날 아침에 똑같은 일이 일어났다. 나는 다시 설치 기사에게 전화했다. 다행히 기사가 전화를 받았다.

"저희 텔레비전이 안 나와서요. 인터넷 연결도 되지 않고. 어제도 연결 안 되다 됐거든요."

"혹시 퇴근하실 때 통신 전원 끈 거 아니에요?"

"네. 끄고 퇴근했어요."

"전원을 끄고 퇴근하면 어떡해요."

설치 기사 목소리에 짜증이 잔뜩 묻어났다.

"그리고 어제 아침에도 바쁜데 전화했었죠?"

"네."

"아니 아침에 왜 계속 전화해요. 바빠 죽겠는데…….."

"제가 사무실 근무가 처음이라서. 잘 몰라서 죄송합니다."

사무실 통신 전원도 집 통신 전원처럼 끄지 않는다는 걸 그때 처음 알았다. 설치 기사에게 혼이 나면서 너무 민망했다.

그날, 상사와 점심을 먹으러 갔다. 상사가 물었다.

"남편분 직장이 근처라고 했죠? 어디예요?"

남편 회사를 알려 주었다.

"그래요? 아, 내 고등학교 동창 녀석도 그 회사에 다니는데. 예전에 어디더라, 총무부에 근무했는데, 그럼 남편분이랑 내 친구랑 다 아는 사이일 거 같은데. 한번 아나 물어봐요. 내 친구는 이름이 박석구라고 하거든요. 연락한 지가 하도 오래돼서 요즘은 어느 부서에 근무하는지 잘 모르겠네."

"네. 물어볼게요."

나는 남편에게 물어볼 마음이 하나도 없었다. 설마 내가 한번 들은 상사 친구 이름을 외울 수나 있겠나? 외울 수 있다고 하더라도 남편에게 물어볼 마음이 있겠나? 상사는 나와 달리 엄청나게 반가워했다. 우리 상사도 그렇고 인맥이나 학맥 이런 것을 소중하게 생각하는 사람들이 꽤 있다. 이런 사람들은 평소에 인맥 관리를 잘해 두면 결정적인 순간에 큰 도움을 받게 된다고 생각하는 듯하다.

며칠 뒤, 사무실 전화벨이 울렸다. 중소벤처기업진흥공단(이하 '중진공')에서 지난해 재무제표를 보내 달라고 했다. '공단'

이라고 하니 무언가 중요한 내용인 듯싶었다. 내 메일을 알려 주면 자세한 내용은 메일로 보내 준다고 했다. 알겠다고 하고 메일 주소를 알려 줬다. 업무 보고서에 이 내용을 올렸다. 상사는 날 빤히 보더니 한심해하는 눈초리를 보냈다.

"그 사람이 누군지 알고 메일 주소를 막 알려 줘요?"

"중소벤처기업진흥공단 직원이라고 하던데요."

"아니, 그리고 신설 법인에 전년도 재무제표가 어디 있어요? 아무리 집에서 살림만 했다고 해도 그렇지, 그 정도는 상식 아닌가? 앞으로 전화 오는 거 알지도 못하면서 막 대답하고 그러지 마세요."

말을 듣고 보니 그렇다. 신설 법인에 전년도 재무제표가 있을 리 없는데 전화 받을 때 나는 왜 그 생각을 하지 못했을까? 그러고 보니 이상한 점이 또 있었다. 내가 메일을 알려 주니까 그 직원은 엄청나게 고마워하면서 얼른 전화를 끊었다. 공무 수행하는 사람의 일반적인 반응이 아니었다. 메일을 열어 보니 공문에 우리 회사 이름이 없다. 그냥 '전년도에 중진공 정책자금을 지원받은 회사'라고만 되어 있다. 공문을 이런 식으로 보낼 리 없다. 아, 내가 이렇게 허술하니, 상사에게 혼날 만도 하다.

어느 날, 상사는 송금 수수료가 너무 많이 든다고 홈뱅킹 프로그램을 자신의 컴퓨터에 설치하라고 했다. 내 컴퓨터도 아닌 상사의 컴퓨터에 처음 사용하는 프로그램을 까는 것이 긴장되었다. 키보드 보안 프로그램을 깔면 또 다른 보안 프로그램이 뜨고 그걸 깔면 또 다른 것이 없다고 에러가 났다. 나는 은행 콜센터에 전화해서 프로그램 설치를 안내해 달라고 청했다. 안내대로 했지만 내 손으로 해결하는 것은 쉽지 않았다. 결국 나는 "원격 서비스로 설치해 주실 수 없으실까요?"라고 했다. 그렇게 해서 홈뱅킹 프로그램을 상사의 컴퓨터에 깔 수 있었다.

첫 이체를 실행하는데 긴장이 되었다. 상사는 이체하는 나의 모습을 옆에서 지켜보았다. 임대료를 건물주 통장에 이체하려고 계좌 번호를 확인하고 또 확인하고 열 번을 넘게 확인했다. 내가 버벅댈수록 상사는 불신의 눈길을 보냈고, 그럴수록 나는 더 긴장했다. 바퀴 달린 상사 의자에 편히 앉을 수 없어서 나는 의자 끝에 간신히 엉덩이만 걸터앉아 일했다.

그리고 드디어 급여 이체일이 되었다. 상근자와 이사, 감사까지 모두 합쳐서 다섯 명에게 급여를 이체해야 했다. 첫 급여 이체를 실수 없이 마칠 수 있을지 나는 긴장했다. 이체 시간이 되자 상사가 나를 불렀다. 상사의 책상에서 상사의 의자에 앉아 상사 컴퓨터로 하는 작업이 얼마나 불편한지 체험한 나는 의자라도 편하게 앉고 싶어 간이 의자를 들고 들어갔다. 이체 계좌를 등록하고 눈알이 빠지도록 계좌 오류가 없는지 확인하고 또 확인했다. 간신히 다섯 명에게 급여 이체를 마쳤다. 손이 덜덜 떨리고 또 한편으론 한고비를 넘겼다 싶어 마음이 놓였다.

며칠 뒤, 상사가 인터넷 서점에서 책을 주문해 달라고 했다. 상사의 컴퓨터에서 인터넷 서점에 접속해 내 아이디로 로그인하려는데 잘 안 됐다. 비밀번호가 계속 다르다고 했다. 상사는 옆에서 의심의 눈초리로 나를 지켜봤다. 옷 속으로 땀이 흘러내리는 게 느껴졌다. 미치겠다. 인터넷 서점 로그인이 이렇게 땀날 일인가? 내 자리에서 하면 이렇게 힘들진 않을 텐데…….  비밀번호를 이것저것 한참을 입력해서 결국 로그인에 성공했다. 무슨 전투에 참전한 것처럼 힘겹게 책 주문에 성공했다. 상사의 눈초리가 매서워질수록 상사는 나에게 말을 시키지 않았다. 사무실엔 팽팽한 침묵만 흘렀다.

명절을 앞두고 사무실 개소식 행사를 위해 식당을 예약했다. 상사가 예약하라고 한 곳은 근방에서도 비싼 한우집이었다. 십여 명의 자리를 예약했다. 오후에 축하 화환이 배달되었다. 저녁엔 우리 회사의 투자 회사인 모회사 직원들이 속속 도착했다. 상사에게 받았던 긴급 연락망 속 사람들이 하나둘 자기소개를 했다. 그리고 나에게도 선물 세트를 주었다.

"대표님이 실장님도 하나 챙겨 드리라고 했어요."

여기서 말하는 실장은 나다. 박스에는 샴푸와 섬유유연제, 주방세제 등이 들어 있어 엄청 무거웠다. 이걸 가지고 집에 어떻게 가지, 이런 걱정은 하나도 들지 않았다. 나도 드디어 이 사회에 '쓸모 있는 사람'임을 증명해 주는 명절 선물 세트를 받는구나 싶어 기쁘기만 했다.

고깃집에서 회식 비용이 엄청나게 나왔다. 나는 법인 카드로 계산을 하면서 내 돈은 아니지만, 걱정되었다. 이러다 내 월급 줄 돈까지 부족해지면 어쩌지? 노래방으로 자리를 옮기는데 모회사 경리가 내게 다가와서는 우리 상사 모시고 일하는 게 힘들지 않냐고 물었다. 자기도 우리 상사와 같이 일한 적이 있어서 잘 알고 있다고 했다. 나는 웃었다.

노래방에서 모회사 직원들은 하나같이 열심히 노래를 부르고 춤을 추었다. 영업을 정말 잘하는 사람들만 채용했구나 싶었다. 자리를 파하려고 일어서는데 모회사 대표가 직원들에게 택시비라며 5만 원씩 주었다. 이 회사가 무슨 숨은 금광이라도 찾았나? 어디서 돈을 이렇게 잘 버는 걸까? 이런 세상도 다 있구나 싶어서 회사에 대한 궁금증이 더 커졌다.

그날 난 사회에 '쓸모 있는 사람'이라는 증표인 명절 선물 세트를 들고 퇴근했다.

어이

며칠 뒤, 출근하는 상사의 표정이 좋지 않았다. 상사가 나를 불렀다.

"잠깐 들어와 보세요."

상사의 차가 대형차로 바뀐 뒤, 지하 주차장에 드나들기 어렵다고 했다. 그런데 아침에 지상 주차장에 빈자리가 보여 거기에 차를 댔다가 주차 관리인에게 싫은 소리를 들은 모양이다.

"주차 관리인이 자긴 모른다며 관리 사무실에 물어보라고 막

짜증을 내더라고. 그러니까 지금 실장님이 사무실 가서 좀 싸우고 와요. 실장님이 싸우고 와야 내가 관리소장한테 사과하면서 말을 건넬 수 있잖아요? 무슨 말인지 알아듣겠죠?"

아니, 싸움하고 오라니? 월급에 고객에게 듣는 욕값도 포함되었다는 말은 들어 봤지만 싸움을 거는 것도 포함되는 줄은 몰랐다. 관리 사무실 가서 어떻게 싸움을 걸지? 과연 내가 진상 짓을 할 수 있을까?

관리 사무실을 찾았다. 40대 여직원이 나를 맞았다. 깍듯하게 인사하고 지상 주차장을 사용할 수 있는지 물었다.

"지상 주차장이요? 그건 배정 기준이 있어요. 층당 하나씩 배정이 되고요. 임대 사무실인지 자기 소유 사무실인지에 따라 우선순위가 달라요."

임대 사무실인 우린 배점에서 밀릴 것이다. 싸움하고 오라는 업무 지시를 받았는데 그냥 이대로 물러설 수는 없다. "배점 기준을 정확히 알 수 있을까요?" 종이와 볼펜을 집어 들고 적을 준비를 했다.

"어이, 어이." 뒤에서 짜증 섞인 남자 목소리가 들린다. '어이'가 나를 부르는 소린가 싶어 자라목이 된 나는 뒤를 돌아보았다. 거만하게 앉아 있는 관리소장이 여직원을 부른 소리였다. 나를 부르는 호칭이 아니라서 다행이다 싶지만, 이내 내 얼굴이 다 화끈거렸다. 여직원은 당황한 표정이 역력했다. 사무실에서 부르는 호칭이 있을 텐데. 왜 저렇게 부르는 것일까? 관리소장은 지금 나에 대한 불쾌감을 에둘러 표현하는 것이다. 관리소장이 불쾌감을 느끼는 상황을 만든 원인 제공자가 나라서 직원에게 미안한 마음이 든다.

관리소장이 무언가를 꺼내서 책상 위로 툭 던진다. "이거 복사해서 줘."

직원이 서류를 받아서 복사를 시작한다. 어정쩡하게 서 있던 나는 머리를 굴렸다. 싸워야 하는데 어찌 싸우지? 싸우려면 싸울 기운이 남아 있어야 한다. 회의용 테이블 의자를 꺼내 앉았다. 그러고는 천천히 다리를 꼬았다. 관리 규약 복사본을 받아 들고 앉아서 볼펜으로 줄을 치며 꼼꼼하게 읽어 나갔다. 뭐든 꼬투리를 잡아야 한다. 애매한 조항이 나오면 직원에게 물었다. 내 꼴이 보기 싫었는지 관리소장이 사무실을 나가 버린다. 이런이런, 관리소장이 나가 버리니 사무실에서 나에게 싸움을 걸어 줄 사람은 한 명도 남아 있지 않다. 그렇다고 내가 직원에게 싸움을 걸 수는 없지 않은가?

관리 규약 복사 용지를 곱게 접은 나는 직원에게 깍듯이 인사하고 사무실을 나왔다. 싸움 소식을 기대하고 있는 상사에게 나는 풀이 잔뜩 죽은 모습으로 설명했다. 왜 싸움을 못 걸었는지…….

내 말을 들은 상사의 표정이 안 좋다. 상사는 과거에 한 중소기업의 대표까지 올랐던 사람이라 그런지 자기 뜻을 관철시키기 위해 밀어붙이는 힘이 남다르다. 그러니 얼마나 내가 못마땅할까?

얼마 전에도 상사는 차량 구매 뒤 선물 종류가 애초에 말했던 것과 다르다며 영업 사원과 옆 사무실에 다 들리도록 쩌렁쩌렁 전화로 몇 차례 싸웠다. 결국 다음 날 아침에, 담당 영업 사원의 윗사람에게서 전화가 왔다. 상사는 전날과는 완전 다른 사람이 되어 부드러운 목소리로 자신의 지인을 들먹이며 통화했다. 오후에 영업 사원은 상사가 원하는 선물을 들고 나타나선 죄송하다고 머리를 숙였다. 우리 상사는 너그러운 고향 선배 같은 얼굴로 나중에 술 한잔하자며 마무리 지었다. 물론 그와 비슷한 일은 또 있었다.

금융권에서 대출받을 때도 조건이 마음에 들지 않는다고 전화 통화를 하면서 고래고래 소리를 치며 화를 낸 적이 있다. 결국 윗사람과 통화를 해서 자신이 원하는 방향으로 해결을 보았다. 그 와중에 자신이 아는 지인을 언급하였다. 얼마 뒤에 담당자에게서 사과 전화가 왔다. 그러면 상사는 다시 마음씨 좋은 고향 선배처럼 정겹게 이야기를 마무리했다. 이렇게 문제를 해결하는 상사의 모습을 보면서 상사가 누군가를 상대로 불같이 화를 내는 모습에 더 이상 가슴이 콩닥거리지 않고 '또 시작이구나' 하며 익숙해졌다.

나는 지상 주차장 자리 싸움에서 1차전을 치러 내야 하는 '말'이었다. 그런데 나란 '말'은 안타깝게도 1차전을 점화시키지 못했다. 그래서 상사는 지상 주차장 확보를 위한 2차전에 참전하지 못했다. 이 과정에서 관리 사무실 직원은 내가 보는 앞에서 '어이'라고 불렀다. 1차전은 최전선의 말과 말의 싸움. 2차전은 '실권을 가진 자'들의 겉으로는 매너가 흐르는 협상과 양보의 자리. 그리고 결론. 최전선에서 1차전을 담당해야 하는 무수한 '말'들은 그사이 상처를 훈장처럼 안는다. 내 월급에는 안타깝게도 그 상처 값이 포함되어 있다.

휴가

며칠 뒤에 상사는 'Y폼'이라는 온라인 문서 제공 서비스에 가입하라고 지시했다.

"거기 들어가서 경력증명서니 재직증명서, 취업규칙, 근로계약서 이런 양식을 보고 우리 회사에 맞게 다 새로 만들어야 해요. 지금 실장님도 근로계약서를 작성 안 한 상태잖아요. 양식이 없어서 계약서 작성을 못 한 건데. 그런 걸 다 만들어야 해요. 뭐 그렇다고 그걸 지금 당장 다 만들라는 건 아니고. 하지만 회사라면 그런 걸 필수적으로 다 비치해 놓아야 하니까. 실장님이 사이트에 올라와 있는 걸 보고 어떤 걸 참고로 만들어야 하는지 미리 연구하시라고요. 아시겠죠?"

Y폼이라는 사이트에 들어가서 유료 회원으로 가입하고 상사가 말한 문서들을 찾아보았다. 가장 기본적인 재직증명서, 경력증명서는 너무 종류가 많아서 선택을 못 했다. 회사 다니는 지인에게 그 회사 양식을 보내 달라고 요청해서 살펴보니 훨씬

좋았다. 맨 아래에 회사명만 변경해서 서류를 금방 만들었다.

　그런데 근로계약서, 취업규칙 같은 것들은 세세하게 정해야할 것이 너무 많아서 시간이 많이 필요했다. 취업규칙을 다운받아서 살폈다. 읽어 보니 전년도 1년을 만근한 근로자에게는새해에 15일의 연차 휴가를 준다는 내용이 있다. 그리고 연차가쌓일수록 연차 휴가 일수가 늘어난다고 했다. 나는 그 내용을읽으면서 이상한 생각이 들었다. 25년 넘게 근속한 남편이 1년에 15일 이상의 휴가를 쓴 적이 한 번도 없었기 때문이다. 제일긴 여름휴가를 썼던 해가 최장 5일. 그리고 본인이 아프거나 아이들 졸업식이 있거나 할 때 말고는 다른 이유로 휴가를 낸 적이 없었다. 그래서 그런 내용이 일반적인 회사에서 모두 적용하는 규칙이기보다는 아주 좋은 회사에서만 행해지는 휴가로 보였다. 그러니 그대로 상사에게 올렸다가는 상사가 나를 못마땅해 할 것이란 생각이 들었다. 그래서 전년도 만근자에게 생기는 연차 휴가를 15일에서 13일로 변경했다. 그렇게 근로자에게유리한 내용을 조금씩 축소해 상사에게 올릴 안을 완성했다.

　그런데 결재를 올리기 전에 누군가에게 검토를 받아야겠다는 생각이 들었다. 지인에게 친한 노무사가 있다는 이야기를들은 적이 있었다. 나는 지인을 통해 노무사에게 연락했다. 노무사에게 내 처지를 설명했다. '지인 찬스'로 간신히 취업에 성공했지만, 업무 미숙이 들통나 급속도로 상사의 눈 밖에 나는중인 내 처지를 읍소하고 도움을 청했다. 그리고 내가 만든 취업규칙을 한 번만 검토해 달라고 부탁했다.

내 말을 들은 노무사의 첫 반응은 박장대소였다.

"상사분이 그걸 왜 신입한테 시킨 거죠? 그건 신입이 할 일이 아닌데."

"우리 회사에 상사랑 저 외엔 아무도 없어서요."

"그럼 외주를 맡기든가 해야죠."

"그럼, 뭐 하나만 여쭤봐도 될까요? 제가 다운받은 문서에는 1년 만근하면 15일 연차 휴가가 생긴다고 쓰여 있던데 13일로 줄여도 돼요?"

"연차 휴가 15일은 근로기준법에 명시된 거예요. 그걸 임의로 줄이면 안 되죠."

"아, 그래요? 1년 다니면 다음 해에는 15일 휴가가 생기는 거예요? 저도 그런 회사 다니면 진짜 좋겠어요."

내 무식을 들켜 민망했다. 그리고 연차 휴가를 15일 주는 근로기준법을 지키는 그런 좋은 회사에 나도 다니고 싶어졌다.


급여 이체


입사하고 두 번째 급여 이체일이 되었다. 계좌 번호는 모두 등록이 되어 있으니 할 일이 전달보다 적다. 회계사무소의 담당자가 4대 보험을 제외하고 이체할 급여가 얼마인지 파일로 보내 주었다. 개인별 급여 명세표도 따로 작성해서 상사에게 보고를 올렸다. 4대 보험을 떼고 송금을 하게 되니 전달보다 액수가 줄었다. 2차 급여 이체는 아주 가뿐하게 끝이 났다. 첫 달에 비해서 훨씬 능숙하게 업무 처리를 하는 내 모습을 보면서 내심 뿌듯했다. 이러니 사람은 발전하고 다 자기 업무에 적응해 숙련자가 되는구나 싶다.

모회사의 경리에게서 전화가 왔다.

"실장님, 저희 김 이사님 이번 달 급여에서 4대 보험 얼마나 떼었는지 알 수 있을까요?"

김 이사는 모회사 대표의 아내로 한 번도 본 적이 없다. 둘째 달부터 4대 보험을 떼고 받게 돼 실수령액이 줄었는데 구체적인 내역이 얼마인지 궁금했나 보다. 하지만 나와 통화조차 한 적이 없으니, 모회사 경리를 통해서 문의한 거란 생각이 들었다. 나는 김 이사의 4대 보험 액수를 모회사 경리에게 알려 주었다.

그런 일이 있고 이틀이 지났다. 상사가 나를 불렀다.

"실장님, 아주 작은 일이라도 빠짐없이 나한테 보고를 해야 해요. 빠짐없이. 그리고 저쪽 회사에서 연락 온 거 있으면 아주 사소해도 꼭 보고하고요."

"엊그제 정 대리(모회사 경리)가 김 이사님 4대 보험 얼마 떼었는지 물어보더라고요. 그래서 알려 줬는데……."

"내가 어쩐지 감이 이상하더라니. 그런 일 있으면 정 대리한테 알려 주기 전에 나한테 승낙받았어야죠. 실장님이 독단으로 처리할 일이 아니지 않아요? 정 대리가 예전에도 아주 시건방지더니 또 그러네. 김 이사도 그렇지. 궁금하면 나한테 물어볼 것이지, 왜 정 대리를 통해서 물어봐? 그리고 내가 급여 명세표를 안 보내 준 것도 아니고 다 보내 줬는데. 아무튼 다음부터는 이런 일이 없도록 꼭 주의하시고, 그쪽 회사에 뭐 보낼 때 아주 작은 거라도 다 나한테 승낙받고 보내세요.”

그렇게 그 사건은 일단락이 될 줄 알았다.

그런데 다음 날, 상사가 나를 다시 불렀다.

“그러니까 정 대리가 실장님한테 전화해서 김 이사 4대 보험 내역 알고 싶다고 한 거 맞죠.” 상사의 목소리가 무언가 심상치 않아 보여 내 목소리는 기어들었다.

“네.”

“알았으니까 일 보세요.”

상사의 표정에 비장감이 느껴졌다. 곧 상사는 전화하더니 언성을 높였다.

“아니, 그러니까 정 대리 당신이 왜 시건방지게 김 이사 4대 보험을 물어보냐고! 당신이 뭔데? 김 이사한테 내가 급여 명세표 다 보내 줬다고. 궁금하면 나한테 물어보면 되지, 네가 뭔데 그걸 물어? 왜 주제넘게 자기 위치도 모르고 그러냐고!”

상사가 정 대리에게 막 퍼붓는다. 내가 말을 옮겨서 이 사태가 벌어졌다는 생각이 들어 정 대리에게 미안한 마음이 든다. 정 대리가 그걸 물었을 때 내가 처음부터 상사에게 보고했다면 사태가 이렇게 커지진 않았을 텐데……. 정 대리에게 자료를 넘긴 것은 분명 개인정보보호법 위반이라 내가 잘못한 일이다. 그렇지만 정 대리를 같은 회사 사람으로 오해할 만한 거리가 꽤 있었다. 정 대리는 우리 회사의 모회사 경리이고 비상 연락망에 모회사 사람들 연락처도 다 적혀 있다. 그리고 상사는 모르는 것이 있으면 정 대리에게 물어보고 가까이 지내라는 말도 했었다. 그래서 나도 정 대리를 유일한 동료라고 생각했는데 우리 관계가 그렇게 단순한 관계는 아니었나 보다.

상사는 화를 버럭 내고 사무실 전화기가 쾅 소리가 나게 전화를 끊는다. 곤욕을 치른 정 대리에게 전화해서 미안하다고 해야 하나 고민이 되었다. 하지만 내가 정 대리에게 미안하다고 문자라도 보내면 상황이 더 꼬이게 될 것 같았다. 분이 안 풀린 상사가 나를 다시 부른다.

"실장님, 아무리 생각이 없어도 그렇지, 해야 할 일과 해선 안 될 일을 그렇게 분간을 못하면 어떡해요? 사회생활을 안 했다고 해도 그 정도는 알아야지. 월급을 주는 사람은 난데 보고도 없이 왜 엉뚱한 사람 지시를 따르죠?"

"죄송합니다. 다시는 그런 일이 없도록 하겠습니다."

상사의 말은 마무리될 듯하다가는 다시 이어지며 계속되었다. 이 사람, 지금 뭘 하는 거지? 그래, 내가 크게 잘못했다. 그리고 그것에 대해선 이미 하루 전에 충분히 사과했고 충분히 당신에게 깨졌다고 생각한다. 그런데도 이걸 이틀에 걸쳐서 계속해 댄다면 그건 당신의 문제지 내 문제는 아니다. 그런데 내가 왜 당신 문제 때문에 이렇게까지 서서 당신 말을 듣고 있어야 하는 거지? 과하다는 생각이 들자 갑자기 눈물이 쏟아졌다. 내가 울자 상사는 돌아가라고 했다. 얼굴엔 미안한 마음이 하나도 없고 '네가 왜 우냐? 시끄러우니까 이제 돌아가'라는 표정만 보였다.

주말에 가족들과 여행을 다녀오는 길에 차 안에서 낯선 번호가 찍힌 전화를 받았다. 아이들은 다 자고 있었고 남편은 고속도로 운전 중이었다. 받아 보니 모회사 대표였다.

"아니, 도대체 당신 상사한테 뭐라고 그런 거야? 뭐라고 그랬길래 당신 상사가 우리 정 대리한테 그렇게 화를 내냐고! 당신이 뭐라고 한 거냐고!"

"대표님, 제가 지금 그 말씀을 드리기가 좀 곤란해서요."

"아니, 지금 도대체 뭐가 곤란하다는 거지?"

쉬는 날 전화했을 때 이 정도로 말을 하면 알아들을 만도 한데, 못 알아듣는 걸 보니 대표가 술이라도 걸쳤나 싶다.

"가족과 함께 이동 중이라서요. 죄송합니다."

대표는 알았다며 전화를 끊는다. 머리가 깨질 듯이 아팠다. 비겁한 싸움의 희생양이 된 듯싶다. 투자자인 모회사 대표와 운영자인 우리 상사 사이에 갈등이 있으면 둘이 만나서 치고받고 싸우든가, 그것도 싫으면 헤어지면 될 것을, 자신들은 상처받기 싫으니 각자 상대편의 아랫사람 멱살을 잡고 대리전을 치

르려고 한다. 이 지저분한 싸움판을 내가 참고 견뎌야 할 이유
가 없다. 이 정도면 어차피 서로의 신뢰는 깨졌으니 이 회사는
언제 문을 닫아도 이상할 것이 없는 회사다. 회사를 그만두어
야겠다고 마음을 먹었다.

출근을 앞둔 일요일 저녁, 내일 출근하자마자 사표를 내리라
마음을 먹었지만, 사무실에서 어떤 일이 벌어질지 걱정이 되었
다. 모회사 직원들이 몰려오는 건 아닐까? 그런데 우리 상사는
주말에 어떤 일이 벌어진 줄 모르고 있다가 당황해할 모습이
눈에 보였다. 상사에게 모회사 대표가 전화했었다는 걸 알리
는 게 필요해 보였다. 문자를 보내니 곧이어 전화가 왔다. 모회
사 대표가 무슨 말을 했는지 아주 간략하게 말하고 전화를 끊
었다.

다음 날, 상사가 나를 불러 주말의 일을 다시 물었다. 나와 정
대리를 그리 몰아세우던 기세등등하던 사람은 온데간데없다.
대화가 끝나고 준비해 간 사표를 냈다.

화요일, 출근하니 상사가 불렀다. 집에 가서 생각을 많이 했
다고 한다. 일이 이렇게 돼 의도하진 않았지만 미안하다고 했
다. 그리고 나를 소개해 준 지인에게도 미안하게 되었다고 전
화했다고 했다. 그러더니 뜬금없이 내 남편 이야기를 꺼낸다.

"남편분에게도 많이 미안한 생각이 들어요. 내 고향 친구 회
사 후배인데……."

이게 도대체 뭔 소리지?

"남편분이 내 욕을 많이 안 하셨으면 좋겠어요."

누군가가 내 뒤통수를 후려갈긴 느낌이다. 나한테 미안하면 되지 왜 얼굴도 본 적 없는 남편에게 미안하단 말을 할까? 얼굴 맞대고 일한 나는 아줌마니, 오늘 끝나면 다시 볼 일이 없고, 내 남편은 고향 친구의 회사 후배이기도 하니, 돌고 돌아 다시 만날지도 몰라서 더 껄끄럽다는 것인가? 그래서 나보다 내 남편의 생각이 더 걱정되고 눈치 보인다는 말인가. 이 상사의 인식 속에서 나라는 사람은 나 그 자체보다 자기 고향 친구의 회사 후배의 아내라는 점이 더 중요하고 신경 쓰이는구나. 헛웃음이 나왔다. 하긴 그랬으니까 나를 이용한 대리전을 그리 쉽게 선택할 수 있었겠구나.

회사를 나오고 나는 노동자로서 내 위치가 어디인지 철저히 깨달았다. 지인 덕에 취업한 회사는 급여도 괜찮은 정규직이었지만 사수도 없이 업무를 감당하기엔 내 능력이 부족했다. 어떻게든 배우며 적응해 나가려 했지만, 신설 법인의 투자자와 운영자 간의 갈등 속에서 내 등은 새우등처럼 터졌다. 그래서 빠른 퇴사를 택했다. 그런데 상사는 나보다 본 적도 없는 내 남편에게 더 미안해했다. 준비 안 된 취업에 대한 후회를 처절히 했다. 내 능력을 키우고 딱 거기에 맞는 일자리에 취업해야 한다. 지인 찬스 따위는 쓰지 말고. 그래야 오래 감당할 수 있고 또 오래 버틸 수 있다. 그것이 바로 사회에서의 내 자리다.

기초학력 강사

사회에 쓸모 있는 사람이 되기 위해 뭘 준비해야 하나? 한동안 그 고민에 빠졌다.

어느 날, 오랫동안 만나지 못했던 동네 지인을 만났다. 반가운 마음에 근황을 물었다. 지인은 그사이 지자체 기간제 근로자로 입사했다는 소식을 전했다. 일자리를 갈망하던 나는 눈이 번쩍 뜨였다.

"혹시 쉰을 바라보는 나도 그리될 수 있을까?"

"충분히 가능하지. 자긴 나보다 어리잖아."

지인은 본인이 어떤 경로로 일자리를 얻게 되었는지 자세히 설명했다.

나는 지인이 알려 준 대로 가장 먼저 컴퓨터활용능력 2급 시험을 접수했다. 필기는 단번에, 실기는 두 번 떨어지고 붙었다. 취업에 필요한 가장 기초적인 자격증이었지만 그걸 따고 보니 자신감이 조금 생겼다. 그다음엔 사회복지사 2급 자격 취득을 위한 원격 수업을 신청했다. 한 학기 수강료로 40만 원이 필요했다.

남편은 늦은 나이인 내가 컴퓨터활용능력 시험을 앞두고 날밤 새우는 모습을 보면서 싫은 소리를 했다.

"나이 생각을 해야지. 괜히 자격증 딴다고 그러다 금방 몸 상한다. 공부도 다 때가 있는 거야."

그런데 또 다른 자격증을 따는 데 40만 원이 필요하다고 하면 분명 하지 말라고 할 게 뻔했다. 하긴 외벌이로 세 아이 키우기도 빠듯한데 남편에게 40만 원이 필요하다는 말이 나도 그리 쉽게 떨어지진 않았을 것이다. 다행히 두 달 일하고 받은 월급이 내 통장에 남아 있었다. 그 돈으로 마음 편히 결제했다. 통장 잔고가 바닥나기 전에 자격증도 다 따고, 안정적인 일자리를 구할 수 있다면 얼마나 좋을까 그런 생각을 했다.

　봄이 되자 지인이 알려 준 알바 공고문을 찾으러 교육청 사이트에 들어갔다. '기초학력 강사'가 내가 찾는 알바다. 초등학교에서는 학년 초에 학생들에게 국어, 수학 기초 문제로 시험을 치르게 한다. 그 결과 기준 점수 이하인 학생은 학부모 동의를 거쳐 기초학력 수업을 방과 후에 듣게 된다. 기초학력 강사 모집 공고문을 살펴보니 주당 14시간 이내로 근무하고 급여는 수업당 2만 원 선이었다. 교원자격증이 있는 사람을 우선 채용하지만 여의치 않으면 관련 경력자를 뽑는다고 했다. 나는 교원자격증은 없지만 도전해 보기로 마음을 먹었다.

　첫 번째 원서를 낸 학교는 집에서 걸어서 갈 수 있는 곳이라 붙고 싶은 마음이 간절했다. 하지만 면접에서 떨어졌다. 두 번째, 세 번째 학교는 면접을 보러 오라는 연락이 없었다. 네 번째 학교에서 면접을 보러 오라는 연락이 왔다. 학원에서 수학 강사를 했던 경험과 작은 도서관에서 글쓰기 강사를 한 경험을 내세웠다. 운이 좋았는지 합격이 되었다.

4월부터 방학을 빼고 12월까지 근무하는 것으로 계약서를 썼다. 연간 예상 수입이 9백만 원이었다. 너무 좋았다. 내 통장에 안정적인 수입이 생긴다니 생각만으로도 기뻤다. 그동안 좋은 곳에 후원금이라도 보내려 하면 누가 뭐라 하지 않아도 눈치가 보였다. 이제는 후원금을 내 마음대로 결정하고 즉시 이체하면 된다는 게 너무 좋았다. 책 한 권을 사려 해도 애들 책은 쉽게 샀는데, 내 책은 결제 버튼을 누르는 게 쉽지 않았다. 구매 전에 도서관에서 빌릴 수는 없을까? 하다못해 중고로 판매하는 곳이 없을까? 생각하다가 책 주문을 며칠 미루고 그러다 보면 책에 대한 흥미도 자연 줄었다. 이제는 내가 읽고 싶은 책도 마음 편히 살 수 있는 사치를 부릴 수 있게 되었다.

첫 수업에 2학년 담임 선생님이 수업 받을 학생을 직접 데려왔다. 선생님은 아이의 수학 교과서를 펼쳐 그날 수업에서 따라가지 못한 부분을 설명해 달라 주문했다. 아이가 따라가지 못한 부분은 뺄셈이었다. 아이들이 뺄셈을 못 하는 이유를 나는 잘 알고 있다. 아이들은 보통 10의 보수 관계를 깨치지 못해서 뺄셈을 어려워한다. 10의 보수란 더해서 10이 되는 짝꿍 수를 말한다. 그걸 게임으로 익히게 하면 아이는 뺄셈을 쉽게 배울 수 있을 것 같았다.

내가 '9' 하면 아이는 '1', '8' 하고 말하면 '2'라고 대답하는 식의 게임을 했더니 아이도 즐거워했다. 그런 뒤 수업 중에 못 푼 문제를 풀게 했더니 아이는 척척 잘 풀었다. 나는 뿌듯했다.

이렇게 수업을 하다 보면 내가 진짜로 이 사회에 쓸모 있다는 걸 느낄 수 있을 것 같았다. 아울러 이 학생들이 자신의 인생에서 고마웠던 선생님으로 나를 꼽게 되지 않을까, 하는 작은 기대감이 생겼다.

나는 새로운 일에 대한 기대감을 잔뜩 안고 둘째 날 수업을 기다렸다. 뺄셈을 못했던 아이는 아니나 다를까, 첫날과는 다르게 밝은 표정으로 강의실에 들어왔다. 아이는 인사를 하고 앉더니 말을 꺼냈다.

"아, 잊어버릴 뻔했다. 선생님, 우리 엄마가 이거 선생님 갖다드리랬어요."

아이는 가방에서 무언가를 주섬주섬 찾는다. 내가 너무 아이를 잘 가르쳐서 엄마가 고맙다고 벌써 간식이라도 보내신 건가? 가방에서 지퍼백이 나왔다. 지퍼백 속에 작은 비닐들이 들어 있었다.

"이게 뭐야?"

"약이요. 저 감기 걸려서 엄마가 이거 지금 먹어야 한대요. 선생님 저 약 먹게 약 주세요."

피식 웃음이 나왔다. 도대체 뭘 기대한 걸까?

전날 수업을 복습하는데 아이는 까맣게 잊어버렸다. 설마 이걸 그새 잊었다고? 장난이겠지. 다시 물었지만 아이의 대답은 '모른다'였다. 순간 '얘가 지금 나를 약 올리나?' 하는 의심이 들었다. 아이 눈을 보았다. 눈엔 진심이 담겨 있었다. 아이가 모르는 게 뺄셈만인지 그 이상인지 찬찬히 하나하나 확인해 보았다. 아이는 덧셈도 안 되고 있었다. 그걸 확인하고 나니 첫날 수업에서 뺄셈 문제를 풀었다는 게 신기할 정도였다. 그렇게 아이는 하루 배우면 그날은 문제를 풀고, 그다음 날은 잊고 또 알려 주면 풀고 또 잊고 그 과정을 반복하고 또 반복했다.

## 보람

새로운 일자리를 얻고 내가 하는 일이 무엇인지 주변 사람들에게 이야기하면 반응이 비슷했다.

"정말 좋은 일이네. 아이들 인생을 바꿔 주는 그런 선생님이 되면 보람 있겠다."

대체로 착하고 선한 사람들이 이런 반응을 보였다. 구순의 부모님도 비슷한 말씀을 하셨다. "그 아이들이 어른이 되었을 때 네가 고마운 선생님으로 기억되도록 진심을 다해서 해."

나 역시 내가 사회에서도 쓸모가 있다는 걸 이런 방식으로 느끼고 싶었다.

스승의 날에 수업이 있었다. 4학년 아이가 음료수를 나에게 내밀었다. "선생님, 이거 드세요." 아이는 쑥스러운지 목소리가 작았다. 고마운 마음이 들었다. 그런데 이걸 받아도 되나? 걱정되었다. 김영란법이 학교 강사인 나에게도 해당이 되는 것인지, 안내를 못 받았으니 담당 선생님께 물어봐야 할 것 같았다.

"어머, 고마워. 그런데 이거, 엄마가 사 가라고 돈 주신 거야?"

"아니요? 제 돈으로 산 건데요."

"진짜? 네 돈으로 산 거야?"

"네."

너무 당연하다는 듯이 당당한 표정이었다.

엄마가 준 것도 아니고 아이가 산 음료수를 돌려보내면 아이가 너무 실망할 것 같았다.

"진짜 고마워. 선생님이 잘 마실게."

그렇게 말하고 수업을 시작했다.

그런데 이 녀석, 설명을 듣다 말고 책상 아래에 손을 넣고 딴 짓을 하고 있다. 설마 핸드폰 게임을 하나 싶어서 물었다.

"선생님이 설명하는데 설명 안 듣고 뭐 해? 게임 해?"

아이는 당황하더니 얼굴이 굳어졌다.

"아니요. 돈 세고 있었어요."

"왜 돈을 지금 세?"

"수업 끝나고 도장에 가야 하는데 관장님이랑 사범님 음료수 사 드릴 돈 있나 보려고요."

아이의 순수한 심성에 웃음이 빵 터졌다. 초등학교에서 일하다 보면 이렇게 아이들의 순수한 모습에 마음이 따뜻해지는 순간을 경험한다. 그런 깜짝 선물을 받는 것이 초등학교에서 일하는 사람만이 받을 수 있는 보너스가 아닐까 싶다.

그리고 어느 날 아이가 수업을 하러 와서 이런 말을 했다.

"선생님, 진짜 깜짝 놀랄 일이 있었어요. 글쎄, 어제 등교하는데 교장 선생님이 제 이름을 부르신 거예요. 그래서 내가 뭐 잘못했나, 심장이 떨어지는 줄 알았어요."

"그런데, 교장 선생님이 왜 부르셨어?"

"저 인사 잘한다고 칭찬해 주셨어요. 그런데 교장 선생님이 제 이름을 어떻게 아셨죠?"

"교장 선생님이 너한테 관심이 많으시거든. 어제도 선생님한테 오셔서 너 공부 열심히 하냐고 물어보시던데. 그리고 씩씩해졌다고 칭찬도 해 주셨어."

"진짜요?"

학생들, 특히 내가 가르쳤던 아이들은 선생님의 관심을 받고 싶어 한다. 물론 안 그런 아이도 있지만 가정에서 돌봄 부재로 방치된 아이도 있었다. 가정에서의 돌봄이 부족할수록 아이들은 학교 선생님의 따뜻한 관심이 필요하다. 아이들이 선생님의 관심을 받고 싶어 하는 시기도 아이들 인생에서 보면 다 한때다. 관심도 적절한 타이밍이 있기에 그 시기에 관심을 주는 게 무엇보다 필요하다. 아이는 실제로 연말 향상도 평가에서 좋은 성적을 받았다.

한글을 읽지 못하는 2학년 아이가 둘이 있었다. 과자를 사서 포장 박스를 보여 주고 과자 이름을 읽으면 과자를 간식으로 주는 식으로 읽을 수 있는 낱글자의 수를 점점 늘려 나갔다. 한 아이는 그 방식이 통했는데 다른 아이한테는 먹히지 않았다. 교육청 사이트에 올라와 있는 기초학력 학생 한글 교재를 프린트해서 다 공부시켜도 한글 실력이 하나도 늘지 않았다. 시중에 있는 유아용 한글 교재도, 한글 낱말 카드도 도움이 안 되는 상황이었다. '과연 이 아이는 한글을 뗄 수 있을까?'라는 의문이 들기 시작했다. 다른 한글 학습 방법이 무엇이 있는지 찾아야 했다. 한 번도 경험해 보지 못한 막막함. 나는 다시 '쓸모없음'이라는 벽에 부닥쳤다.

그러던 중 과거 일이 생각났다. 자폐 스펙트럼 장애 아이가 한글을 잘 읽는 모습을 본 적이 있다. 그러니 분명 적합한 학습 방법을 찾는다면 시간이 걸려서 그렇지 한글 떼기는 가능할 것 같았다. 어딘가 있는 누군가는 성공했을 그 방법을 알지 못해서 답답했다. 막막함의 절벽 끝에 서 있으니, 이 일을 시작하면서 가졌던 '보람' 같은 건 하나도 중요하지 않은 것이 되어 버렸다.

하루는 자다 말고 새벽에 벌떡 일어나서 인터넷을 뒤졌다. 그리고 마침내 경계성 지적 장애를 가진 아동에게 효과가 있다는 한글 학습법을 찾아냈다. 물론 이 학생이 경계성 지적 장애가 있는지 아닌지 그건 내가 판단할 영역도 아니고 판단할 능력도 나에겐 없다. 그리고 이 방법으로 성공할 수 있을지에 대한 확신도 없다. 다만 이 방법이 실패할지 모른다 해도 뭐라도 시도는 해 봐야 했기에 이 학습법은 나에게 어둠 속에서 찾은 한 줄기 빛이었다. 이게 안 되면 또 다른 것을 찾으면 된다.

자음 학습법은 어느 초등학교 교장 선생님이 오랜 시간 경험으로 만들어 낸 것이었다. 나는 교장 선생님이 운영하는 홈페이지에 이 학습법을 배우고 싶다는 글과 연락처를 남겼다. 그리고 마음 편히 잠자리에 들 수 있었다. 막막한 바다에서 등대를 찾았다는 생각에 마음이 놓였다.

이틀이 지나고 자음 학습법 교장 선생님에게서 전화가 왔다. 나는 아이의 상황을 설명했다. 선생님은 자음 학습법의 교구는 어떻게 만들고 어찌 수업해야 하는지, 주의사항이 무엇인지 자세히, 아주 친절하게 알려 주셨다. 그리고 마지막으로 물으셨다.

"다른 아이나 수학에선 궁금한 거 없으세요? 있으시면 물어보세요. 답해 드릴게요."

얼굴 한번 본 적 없는 교장 선생님의 따스한 말 한마디가 당황스러우면서도 고마웠다. 그동안 이 일을 하며 막막한 상황이 닥치면 주로 우리 집 세 아이에게 의견을 구했다. 특히 초등학생인 막내는 내가 가르치는 학생들과 비슷한 또래여서 자신의 경험에 비추어서 가장 도움이 될 의견을 내주었다. 그런 나에게 뭐든 질문만 하면 답을 주겠다고 말하는 성인을 만나니 너무 반갑고 고마운 생각이 들었다.

"선생님, 100에서 두 자릿수 뺄셈 가르칠 때 좋은 방법이 없을까요?"

"아, 그건 이렇게 한번 해 보세요. 먼저 100원짜리 동전 하나랑 10원짜리 동전 10개를 준비하세요. 그리고 백의 자리 위에 100원짜리 동전을 두고……."

선생님은 차분히 설명해 주셨다. 나는 종이에 정신없이 받아 적었다.

통화가 마무리될 무렵 선생님은 내게 주소를 알려 달라고 하셨다. 직접 만든 교재를 보내 주신다고 했다.

"그러면 제가 교재 값을 얼마를 보내 드려야 할지……?"

"기초학력 선생님이면 기간제시잖아요. 그냥 쓰시고요. 아이들 잘 지도해 주세요. 그러시면 됩니다."

나는 너무 고마워서 눈물이 왈칵 나왔다. 감사하다는 인사로 전화를 끊었다.

택배로 받은 교재는 열 권도 넘었다. 교재 하나하나가 다 교장 선생님이 얼마나 정성을 쏟아 만드셨는지 느낄 수 있었다. 다음 날부터 이 교재로 아이를 가르칠 생각을 하면서 나는 기대감에 마음이 부풀었다. 아이가 한글을 쉽게 깨치게 될 것만 같았다.

자음 학습법대로 한글 수업을 진행했다. '가'부터 '하'까지 하루에 딱 한 자씩만 새로운 글자를 가르쳤다. 언제나 중요한 것은 서두르지 않는, '천천히'였다. 그리고 '거'에서 '허'까지 늘려 나갔다. 나중에는 아이의 입에 익어서 개별 글자는 몰라도 운율에 맞춰서 잘 읽어 나가게 되었다. 이런 식이다. '가갸거겨고교구규그기', '나냐너녀노뇨누뉴느니' 이렇게 몇 번 읽다 보면 아이는 모르는 글자가 나오더라도 입에 익어 술술 잘 따라 읽게 되었다. 자신감을 가지고 반복하다 보니 아주 천천히였지만 소중한 변화가 있었다.

나는 이런 지도법을 만들고 알려 주신 교장 선생님이 너무 고마웠다. 하지만 아주 소중한 변화는 아이와 나만 아는 변화일 뿐이었다. 담임 선생님과 친구들에게 아이는 여전히 한글을 못 읽는 아이였다. 세상의 기준으로 보면 이 아인 여전히 그 자리에 그대로 성장 없이 서 있을 뿐이었다. 다른 눈으로 보아야 그 미세하고 놀라운 성취를 볼 수 있다.

전교에서 일·이등 하는 학생은 선생님이 하나를 알려 주면 열을 깨치기도 한다. 그래서 칭찬이 자자하다. 이 학생이 높은 학습 역량을 가졌다는 것은 학생과 교사 그리고 부모 모두에게 자랑거리가 된다. 그 정반대 편에 있는 학생들이 주로 기초학력 수업을 들으러 내 수업에 오는 아이들이다. 사실 기초학력 미달 학생들의 수준이 어느 정도인지는 교사가 아니고서는 정확하게 파악하기 어렵다. 이 학생들의 경우는 학생, 교사, 학부모 어느 누구도 학습 수준을 인정하고 받아들이기가 쉽지 않다. 일단 학생은 자신이 모른다는 걸 최대한 숨기려 한다. 교사도 그걸 기꺼이 알려고 노력하지 않는 경우가 많다. 유쾌한 기분이 들 일이 아니기 때문이다. 교사도 학생이 어디까지 모르는지 하나하나 파악하려면 시간과 노력을 들여야 한다. 기초학력 강사인 나 역시 마찬가지이다. '2학년인데 이걸 못하는 아이가 있다고?' 스스로에게 계속 묻고 또 물었다. 한참이 지나서야 그걸 사실로 받아들일 수 있었다. 왜냐하면 그 정도 모르는 아이는 본 적이 없었기 때문이다. 하지만 그걸 인정해야 학습이 시작된다. 선 자리를 알지 못하면 딱 맞는 학습을 시작할 수 없다.

그걸 알게 되면서 이 일자리로 '보람'을 느낄 수 있을지도 모른다는 기대감을 내려놓게 되었다. 지금 이 상황에 교사의 보람은 중요한 것이 아니라는 생각이 들었다. 이 일로 월급 받으면 되었지 거기에 보람까지 얻고 싶은 것도 다 내 욕심 같았다. 중요한 것은 학생에게 가장 효과적일 것 같은 방법을 적용해보는 것, 더 좋은 방법을 고민하는 것, 그렇게 바로 눈앞의 과제를 하나씩 풀어내고 아이가 포기하지 않고 한 걸음 한 걸음 나아가게 옆에서 응원하는 것이 내 임무라는 생각이 들었다.

학교라는 공간

학생도 학부모도 아닌 초단시간 노동자로 겪은 학교는 전혀 다른 공간이었다. 학생에게 줄 문제를 프린트하기 위해서 강의실에 컴퓨터를 설치해 달라고 담당 선생님에게 부탁했다. 다음날 출근을 하니 전산 담당 선생님이 강의실에 컴퓨터를 설치하고 비밀번호와 주의사항을 알려 주었다. A4용지 한 묶음을 나에게 전해 주는 선생님의 표정이 이상했다.

"선생님, 이 교실은 다른 분들도 사용하니까 비번 잘 관리하시고요."

"네."

"그리고 특히 A4용지 잘 관리해 주세요."

"네?"

나는 깜짝 놀랐다. 내가 수업하는 강의실은 일주일에 이틀은 내가 쓰고 사흘은 방과 후 수업을 하는 곳이다. 그러니 다른 사람들이 컴퓨터를 쓰지 않게 비밀번호 관리를 물론 잘해야 한다. 하지만 종이 관리까지 잘하라니. 요즘 A4용지는 흔하디흔한데, 그걸 누가 남의 것을 쓴다고 그런 말을 하는지 의아한 생각이 들었다. 그러고 보니 시간 강사로 학교와 직접 계약을 한 나와 학교 공간을 빌려서 수용비를 내는 방과 후 선생님과의 관계가 달라 보였다. 나는 학교가 필요 비품을 챙겨 줘야 할 사람이었지만, 방과 후 선생님은 학교 공간을 빌려서 개인 사업을 하는 사업자로 생각하는 게 느껴졌다.

어느 날, 수업하는데 천장 에어컨의 네 귀퉁이 중 한쪽이 아래로 10센티미터 정도 내려앉은 게 보였다. 저걸 어쩌지? 누구한테 말하지? 내가 에어컨을 수리해 달라 말하면 학교 직원의 반응이 좋을 것 같진 않은데. 수리해 달라고 귀찮게 내가 꼭 말해야 하나? 나야 이 공간을 일주일에 이틀만 쓰는데, 게다가 내가 가르치는 학생은 몇 명 되지도 않아서 에어컨 밑에는 앉지도 않는다. 이 교실을 쓰는 다른 선생님이 조치하겠지. 이런 마

음이 들었다. 그런데 생각해 보니 이 교실을 쓰는 다른 선생은
다름 아닌 방과 후 교사다. 학교는 방과 후 교사를 개인 사업자
로 보기에 방과 후 교사가 시설에 대해 말하는 게 쉽지 않을 것
이다. 저렇게 두었다가 아이들이 다치기라도 한다면, 그건 강사
인 나에게도 책임이 있고 무엇보다 시설 관리를 안 한 학교의
책임이 크다. 그러니 내가 말해 준다면 학교는 그걸 고마워해
야 한다. 껄끄러운 마음을 지우기 위해 나는 내 행동이 정당한
일이라고 자꾸 되뇌었다.

교무실에 가서 퇴근 시간을 기록하면서 실무사 선생님에게
이야기했다. 그랬더니 자기 소관이 아니라며 행정실에 가서 말
하라고 한다. '행정실에 아는 사람 아무도 없는데 그걸 내가 직
접 말해야 하나?' 하는 생각이 들었지만, 애들이 다치면 안 되
니까 마음을 다잡고 행정실에 들어갔다.

"안녕하세요? 저, 드릴 말씀이 있어서요."

"네."

말단 직원이 대답했지만, 직원 얼굴엔 '너 뭐야?'라고 쓰여
있다.

"저는 기초학력 강사로 근무하고 있는 ○○○입니다. 제가
지금 사용하는 강의실 307호 천장 에어컨 한쪽이 아래로 떨어
지려고 해서요. 그냥 두면 애들이 다칠 위험성이 있어 조치를
좀 취해 주셔야 할 거 같아 말씀드리러 왔습니다."

"어디요?"

"307호 강의실에 에어컨이……."

"예. 무슨 말인지 알았으니까 그만 가 보세요."

내 말이 채 끝나지도 않았는데 상석에 앉아 있던 행정실장으로 보이는 사람이 말을 끊어 낸다. 어처구니가 없다. 한국어에는 엄청나게 많은 종류의 '너의 말을 알아들었다'는 의미의 말이 있다. 그 하고많은 말 중에서도 가장 기분 나쁜 말을 골라서 저렇게 아무렇지도 않게, 심지어 아주 자연스럽게 말하는 사람이 있나 싶다. 사무실을 나오는데 아주 기가 막힌다. 내가 지금 에어컨이 내 머리통에 떨어질까 걱정이 돼서 수리해 달라고 했다면 아주 날 잡아먹으려고 들었을 것 같다. 만일 수업 중에 학생들 머리에 에어컨이 떨어져서 무슨 일이라도 난다면 교장, 교감, 행정실장인 당신까지 줄줄이 징계감이다. 그런데도 그 위험을 알려 준 나에게 고마운 감정은 눈곱만큼도 없고 이런 비상식적인 대꾸를 하는구나. 나한테도 이 정도인데 만일 방과 후 선생님이 이 말을 했다면 당신은 어떤 취급을 했을까?

한번은 또 이런 일이 있었다. 학교에는 '방과 후 코디 선생님'이 있다. 방과 후 코디 선생님은 방과 후 수업의 1차 관리와 조정의 역할을 담당한다. 보통 학부모 중에서 선발하고 상근직이 아니라서 하루 몇 시간씩 짧게 일하는 대신 급여도 적다. 하루는 방과 후 코디 선생님이 내 강의실 문을 아주 공손히 두드리더니 들어와서 물었다.

"선생님, 뭐 여쭐 게 있어서요. 선생님 수업이 언제 진행이 되는지 알려 주실 수 있으실까요? 학교에서 강의실 문 앞에 시간표를 꼭 붙여 두라고 그러셔서요."

"저는 화요일, 목요일에 1시부터 3시 20분까지 수업해요."

"네, 정말 감사합니다."

교실 밖으로 나가는 코디 선생님의 행동은 정말 부자연스럽게 공손했다. 내가 불편함을 느낄 정도의 과도한 공손함. 코디 선생님이 나에게 보인 극도의 공손함은 이 학교 관리자들을 상대하면서 생긴 습관이 자연스레 나에게까지 연장된 것으로 보였다. 그래서 공손함의 끝맛이 유쾌하지 않고 씁쓸했다.

나는 학생들에게 필요한 교구를 직접 만들어서 사용하는 일이 많았다. 그래서 학교에서 문구 용품을 보관하는 학습 자료실에 자주 들렀다. 그곳에 가면 오전에는 지킴이분이 있었다. 그분은 선생님들이 원하는 링 제본도 해 주고 코팅도 해 주고, 컬러 복사도 해 주셨다. 한창 더운 여름에 자료실에 갔는데 지킴이분이 창문을 열어 두고 부채질을 하다가 내가 들어서자 의자에서 일어났다.

"뭐, 필요한 거 있으세요?"

복사기는 쉴 없이 돌아가며 열을 내뿜는데 에어컨도 선풍기도 꺼져 있었다.

"여기 에어컨 안 트세요?"

"저 혼자 근무하는데 에어컨 틀기 눈치 보여서요. 못 틀겠어요."

"아휴, 복사기까지 돌아가니까 훨씬 더운데요."

"괜찮아요. 12시면 퇴근이고 방학 때는 근무 안 하잖아요. 방학까지만 참으면 돼요."

교무실 옆 회의실 생각이 났다. 거긴 어떤 날은 사람이 없는데도 온도가 너무 낮게 설정돼 있어 잠깐 들어가도 추워서 옷깃을 여며야 할 지경이다. 학교 안에는 자기 판단으로 에어컨을 켤 권한이 있는 사람도 있고, 에어컨을 켜려면 누군가의 눈치를 보아야 하는 사람도 있다. 이렇듯 보이지 않는 층층시하의 서열이 학교 곳곳에 숨어 있다. 이런 서열은 더운 여름 복사기가 내뿜는 열처럼 사람들의 숨을 턱턱 막히게 한다.

수업 시간이 바뀌면서 학교에서 점심 급식을 먹어야 하는 상황이 되었다. 급식을 먹으러 식당에 가니 오른쪽 자리엔 주로 학생들이 앉아서 먹었고 왼쪽 자리엔 교직원들이 앉아서 먹었다. 아는 사람이 거의 없는 나는 그중 입구 쪽 빈자리에 앉아서 먹었다. 다음 날 평소 인사를 하고 지내던 무기직 선생님이 나를 불렀다.

"선생님, 이제 학교에서 식사하세요?"

"네. 수업 시간이 변경돼서요."

선생님은 말없이 종이와 연필을 꺼내서는 식당 배치도를 그렸다.

"여기 이렇게 테이블 자리 있죠? 이 자리는 앉지 마세요. 이쪽 자리는 높은 분들이 식사하세요. 교장 선생님, 교감 선생님,

부장 선생님 자리예요."

"아, 그래요?"

정말 어처구니가 없다. 학교 식당 자리까지 높은 분들의 자리가 정해져 있다면 저 자리는 언제나 비워 두라는 말이 아닌가. 모르는 척하고 확 앉아 버릴까? '높은 분 지정좌석제'는 도대체 누구 머리에서 나온 걸까? 설마 교장 선생님이 '이 자리는 내 자리니까 너희들 앉지 마.' 했을까? 아마 다른 사람들이 알아서 교장 선생님 불편하실까 봐 암묵적으로 비워 두는 거겠지. 암묵적인 관행과 의전이 학교를 더 경직되게 만드는 것은 아닐까 싶다. 그러고 보니 그쪽 의자는 다른 쪽 의자와 달리 등받이가 있는 더 편한 의자다.

내가 일한 일터, 학교라는 공간은 아무리 시간 강사라 할지라도 자신의 수업에 대한 자율권이 보장되어 있다. 그런 자율권 덕분에 근무 환경이 전에 다닌 회사와 달리 숨통이 트였다. 다만 교장 선생님을 정점에 둔 철저한 계급 사회라는 게 느껴져 좀 서글펐다. 교장 선생님 아래 간부 교사들, 정교사 그리고 무기직, 그 아래 우리 같은 시간 강사, 그 아래에 방과 후 코디 선생님이나 학습 자료실 지킴이분들 그리고 이방인 취급을 받는 방과 후 교사들이 있고, 그 계급별로 학교 관리자들이 대하는 방식이 천지 차로 달랐다. 그 다름을 느끼게 될 때는 숨이 막히고 답답했다.

## 다시 구직자

기초학력 강사로 일하며 그사이 사회복지사 2급을 따고 1급 시험에도 붙어서 1급 자격까지 취득했다. 그리고 직업상담사 2급 자격증을 땄다. 임상심리사 2급 자격시험을 보기 위해서 1년간 수련 과정도 거쳤다. 수련 과정에서 배운 공부 덕에 아이들을 이해하는 데 큰 도움을 받았다.

기초학력 강사 계약이 12월로 종료돼 다시 구직자가 되었다. 봄이 되면서 기초학력 강사를 뽑는 집 앞의 학교에 원서를 냈다. 예전에 다녔던 학교보다 급여는 적었지만 걸어서 다닐 수 있다는 점이 마음에 들었다. 이 학교에 합격이 된다면 하루에 한 시간 이상을 절약하고 차비도 안 들고 좋을 것 같았다.

면접관으로 들어온 교감 선생님이 말했다.

"선생님께서 기초학력 경력도 많으시고……, 만일 우리 학교에서 뽑았는데 예전 학교에서 오라고 연락 오면 그리로 가시지 않을까요?"

"저는 이 학교가 더 좋습니다. 집에서 걸어서 다닐 수 있어서요. 뽑아만 주신다면 열심히 하겠습니다."

질문이 뽑고 싶다는 긍정의 사인으로 느껴져 기뻤다. 며칠 뒤 발표를 기다렸는데 떨어졌다. 그 뒤로 계속 떨어졌다. 면접 때는 다 될 것 같은 분위기였는데 떨어졌다는 연락이 왔다. 그러면서 전화를 준 선생님이 이런 말을 했다.

"저희는 선생님을 뽑고 싶었는데요. 그사이 교육청 지침이 변경되었어요. 교원자격증이 없으면 안 된다고 해서요. 선생님, 혹시 기초학력 강사 말고 협력 교사도 뽑고 있는데 월, 수, 금만 일하시면 되는데 그건 하실 생각 없으실까요?"

협력 교사 뽑는다는 공고는 나도 보았다. 그런데 그것은 주당 8시간짜리 일이다. 그 일을 하면 수입이 대폭 줄어든다.

"협력 교사 공고문은 저도 봤는데요. 수업 시간이 제가 생각한 것보다 적어서 그건 좀 힘들 것 같아요. 전화 주셔서 고맙습니다."

코로나19가 심해지면서 많은 방과 후 수업이 폐강되었다. 일자리가 준 방과 후 선생님들은 주변에 다른 일자리로 진출하였다. 기초학력 강사도 그중에 하나다. 방과 후 선생님들이 기초학력 강사로 유입이 되니 기초학력 강사 경쟁률이 세어졌다. 나처럼 교원자격증이 없는 사람은 일을 구하기가 더 어렵게 됐다. 결국 나는 기초학력 강사 일자리를 잡는 데 실패했다. 이젠 더 이상 학교에서 일을 못 하겠다는 생각이 들었다.

그 후 공공 기관의 기간제 직원 모집에 원서를 냈는데 다행히 취업이 되었다. 8개월 풀타임 근무였고 최저 임금을 받았다. 한 달 만근하면 하루 휴가를 쓸 수 있고 1년을 만근하면 15일의 연차가 생기는, 내가 염원했던 일자리였다. 물론 8개월 계약직이라 1년 만근을 할 수 없지만 말이다.

하루는 출근하는데 태풍이 올라오고 있어 밖이 깜깜했다. 쏟아지는 비를 덜 맞으려고 우산을 두 손으로 들었지만, 소용이 없었다. 버스를 기다리는 동안 이렇게 비를 맞으면서까지 출근해야 하나 의문이 들었다. 아이 셋은 집에서 모두 잠을 자고 있는데 나는 바지 걷어 올리고 신발을 적시며 출근해야 하나? 그러면서 25년 이상을 하루같이 출근한 남편이 생각났다. 남편도 이런 날은 정말 출근하기 싫었겠구나. 애들 늦잠 잔다고 거실 불도 켜지 않고 남편을 배웅한 날도 있었는데, 세상천지가 잠자리에서 나오지 않은 그런 어두운 아침을 깨고 홀로 출근길에 나선 그 느낌이 어떠했는지 남편은 말한 적이 없다. 그 마음을 한 번도 헤아려 주지 못했다는 게 미안하고, 또한 고맙다. 이렇게 캄캄한 아침 덕분에 세상에 대해 하나 더 배워 나간다.

내가 일찌감치 남편과 같이 돈을 벌었다면 남편의 직장 생활은 어땠을까? 남편이 회사에서 겪었던 일 중엔 수모로 기억되는 것도 있다. 남편과 관계가 좋지 않은 상사가 높은 자리로 오면서 50대 부장이었던 남편은 평사원이 되었다. 회사에서 나가라는 말 외에는 달리 해석할 수 없는 상황이었다.

내가 돈을 벌었다면, 아버님에게 남편이 가장 자랑스러운 자식이 아니었다면, 남편은 사표를 냈을 거라고 했다. 남편은 몇 년을 참고 버텼다. 내가 일을 했다면 남편은 덜 참고 자신을 좀 더 지켰을 것이다. 선택이 지금과 같았다 하더라도 아마 마음은 훨씬 더 가벼웠을 텐데, 그런 운신할 폭을 주지 못했다는 게 이제야 미안한 마음이 든다.

내가 일했던 그곳은 출근 첫날부터 장우산을 선물로 주었다. 나는 오호, 이런 선물은 다 내가 이 사회에서 쓸모 있는 사람이라는 증표니까 잘 받아 안고 집에 가야지 생각했다. 명절에 받은 선물과 상품권이 특히 좋았다. 하다못해 주방세제를 준다 해도 난 감사하게 받을 준비가 되어 있는 사람이다. 심지어 유통 기한이 얼마 남지 않은 먹을거리를 줘도 나는 희희낙락 좋아라 받아 들고 집에 왔다. 그렇게 작은 선물에도 감동하면서 8개월의 계약 기간을 다 마쳤다.

퇴사하면서 그 공공 기관에서 정년까지 근무하는 무기직을 매해 채용한다는 소식을 들었다. 1차는 필기시험이고 2차는 면접시험으로 선발하는데, 면접 시에 기간제 경력이 있으면 가점을 받을 수 있다고 했다. 필기시험에서 2배수를 선발하기에 1차에만 합격하면 경력이 있는 나는 승산이 있어 보였다.

나는 실업급여를 받으며 시험 공부를 시작했다. 아침 먹고 가방을 싸 들고 스터디 카페로 향했다. 스터디 카페로 가다가 건널목에서 신호등이 바뀌기를 기다리고 서 있으면 건너편 초등학교가 보였다. 기초학력 강사 면접을 봤다가 떨어진 학교였다. 그 학교 교감 선생님이 날 붙여 줄 것처럼 물었다. 붙여 줘도 예전 학교에서 오라 하면 그 학교 가지 않겠냐고 물었는데. 그런 면접을 보기 싫어서라도 이번 필기시험에는 꼭 붙고 말리라. 말 같지도 않은 질문에 납작 엎드려 '붙여만 준다면 열심히 하겠다.'는 그런 입에 발린 말 하기도 더 이상 지친다. 하루에도 두 번씩 학교 앞을 지나면서 다짐했다. 두 달간은 매일 8시간씩 공부했다. 그리고 마지막 달은 11시간씩 공부했다.

시험을 일주일 앞두고 매일 모의시험을 보았다. 적절한 시간 안배 훈련을 위해서 손목시계도 구입했다. 모든 과목은 기자가 쓰는 취재 수첩을 사서 요약 정리를 했다. 시험장에 가져가서 시험 보기 직전까지 복습할 생각이었다.

드디어 대망의 시험일이 되었다. 같은 교실에서 시험을 보는 스무 명 중 삼등은 해야 면접을 볼 수 있다. 경력이 있으니까 면접도 불리하지 않을 것 같다. 물티슈로 책상을 닦으면서 심호흡을 했다. 손목시계도 책상 오른쪽 위쪽에 자릴 잡았다. 그리고 컴퓨터 사인펜과 볼펜을 가지런히 놓았다. 이 교실에서 삼등, 삼등이다.

필기시험 결과가 나오는 날, 내 간절함이 하늘에 닿았는지 나는 1차 시험 합격 컷보다 4점 높은 점수로 합격해서 면접을 볼 수 있게 되었다.

내가 1차 시험에 합격하자 가족들, 특히 남편이 좋아했다. 남편의 은퇴가 4년 뒤라서 그 이후의 집안 경제를 걱정 안 할 수 없는 상황이었다. 은퇴하고 나서 남편이 연금을 받으려면 5년은 기다려야 한다. 수입이 없을 그 기간에 내가 안정적인 수입을 만들 수 있다면 좋겠다고 우린 기대했다.

하지만 내 합격을 가장 기뻐할 사람은 따로 있다. 구순의 부모님이다. 여태껏 친정 부모님은 남편 건강보험에 피부양자로 되어 있었다. 사위 건강보험에 피부양자로 살아온 게 마음 편하셨을 리 없다. 내가 무기직으로 채용된다면 자식의 건강보험 피부양자가 되실 수 있다. 다 늙은 자식이 부모에게 효도한다고 정말 좋아하실 것이다.

이 면접이 내 인생의 마지막 면접이 되길 바라는 마음에서 정성을 쏟아야겠다고 마음먹었다. 워킹맘인 아이 친구 엄마에게 도움을 요청했다. "이번 면접 중요하니까 자기가 나 도와줘, 합격하게." 그녀는 고맙게도 주말 이틀을 나와 같이 다녀 줬다. 직장인에게 쉬는 날이 얼마나 중요한지 알기에 너무나 고마웠다. 옷도 사고 미용실에 가서 최신 유행 색으로 염색도 하고 파마도 했다. 머리에 난생처음으로 거금을 들였다. 좀 더 좋은 인상을 주고 싶어서 안경테도 새로 맞췄다. 혹시라도 떨어졌을 때 후회하지 않도록 정성을 다했다.

면접 당일, 남편은 반차를 내고 나를 면접 장소까지 데려다주었다. 면접 예상 답안을 주머니에 넣고 들어가 외웠다. 나보다 앞서 면접을 보러 들어간 분이 대기실에 돌아오더니 나에게 와서 뭘 물어봤는지 귀띔을 해 준다. 의아한 생각이 들었다. 이걸 왜 경쟁자인 나에게 알려 주는 건가 싶었다. 하지만 그런 걸 생각할 시간이 없었다. 다시 한번 알려 준 질문에 대한 답을 살펴보았다. 그러고는 면접장에 들어갔다. 들어가자마자 받은 첫 질문이 앞선 면접자가 알려 준 질문이었다. 나는 여유 있게 답을 했다. 이어진 질문에도 자신감을 가지고 답을 할 수 있었다.

마지막으로 면접관이 물었다.

"운전은 할 수 있으세요?"

"면허는 있지만 운전은 못합니다."

"제가 이 질문을 드리는 이유는 집에서 먼 지역으로 근무지가 결정이 나면 다니실 수 있나 걱정이 돼서요."

"합격만 된다면 먼 곳에 배정이 되어도 어떻게든 다닐 수 있는 방법을 강구해서 다니겠습니다."

면접장을 나서는데 그냥 운전할 수 있다고 대답할 걸 그랬나 하는 후회가 들었다. 그래도 먼 곳에 배정되면 어쩔 거냐 물은 건 붙여 줄 생각이 있다는 것 아닐까 하는 생각도 들었다. 다른 질문에 대한 대답은 잘못한 것이 없고, 안 떨고 할 말을 다 했으니 합격할 것만 같은 생각이 들었다.

남편과 나는 합격자 발표가 나면 어느 식당에 가서 아이들과 밥 먹을까 하는 고민을 하며 웃었다.

발표일이 되었다. 홈페이지에 들어가서 합격자 수험번호를 찾았다. 내 번호가 안 보였다. 이럴 수가? 이름으로 다시 찾았다. 없다. 아무리 눈을 씻고 봐도 안 보였다. 면접을 잘 보았다는 확신이 들었는데 떨어지다니. 온 우주가 내 합격을 돕는다는 생각이 들었는데, 그건 착각이었나 보다. 식구들 단체 톡에 떨어졌다고 아주 짧은 글을 올렸다.

둘째 아이가 전화했다.

"엄마, 괜찮아? 공부하느라 고생 많았어."

첫째도 전화했다.

"엄마 공부하는 모습 보고 저도 자극이 많이 되었어요. 필기 시험 붙은 것만 해도 대단하다고 생각해요."

아이들의 전화를 받고 눈물이 핑 돌았다.

며칠을 고민했다. 필기시험 성적이 더 높았어야 했는지, 면접을 더 잘했어야 했는지, 아니면 내 나이가 너무 많아서 떨어진 것인지. 뭐가 오답이고 뭐가 정답인지 갈피를 잡지 못했다. 그러니 이 길을 한 번 더 도전해도 되는지, 아니면 다른 길을 찾아야 하는지 확신이 서지 않았다. 이미 상반기가 지나 초등학교의 기초학력 강사 모집 기간도 다 끝나 버렸으니 학교 일자리는 구할 수 없다. 사회복지사 자격증으로 갈 수 있는 일자리를 찾아야 한다. 그런데 거기도 대부분 실제 운전할 수 있는 사람을 원한다. 운전 연수를 해야 하나? 겁 많은 내가 운전을 할 수 있을까?

## 최저 임금 미만

가까운 지자체에서 한시임기제 공무원 채용 공고가 났다. 그런데 공고문에 나온 급여가 좀 이상하다. '급여: 172만 원(40시간)'이라고 되어 있다. 올해 최저 임금이 40시간 기준으로 192만 원인데. 40시간에 172만 원이라니? 아무래도 공고를 내는 직원이 실수한 것 같다. 설마 최저 임금제를 안 지키는 기업을 관리 감독해야 하는 지자체가 최저 임금을 안 지킬까? 전화해서 정확하게 물어볼까 싶었지만 내가 너무 별나 보일 것 같아 참았다.

작성해서 내야 하는 서류가 다섯 장이다. 응시원서, 자기소개서, 업무계획서까지, 이렇게 많은 서류를 언제 다 작성하지? 접수 마감도 며칠 안 남았다. 정말 하기 싫다. 그런데 몇 년 전에 같은 직군으로 응시를 했던 것이 생각났다. 그걸 좀 수정하면 마감 전에 서류 작성이 가능해 보였다. 원서를 다 작성하고 서류를 프린트했다. 경력증명서와 자격증 사본까지 L자 파일에 넣고 집에서 출발했다. 지자체에 도착해 5천 원짜리 수입증지를 샀다. 수입증지를 붙여야 접수가 된다고 해 사서 붙였다. 지자체는 응시자에게 면접비는 안 주면서도 특정 일자리 응시 원서에는 수입증지를 꼭 사서 붙이라고 하는데 그 이유를 통 모르겠다.

스무 명 선발하는데 오십 명 넘게 접수했다. 서류 전형 합격자 발표가 났는데, 세 명 빼고는 다 합격했다. 서류 탈락자가 적으니까 면접 보고 싶은 생각이 줄어든다.

그나저나 면접 보러 가기 전에 한시임기제 공무원 급여가 얼마인지 정확하게 확인을 해야 할 것 같다. 공고문이 잘못된 것인지 궁금해서 인터넷을 뒤져 보았다. 그런데 인터넷 관련 자료에는 공무원은 원칙상 '최저 임금제 적용 제외'라는 문구가 적혀 있다. 민간 기업에게 최저 임금제 지키라고 관리 감독하는 지자체가 최저 임금을 지키지 않는다니 도저히 앞뒤가 안 맞는단 생각이 들었다. 너무 이상해서 시간제 공무원으로 일하는 지인에게 물었다.

"자기도 40시간에 172만 원 기준으로 월급 나오는 거야?"

"맞아. 그렇게 나와. 내가 말했잖아, 난 관노비라니까?"

"그리고 받지도 못하는 공무원연금도 9퍼센트가 떼이고?"

"그렇지, 나도 공무원이거든."

한숨이 나왔다. 결국 한시임기제 공무원은 40시간 일하면 172만 원을 받는데, 이 일자리는 주당 근무시간이 35시간이라 급여가 150만 원이다. 거기에 4대 보험을 떼면 126만 원 정도, 차비 7만 원 빼면 118만 원이 남는다.

이런 일자리를 얻겠다고 경쟁률이 2.5 대 1인 면접장에 머리하고 화장하고 차려입고 면접을 보러 가야 하나? 확신이 안 선다. 면접에서 떨어져도 실망 따위는 말자. 내가 부족한 것이 아니다. 적합한 일자리를 아직 못 찾은 것이며 면접관들이 나의 장점, 나의 능력을 알아보지 못한 것이다. 뭐, 이렇게 아무리 되뇌어도 면접에서 떨어지면 기분이 정말 나쁘고 내가 얼마나 부족하고 쓸모없는 사람인가 하는 생각이 든다. 그래서 마음이 땅속 깊이깊이 가라앉는 느낌을 피할 수 없다. 그걸 아무렇지 않은 척, 또 해야 할까?

면접을 보러 가야 하나 결정을 못 하고 있는데, 그 지자체에서 근무하는 지인을 만나게 되었다.

"2.5 대 1이라고? 면접 가도 쉽지 않을 거야. 지자체는 자기네 주민을 뽑으려 해서 쉽지 않아."

결국 주당 35시간 일하고 118만 원 손에 쥐는 그 일자리에 '뽑아만 주시면 열심히 하겠다.'는 말을 진심을 다해 할 자신이 없어 면접을 포기했다. 그래서 여전히 나는 원서 쓰는 구직자다. 내년에 올해 응시했던 공공 기관 무기직에 또 도전할지 말지 아직 결정하지 못했다. 올 연말쯤이면 결정할 것 같다. 연말이면 내 낮아진 자존감도 어느 정도는 회복이 될 수 있을까? 오늘도 열심히 워크넷을 뒤지고 사회복지사협회를 뒤져 원서를 쓴다. 올 한 해를 무경력 기간으로 둘 수는 없으니 어디든 취업이 되었으면 좋겠다. 눈만 뜨면 취업 공고 새로 나온 게 있나 찾고 응시할 수 있는 곳을 추려 원서 쓰고 자기소개서 고치는 일, 이제는 좀 그만두고 생산적인 일을 하고 싶다.

14년 전부터 다달이 글을 한 편씩 썼다. 3년 전 취업을 하면서 글을 쓰지 못했다. 왜 그랬을까? '직장 생활하기도 바빠서.' 맞는 말이다. 하지만, 또 다른 이유가 있다.

근로계약서를 작성할 때 같이 서명했던 '비밀 유지 각서' 때문이다. 비밀 유지 각서에 서명할 때 고민 없는 표정을 지으려고 애썼지만, 속으로는 '글 안 쓰고 어떻게 사나?' 하는 걱정을 했다. 일하며 얻은 개인들의 정보는 마땅히 보호가 되어야 한다. 회사의 업무 기밀도 보호가 되어야 한다. 하지만 노동자는 그 외 일터에 대한 글을 쓸 수 있어야 한다고 생각한다.

하루하루 일하다 보니 마음에 쌓이는 것이 생겼다. 글로 풀어내고 싶었다. 가명으로 글을 쓸까? 가명으로 썼다가 만에 하나 누군가가 내가 쓴 글임을 눈치챈다면 재계약이 어려워지는 것은 물론이고 당장 잘리거나, 심하면 소송을 당하게 될지도 모른다는 염려가 되었다. 그런 생각까지 하니 글을 쓸 엄두가 안 났다. 그렇게 3년간 글을 쓰지 않고 참고 살았다.

넉 달 전, 전태일문학상 공모 글을 보게 되었다. 구직자라서 글을 써도 당장 잘릴 걱정은 없다는 점이 글 쓸 마음을 더 커지게 만들었다. 지난 3년간 마음속에 쌓아 두기만 했던 응어리를 정리하기로 마음먹었다. 모든 등장인물은 가명으로, 단서가 될 만한 것을 최소화하면서 글을 쓰기 시작했다. 글을 쓰면서도 일자리와 글쓰기 사이에서 마음이 흔들렸다. 그런 염려 때문에 쓰고 싶은 걸 글에 다 쏟아 내진 못했다. 응모할 때도 필명으로 보냈다.

다행히 전태일문학상 수상작이 되었다는 연락을 받았다. 일터 이야기를 가지고 마음 편히 글을 쓸 수 있는 사람은 적어도 글을 써도 일터에서 잘릴 위험은 없는 사람일 것이다. 그런 사람이 얼마나 될까? 일터에서 겪은 일이 공론화되어야 개선도 되고 좋은 사회로 나아갈 수 있다고 믿는다. 좀 더 많은 사람이 일터에서 겪은 일을 글로 쓸 수 있는 그날이 오길 바란다. 앞으로도 삶이 오롯이 담긴 글을 쓰고 싶다.

손소희

●

# 공장의 담벼락을 허문 연대의 시간
## −금속노조 KEC지회 르포

## 손소희

1975년 광주에서 태어나 대구에서 자람. 지금은 소성리에서 사드–미군 기지 건설을 반대하는 성주 주민으로 살고 있다. 노동자 편드는 글을 쓰고 싶어서 취재하고 기록한다. 함께 쓴 책으로 『들꽃, 공단에 피다』, 『나, 조선소 노동자』, 『회사가 사라졌다』, 『숨을 참다』가 있다.

## 담장을 허문 이야기

나는 수요일이면 아사히비정규직지회(이하 '아사히지회') 투쟁문화제를 찾아간다. 아사히지회는 구미공단 4단지에 위치한 아사히글라스*에서 사내 하청 비정규직 노동자들이 만든 구미공단 최초의 비정규직 노동조합이다. 내가 사는 성주에서 가장 가까운 곳에 위치한 투쟁사업장이다.

아사히지회는 2015년 5월 29일에 노조설립 신고를 했고, 노조를 만든 지 한 달 만인 6월 30일 회사가 사내 하청 직원 178명 전원에게 해고 통보를 문자로 날렸다. 조합원은 138명이었다.

* AGC화인테크노코리아(주)

모두 집단해고를 당했다. 현재까지 22명이 노동조합에 남아서 7년째 부당노동행위, 부당해고, 불법파견이라는 자본의 범죄행위에 맞서 싸우고 있다. 그들은 민주 노동조합(이하 '민주노조')의 깃발을 안고 공장으로 돌아가겠다는 꿈을 쉽게 포기하지 않을 것 같다.

2021년 크리스마스를 앞둔 수요일에 나는 아사히지회로 갔었다. 아사히글라스 공장 앞에는 빛바랜 천막농성장이 있었다. 농성장 부엌에는 밥 짓는 냄새가 가득했고, 사람들의 말소리, 발소리가 요란했다. 식당 안에서 투쟁문화제에 참석한 사람들이 둘러앉아 밥을 먹고 있었다.

농성장 앞 도로에는 드럼통 안에 장작을 가득 넣어서 불을 지폈다. 장작이 타들어 가는 만큼 연기가 하늘 높이 피어올랐다. 아사히글라스 공장의 굴뚝에서 피어나는 연기보다 더 높이 높이 하늘로 치솟아 올랐으면 좋겠다는 마음으로 고개를 뒤로 젖혀서 하늘을 바라보았다.

크리스마스 캐럴은 유쾌했고, 드럼통 난로를 둘러싼 사람들의 말소리, 웃음소리, 몸짓은 '크리스마스' 분위기를 흠뻑 느끼게 해 주었다.

투쟁문화제를 시작하고 아사히지회 수석부지회장인 오수일이 나와서 마이크를 잡고 인사를 했다. 오수일은 추운 날씨에도 농성장을 찾아 준 동지들께 감사하다고 했고, 투쟁이 7년을 맞이하는 동안 아사히지회의 곁을 한결같이 지켜 준 KEC지회 동지들에게 무거운 짐을 짊어지게 한 것 같아 미안하다고 했다. 그의 말에서 KEC지회에 깊은 정을 느낄 수 있었다. 그의 눈은 눈물을 살짝 머금은 듯이 촉촉해 보였다.

아사히지회의 투쟁이 길어지는데 왜 KEC지회가 무거운 짐을 짊어지냐고 오수일에게 물었다. 투쟁하는 노동자에게 가족보다 더 가족 같은 마음이 들게 하는 KEC지회는 어떤 노조인지 궁금해졌다.

"저희가 처음에 노조를 만들었을 때, KEC지회에서 제일 먼저 달려왔어요. 그때 저는 우리를 왜 도와주지? 뭐 바라는 게 있나? 이런 생각을 했었는데, 정말 물질적인 것, 금전적인 것, 인원적으로 엄청난 도움을 주셨어요. 그런데도 저는 한동안 의심을 했었어요. 그러다 우리가 투쟁한다고 여기저기 연대를 다니다 보니까 그 심정을 조금 알겠더라고요. 우리가 제일 억울하고 힘들고 열악하다고 생각했는데, 가는 곳마다 우리보다 더한 거예요. 누구든 어려울 때 도움을 주면 정말 고맙잖아요. 가족도 솔직히 그렇게까지 믿어 주고 응원해 주지는 못할 것 같아요. 그런데 KEC지회는 7년 동안 우리가 투쟁할 수 있게 지켜 준 거죠. 우리가 투쟁해 보니까 연대라는 게 정말 중요하더라고요. 진짜 우리가 살아갈 수 있는 길이 연대라는 것, 함께 싸워야 한다는 게 되게 절실했어요. 우리는 소수였고 아사히글라스는 어마어마한 자본이기 때문에, 우리 22명이 뭘 해도 거들떠보지도 않잖아요. 그런데 우리가 연대하러 다니고 공동투쟁을 하고, 누군가하고 함께 규모를 키워 나가니까 조금 가능성이 보이는 거죠. 서로 힘을 내고 또 힘을 받고, 우리가 아직 살아 있다는 걸 느끼면서 계속 갈 수 있는 거죠."(오수일)

물론 아사히지회 투쟁에 KEC지회만 연대한 건 아니다. 많은 사람들이 아사히지회의 소식을 듣고 부당한 해고에 가슴 아파했다. 하루빨리 공장으로 돌아갈 수 있도록 응원했다. 이들의 연대하는 마음이 없었더라면 아마도 아사히지회가 7년을 투쟁하기는 쉽지 않았을 것이다.

그러고 보면 나도 수요일마다 투쟁문화제에서 KEC지회 조합원들을 만났다. 아사히글라스 해고자보다 더 많은 KEC지회의 조합원들이 자리를 차지하고 있었다. 농성장의 부엌에는 금방 일을 마치고 달려온 사람도 있고, 저녁 식사 하고 문화제를 보고 야간 근무를 하러 출근하는 사람도 있었다. 공장에는 담벼락이 있지만, KEC지회의 7년이란 길고 긴 연대의 시간은 쌓이고 쌓여서 담벼락을 허물었다. 그 시간을 다 모으면 얼마나 높은 탑을 쌓을 수 있을까. 그 탑에는 얼마나 많은 이야기가 숨어 있을까.

나는 오수일의 이야기를 듣고 공장의 담벼락을 허문 따뜻한 구미 KEC지회의 연대가 궁금했다. 구미 KEC지회가 길거리에서 천막농성을 하고 날마다 집회를 하는 건 아니지만, 내 눈에 KEC지회가 민주노조를 지켜 내며 쉴 새 없이 활동하는 모습은 결코 작지 않은 투쟁을 하는 사람들로 보였다. 공장 안에서 총성 없는 전쟁을 매일같이 치러야 한다는 걸 나는 들어 알고 있었다.

KEC지회는 아사히지회가 노동조합을 만들기 훨씬 오래전에 노조를 파괴당할 뻔한 위기에 처한 적이 있었지만, 민주노조의 깃발을 안고 공장으로 돌아갔다. 지금까지 민주노조 깃발을 내리지 않고 지켜 내고 있는 노동조합이었다. 민주노조를 지킨다는 것은 안락한 삶과는 전혀 거리가 멀어 보일 정도로 그들은 '민주노조'를 지켜 내기 위해서 자신의 삶을 쏟아붓고도, 후회하지 않는다. 오히려 자랑스러워해서 나는 그들에게 입버릇처럼 '민주노조가 무엇이냐'고 묻고 듣다가 그들이 지켜 낸 민주노조의 흔적을 찾고 모아서 글을 써내려고 한다.

## KEC, 노동조합, 그리고 김성훈과 이미옥

구미시 공단동에 위치한 (주)KEC(이하 'KEC') 생산공장의 옛 이름은 한국도시바주식회사이다. 트랜지스터와 흑백 TV를 생산하는 공장이었다. 구미에서 1969년 국가산업단지가 조성되던 해에 입주한 제1호 기업이다. 김성훈*이 입사한 2000년도에 KEC로 바뀌었고, 반도체, 트랜지스터, 다이오드, IC 등 비메모리 반도체를 생산하는 장인 기업이라고 세상에 알려졌다. 최

---

* 금속노조 구미 KEC지회 2010년 파업 당시 비대위원장을 맡아 파업을 지도했던 인물이고, 현재 사무장을 맡고 있음.

근에는 산업통상자원부에서 시행하는 국책과제로 SiC 전력반도체 연구 사업*에 선정된 이른바 잘나가는 기업이다.

"TV도 만들고, 삐삐도 만들고. 다이나톤은 굉장히 유명해요. 전자 건반도 여기서 만들다가 팔아먹었어요. 이제 주요하게 남은 게 반도체예요. 사업부 하나 망하면 들어내고, 전환배치시키고. 내가 입사할 때만 해도 직원이 2,000여 명인데, 지금(2022년)은 640여 명이에요."(김성훈)

김성훈이 입사하기 전에 친구가 먼저 KEC에 다니고 있었다. 김성훈은 친구가 다니는 회사의 임금과 노동조건이 부러웠다. 입사 지원을 했던 이유 중에는 노동조합도 있었다. "노동조합이 있으면 뭐가 좋은지 알았어요." 입사하고 3년이 지나자 현장에서 대의원으로 추천을 받았고, 대의원을 연임하고 나서 2007년에 부지회장을 맡았다. "2010년 파업투쟁이 벌어질 때 지회장이 구속되어서 수석부지회장으로 위치를 변경하고 직무대행을 맡았어요." 그날부터 김성훈은 KEC지회 파업지도부로서 해고자가 되었다. 조합원들이 파업을 끝내고 현장으로 복귀할 때 함께 현장으로 돌아가지 못했다. 조합원들이 현장에서 노동조합 활동을 할 수 있도록 노조 지도부로 역할을 했다. 김성훈은 노동조합이 파업할 수 있는 최적의 환경을 만드는 게 자신이 해야 할 일이라고 여겼고, 지금은 지회의 사무장을 맡고 있다.

* 「[특징주] KEC, SiC 전력반도체 국책과제 요구성능 충족에 강세」, 『MoneyS』, 2022년 4월 8일자. https://moneys.mt.co.kr/news/mwView.php?no=2022040809568033251.

이미옥은 1988년 고3 졸업 때 KEC에 취업을 했다. 그해 KEC노동조합이 생겼다. 한국노총 소속이던 노동조합은 1997년 민주노총 금속노조로 옮겼다. 노사관계는 별로 날이 서 있지 않았고, 평범해서 그런지 이미옥은 노동조합에 별로 관심이 없었다.

"노동조합 사무실은 세 번 정도 갔었어요. 경조금을 받으러 간 거예요. 한번은 내 거, 두 번째는 동생들 거, 그게 다예요." 아주 오래전 기억에 노동조합이 3일간 파업을 한 적도 있었다. "그때 저는 일했어요." 이미옥은 회사가 있어야 "우리가" 일할 수 있다고 생각했다. 그는 파업에 참가하지 않기 위해 일부러 새벽 일찍 부서 동료들과 도시락을 싸 들고 출근을 할 정도로 노동조합에 무관심했었다.

"제가 일하던 부서가 관리동에 있다 보니까, 인사–노무–총무 등 회사 관리팀 부서가 다 옆에 있어요. 아무래도 회사 입장에서 이야기를 많이 들었고, (노조에 대해선) 되게 안 좋은 인상을 가지고 있었죠. 색안경을 끼고 봤던 거 같아요."(이미옥)

그런 이미옥도 노동조합에 적극적으로 참여하게 된 계기가 있었다. 2010년에 노동조합은 예년과 다름없이 그해 임금 인상과 노동조건 개선을 위해서 회사와 임금·단체협약(이하 '임단협')을 시작했다. 회사와 노동조합 간에 임단협 교섭은 지지부진했고, 노동조합은 단체교섭이 잘 풀리지 않는다고 알렸다. 단체행동을 해야 한다고 했다. 이미옥과 한 부서 동료들은 해마다 하는 임단협이라 가벼운 마음으로 며칠 나들이 나가듯이, 휴가를 즐기듯이 파업에 참여했다. 교섭이 잘 풀리지 않으면 의례적으로 노동조합은 파업을 선포하고, 회사는 곧 임단협을 체결해 왔기에 이미옥은 파업이 조금 길어져도 별로 걱정하지 않았다. 그러다 6월 30일 새벽에 사건이 터졌다. 회사가 고용한 400여 명의 용역 직원들이 기습적으로 여성 기숙사로 쳐들어왔다. 여성 노동자들은 기숙사 방문을 꼭 잠그고 있었지만 용역 직원들이 방마다 열쇠로 방문을 따고 신발을 신은 채 방 안으로 난입해서 자다 깬 여성 노동자들을 잡아 끌어내고 쫓아내는 일이 벌어졌다.

"새벽에 기숙사에서 생활하는 동생 영근이가 울면서 전화를 했는데, 제가 감당이 안 되더라고요." 회사는 6월 30일 새벽에 공장 안에 머문 노동자들도 다 쫓아내고 직장폐쇄를 해 버렸다. "회사가 직장폐쇄를 하게 되어서 저도 노조가 돌아가는 상황을 겪고 알게 된 거죠."

이미옥은 회사가 교섭에 성실히 임하지 않은 게 노조를 파괴하려는 의도였다는 걸 알게 되었고, 노조 탄압에 맞서서 노동조합 파업을 열심히 거들었다. 조합원들과 공장을 점거해서 회사가 노조의 요구에 응할 때까지 자리를 지켰고, 파업 대오로 버텨 내면서 회사와 싸웠다. 현장으로 복귀해서는 여성부위원장으로 발탁되어 활동했다. 현 집행부에서 그는 법규부장을 맡고 있다.

"김성훈 사무장 말로는 (2010년) 파업할 때 저를 처음 봤대요. 공장 서문에서 선전전을 할 때 제가 부부젤라를 불었어요. 김성훈 눈에 제가 그렇게 열심히 불더래요. 저렇게 열심히 하는 사람이 있나 싶어서 한 번 더 봤다고 하더라고요." 파업 투쟁하면서 날마다 부르는 〈임을 위한 행진곡〉, 〈단결투쟁가〉는 불러도 불러도 지겹지 않았다. 회사는 늘 직원들을 가족이라고 불렀다. 그도 회사를 위해서 노동조합에는 눈길 한 번 주지 않고 일했지만, 돌아온 건 꼭두새벽부터 용역 직원들에 의한 성추행, 성희롱, 폭언과 폭행이었고 공장 밖으로 끌려 나왔다. 쫓겨난 공장 밖에서 만난 사람들은 노동조합 조합원들이었다. 이미옥의 곁을 지켜 준 건 가족이라 여겼던 회사가 아니라 색안경을 끼고 바라봤던 노동조합이었다. 의지할 곳이 노동조합밖에 없었다. 그때부터 이미옥은 머리띠를 묶고 팔뚝질을 하면서 투쟁가를 불렀다. 투쟁가만 부르면 가슴이 두근거렸다고 그는 말한다.

"노동조합은 잘 몰랐고, 활동해 본 경험도 없지만, 제가 언니라는 책임감으로 시작"했다는 이미옥은 동생의 짐을 대신 짊어진 언니에서 노동조합의 임원이 되고 막중한 책임감을 갖고 지난 10년간 눈부시게 노동조합을 이끌어 왔다.

다시 파업, 노조의 생명은 단체행동

"2012년 확대 간부 수련회에서 문득 노조의 생명은 단체행

동인데, 쟁의권*을 다시 가져와야겠다는 생각이 들었어요."(김성훈)

2010년 6월 21일 KEC 공장의 민주광장에 600여 명의 조합원이 집결했다. 지회가 매년 임금 인상과 노동조건을 향상시키기 위해서 노사 간 교섭을 하지만, 그해 회사는 예전과 다르게 노동조합의 요구에 답을 주지 않았다. 시간만 자꾸 끌었다. 노조는 단체협약(이하 '단협')을 실질적으로 이끌어 가기 위해서 파업 출정식을 가졌다. 342일간의 파업, 아무도 1년을 갈 거라고 예상하지 못했다.

회사는 언제부터 노조를 파괴하겠다고 마음먹었을까. 노조가 파업을 하자 용역 직원을 고용해서 폭력을 휘둘렀다. 노동조합의 활동을 일거수일투족 감시했다. 노조 간부는 해고시켰다. 직장폐쇄로 응수했다. 징계를 남발하고 희망퇴직을 강권했다. 300억 원의 손해배상을 청구하겠다고 협박했다. 복수노조를 만들어서 교섭창구 단일화로 소수노조를 배제하고 정리해고 순으로 노조파괴 시나리오대로 착착 진행시켰다.

KEC지회 조합원은 파업하는 동안 겪었던 자본의 폭력에 트라우마가 생겼지만, 노조는 회사가 원하는 대로 파괴되지 않았다. 3년 만에 파업을 다시 할 수 있다는 조합원이 97.5퍼센트의 찬성표로 강력한 의지를 보여 주었다.

---

* 쟁의권은 노동자가 사용자에 대해 임금과 노동조건 등에 관한 자기의 주장을 관철하기 위해서 단체행동으로 파업 등의 쟁의행위를 하는 권리를 말한다.

2013년 2월 18일, 120여 명의 금속노조 구미 KEC지회 조합원이 다시 민주광장에 모였다. 비록 조합원 수는 5분의 1로 줄었지만, 그 어느 때보다 파업의 열기는 뜨거웠다. 그해 9월 그동안 KEC지회의 임금과 노동조건, 노동조합 활동을 보장했던, 조합원들의 땀과 눈물의 결실인 단협은 해지당했다.

"교섭권과 쟁의권은 살아 있는데, 교섭권이 있나 없나 소송도 붙었지만, 우리 KEC지회에 교섭권이 있는 걸로 2016년도에 재판부가 최종 결론*을 냈어요."(김성훈)

단협은 노동관계법보다 나은 임금과 노동조건, 복지후생 그리고 노동조합 활동 보장 등의 내용을 노사 간에 합의한 문서이다. 유효기간이 있지만 단체교섭**이 길어져서 체결이 안 되면, 기간을 넘겨도 자동 연장된다. 단협이 체결될 때까지 협약은 유지된다. 교섭이 원활하게 이뤄지지 않고 노사 양측의 입장이 첨예하게 대립하게 될 때는, 교섭을 결렬할 수 있고 노동조합이 쟁의행위를 할 수 있도록 노동관계법으로 권리를 보장하고 있다. 파업을 할 수 있다는 뜻이다. 파업뿐 아니라 다양한 방식으로 단체행동을 할 수 있는 합법적인 공간이 열린다. 그러나 회사가 고용노동부에 단협을 해지하겠다고 신고하면 6개월 뒤

---

\* 대법원 사건 2016다274607 단체교섭의무부존재확인등.

\*\* 단체교섭은 노동자 측과 사용자 측이 적정 인원의 위원회를 구성해 협상하는 것으로, '노동조합이 있는 곳에서만 가능'한 것이 단체교섭이다. 단체교섭 시 노사 간 '합의'를 해야 효력이 발생할 수 있으며, 합의사항은 반드시 지켜야 한다. 만일 교섭 과정에서 '합의'를 하지 못하고 '결렬'됐다면 노조는 파업을 할 수 있다.

에 해지된다. 단협이 해지되더라도 노동조합의 기본 권리인 단체교섭할 권리와 단체행동할 권리를 상실하는 것은 아니다.

회사는 2011년 7월 1일 복수노조가 시행되자 친기업노조를 만들었다. 파업하다 먼저 현장에 복귀한 조합원들과 파업 중에 신규 채용한 대체인력을 친기업노조로 가입시켰다. 친기업노조는 다수가 차지하고 대표교섭권까지 갖게 된다. KEC지회는 소수노조가 되었지만, 교섭창구 단일화 절차에 들어가지 않았다. KEC지회는 회사가 만든 노조를 '어용노조'*라고 부른다.

"2012년 어용노조가 교섭대표로 단협을 체결해도 임금과 처우는 일반적 구속력이 있어서 (KEC지회에) 적용되죠. 우리가 교섭창구 단일화 절차에 참여하지 않았기 때문에 노조 활동을 보장받진 못해요. 우리도 교섭권은 있어요. 2010년과 2011년 우리가 던져 놓은 요구안이 있잖아요. 오늘**도 교섭하고 왔어요. 우리도 처음 겪는 일이잖아요. 세상에 이런 게 어디 있노."(김성훈)

KEC지회는 2010년과 2011년 못다 한 단체교섭을 10년 넘게 하고 있다. 파업의 권리도 놓지 않았다.

* 노동자의 권익 보호보다는 회사의 이익을 위하여 설립된 노조.
** 김성훈과 인터뷰한 2022년 2월 24일을 말한다.

## 노조파괴 작전

"노조파괴 시나리오는 전혀 예상하지 못했지만, 그때 집행부
는 관행적으로 해 오던 교섭, 회사가 관리하기 좋은 노조의 흐
름을 좀 바꿔 내야겠다는 목표와 의지가 있었어요. 우리가 단
협 요구안을 보냈을 때, KEC 자본 입장에서 요구안이 굉장히
파격적이라고 느꼈을 거예요."(김성훈)

KEC지회가 2010년 6월 9일 714명의 조합원이 경고파업에
돌입하자 회사는 "파업 시작하니까 지회장은 해고, 부지회장
은 직위해제 대기발령 3개월"(김성훈), 650여 명의 용역 직원
을 고용해 6월 30일 새벽 2시경 여성 기숙사로 난입했고 모두
공장 문밖으로 쫓아냈다. "직장폐쇄를 해도 우리 투쟁은 계속
벌어지니까 10월 10일 해고를 해요. 그때 해고자가 40명, 그러
니까 저 같은 임원을 제일 빨리 해고하고, 상집간부(상무집행위
원) 해고당하고 다음은 조합원이 해고당할 수 있겠구나, 겁나
잖아요."(김성훈)

2010년 10월 21일 구미 KEC 1공장으로 선전전을 하러 들어
간 조합원 200명은 나오지 않았다. 식량도 부족하고 위험천만
한 공장을 점거한 채 13일간 농성을 했다. "처음엔 화장실도 개
방이 안 되었고, 벽을 사이에 두고 경찰과 용역이 대치하고 있
어서 새벽 2시인가 병력이 교대하는 발소리가 한 1,000명은 넘
게 움직이는 것 같았어요. 엄청나게 소리가 커서 밤에 잠자는

것도 힘들고 무서웠어요." 이미옥은 공장점거가 해제되기 며칠 전부터 곡기를 끊다시피 했다.

"2010년 11월 3일 교섭 요구하면 교섭한다, 손해배상은 최소화한다, 징계도 최소화한다, 이런 사회적 합의를 하죠."(김성훈) 그러나 약속은 지켜지지 않았고, KEC지회는 공장 정문에서 6개월 동안 천막농성을 계속 이어 간다.

"회사는 파업하는 조합원에게 계속 복귀명령을 내렸어요. 1차, 2차, 3차 복귀명령을 받고 마지막 복귀한 게 제 기억으로는 10월쯤……. 파업 대오는 300여 명 남았고, 공장점거 이후로 회사가 손해배상청구를 하겠다고 협박해서 사표 쓰고 나간 사람이 또 있어요."(이미옥)

그해 12월 200여 명의 조합원이 회사를 떠났다. "(회사가) 손해배상이나 공장점거에 대한 책임을 묻겠다고 압박을 하면서 개인 합의를 통해서 많은 사람들이 퇴직을 했죠."(김성훈)

2011년 초 회사는 KEC지회를 상대로 300억 원의 손해배상 청구소송을 시작했다. 2011년 5월 25일에 KEC지회가 파업을 풀고 현장 복귀를 선언하자 회사는 6월 13일 직장폐쇄를 풀기로 하고, 전쟁터는 공장 안으로 무대를 옮겼다.


우리는 같은 편, 회사는 나쁜 놈, 동지가 되어 가는 시간


"현장에 이미 들어간 사람(파업 복귀자)은 400명이고, 저희

(파업 대오)가 180명 현장에 복귀하는 과정에서 회사는 현장 복귀자들을 대상으로 교육을 시켰어요. 거기서 또 40여 명이 퇴사를 했어요."(김성훈) "우리는 회사가 7주간 진행한 교육을 반인권교육이라고 해요."(이미옥)

회사는 마지못해 2011년 6월 13일 직장폐쇄를 풀어야 했다. 파업 대오로 남아 있던 조합원들을 공장 안으로 들이고 싶지 않았겠지만 법적으로 조합원들의 복귀를 거부할 명분이 없었다. 그래서 고안한 방법이 현장 복귀 프로그램이었다. 회사는 파업 참가자들에게 7주간 교육에 참여하라고 명령했다. 교육을 이수한 사람만 현장으로 복귀할 수 있다고 했지만 교육 기간 동안 조합원들의 인권을 무참히 짓밟는 말과 행동을 스스럼없이 했고, 스스로 나갈 때까지 괴롭히겠다고 작심한 듯이 정신적인 학대를 일삼았다.

교육 첫날부터 파업에 참가한 정도에 따라서 색깔을 구분해서 조합원들에게 티셔츠를 입혔다. 공장점거를 안 한 조합원은 '노란색 티셔츠', 공장점거에 들어갔다가 일찍 나온 조합원은 '파란색 티셔츠', 공장점거에 들어가서 마지막까지 남은 사람은 '주홍색 티셔츠'를 입혔다. 이미옥은 주홍색 티셔츠를 입었다. 공장점거할 때 끝까지 남았다는 뜻이다.

이미옥과 황미진이 언론사에 기고한 「열 개의 장면으로 돌아보는 'KEC전쟁사' ― 노조파괴 끝판왕에 맞서 끝장투쟁을 선포한다」에는 회사의 '반인권 교육'은 '반격의 훈련장'이라고 서

술한다.

　　……'나는 왜 여기 있는가?'라고 적힌 현수막을 보며 묵언수행을 강요당했다. 『명심보감』을 읽었다. 시험을 치면 시험문제의 답은 '다 나 가 라'였다. 회사는 우리를 차례대로 불렀다. '나가라'고 했다. '파업 참가자는 절대 회사로 돌아올 수 없다'며 의기양양했다.
　　지회 임원들은 조합원과 퇴근 후 매일 간담회를 했다. "회사의 협박에 흔들리지 않고 싸운다면 반드시 현장으로 돌아갈 수 있다."며 조합원들을 설득했다. 조합원비로 마련한 작은 사무실에 빼곡하게 모여 있던 모습이 잊히지 않는다. 녹취와 채증이 일상이 됐다. 함께 저항하면서 징계도 두려워하지 않게 됐다.*

　　"그럼 같은 색 티셔츠 입은 사람이 한 반이 돼서 교육을 받잖아요. 저희도 인권침해라고 문제 제기를 했었죠."(이미옥) 같은 색 티셔츠를 입히고 파업 참가자는 공장으로 돌아갈 수 없다고 심리적으로 위축시키고, 교육 참가자에게 대놓고 '나가라'고 협박하면서 회사는 교육이란 이름으로 인권침해를 했지만, 조합원들도 노조파괴 시나리오를 뚫고 여기까지 온 사람들이라 당하기만 한 게 아니다. 회사와 정면승부를 했다.
　　"사실 우리는 현장 복귀 앞두고 걱정을 되게 많이 했거든요.

* 노동해방투쟁연대(준) 기관지 『가자! 노동해방』, 2019년 8월 23일 자. http://nht.jinbo.net/bbs/board.php?bo_table=online1&wr_id=450.

그래서 노조에서 간담회 하고 교육을 했었어요. 아마 관리자가 면담하자고 할 거다, 사표 쓰라고 할 거다, 사표 안 쓰면 잘릴 거라고 협박할 거다, 그러면 김성훈이 회사 관리자 역할을 하고 저는 조합원 역할을 해서 연습을 한 거죠."(이미옥)

이미옥은 12년이 지난 지금 생각해 보면 '반인권 교육' 7주간 대응은 조합원에게는 '반격의 훈련장'이 되었고 앞으로 끝도 없이 벌어질 회사의 노조 탄압 공세를 이겨 내는 자양분이 되었다고 말했다.

관리자가 회사 교육장에 들어서는 조합원들에게 핸드폰을 반납하지 않으면 입장시키지 않겠다고 했을 때, 조합원은 개인 인권침해라고 반납을 거부했다. 교육장 입구에서부터 싸움은 시작되었고, 한 사람이 거부하면 곁에 섰던 사람이 함께 거부해서 회사가 의도하는 대로 흘러가지 못하게 방해했다. "누군가가 되게 문제 제기를 하면 저게 맞나 싶은데도, 문제 제기하면 그게 맞더라고요. 그럼 그 사람을 다시 보게 되고 같이, 이게 뭐랄까, 우리가 한 팀이다, 한 팀이야, 그런 느낌이 생겨요."(이미옥) 이미옥도 파업을 1년이나 할 줄 몰랐지만, 1년 동안 생사고락을 함께하면서 울고 웃고 분노하면서 보낸 시간으로 동지애가 싹트고, 회사의 교육장에서 만난 파업 대오는 더욱 친밀하고 끈끈하게 뭉쳤다.

"파업을 1년이나 해도 잘 몰랐던 사람들이 있잖아요. 같은 색깔 티셔츠 입고 한 반이 되고 친해지니까, 회사가 시험을 보게 해요. 반을 바꾸는데 사람들을 막 섞어 주는 거예요. 그럼 다른 반이 돼서 또 다른 사람과 친할 기회가 생기는 거죠. 또 시험 치면 회사가 고맙게도 반을 바꿔 줘요. 그러면서 우리는 지난 1년 파업할 때보다 더 친밀하게 되는 거죠."(이미옥)

현장으로 복귀하는 것이 마냥 기쁠 수만은 없었다. 1년 동안 비웠던 자리로 돌아간다고 옛 동료와 예전으로 돌아갈 수도 없었다. 혼자만 남겨질까 봐 불안했다. 7주간의 반인권 교육은 회사의 의도와 다르게 조합원들 간에 끈끈한 동지애와 의리로 거침없이 현장으로 복귀할 수 있게 훈련시킨 셈이다.

"2010년 파업할 때는, 저희들끼리 긴 시간 동안 싸움하다 보니까 힘들면 옆 사람과 갈등이 생기고 집행부에 대한 원망도 생겼죠. 자꾸 화살이 집행부로 꽂히잖아요. 그런데 회사가 우리 조합원에게 반인권 교육을 할 때는, 회사와 직접 대립하니까 모든 화살이 회사를 향하죠. 우리는 같은 편, 회사는 나쁜 놈."(이미옥) 이렇게 선이 분명해졌다. "내가 어디 가더라도 견딜 수 있게 만들어 준 거죠."(이미옥) 파업에 참가한 조합원들이 회사의 반인권 교육으로 괴롭힘을 당하고 있을 때, 회사는 2011년 7월 1일 복수노조 시행에 맞춰 회사의 뜻대로 움직여 줄 직원들과 발 빠르게 친기업노조를 만들었다. 2011년 8월 5일 반인권 교육을 마치고 조합원들이 공장으로 복귀할 때 노조파괴 시나리오의 끝없는 이야기도 계속되고 있었다.

## 이길 수 있는 전략은 조합원들에게 있는 거지

KEC 자본의 탄압은 끝이 없었다. 복수노조법이 시행되자 이미 준비되었다는 듯이 2011년 7월 1일 전국에서 최초로 KEC에 복수노조가 설립되었다. 친기업노조는 노조 사무실에 간판을 달고 다수의 조합원을 가입시켜서 체계를 갖췄다. 회사가 인정하는 교섭대표가 되었고, 회사는 친기업노조를 앞세워서 현장으로 복귀한 KEC지회에 끊임없이 양보를 요구한다. KEC지회가 양보할 기미가 없자 2011년 11월에 회사는 정리해고 계획을 발표하고 희망퇴직을 받는다. 노동조건을 개악하고 상여금을 삭감하자고 요구했다. 같은 시기 현장으로 복귀한 KEC지회도 전열을 가다듬고 현장 조직의 체계를 세웠다. 큰 투쟁을 경험한 이미옥은 노조의 부위원장을 제안받는다. 공장 경력으로 보면 최고참 격인 그는 동료들에게 짐을 안겨 주지 않겠다고 마음먹고 고민 끝에 수락한다.

조합원들이 현장에 복귀한 지 6개월 만에 회사는 파업에 참가한 75명의 조합원만 콕 찍어서 2012년 2월 24일 자로 정리해고한다.

"정리해고 투쟁에서 승리하지 못하면 다음 순서는 누군지 뻔히 알 수 있으니까, 정리해고되어 나가는 사람은 투쟁팀, 현장에 남은 사람은 단결팀으로 나눴죠."(김성훈) 정리해고 대상자 75명의 조합원을 빼고 나면 공장에 남는 조합원은 겨우 40여 명이지만, 정리해고자의 몫까지 현장을 쥐락펴락할 만큼 남은 조합원들은 기죽지 않았다. 자신의 몫 이상을 해냈다. 퇴근하면 정리해고자들과 모여서 현장에서 일어난 일을 공유하고 어떻게 대응할지 의논했다. 공장 안팎에서 신나게 투쟁했다. 이번에는 조합원들도 여유가 생겼다. 투쟁이 마냥 힘겹고 처절하기만 하면 승리할 수 없다는 것을 터득했기에 즐겁고 신나게 투쟁하자고 다짐했다. 자본을 어떻게 상대해야 할지 자신감도 생겼을 때였다. 중앙노동위원회(이하 '노동위') 판결을 하루 앞둔 5월 31일 회사는 75명의 정리해고를 철회했다.

"공장 안과 밖의 간극은 없었어요. 투쟁하기 좋은 최적의 조건을 만들었고, 그냥 한 팀이 딱 되어 있었죠."(김성훈)

정리해고된 지 3개월 만이었다. 조합원들은 노동위에서 정리해고가 위법했다는 승전보를 받지 못하고 회사의 복귀명령을 따라야 하는 게 억울했지만, 전원 현장으로 복귀했다. 그러나 문자 한 통으로 전 조직이 순식간에 집합할 수 있을 만큼 KEC 지회의 조직력을 과시하는 무대인 건 분명했다.

"우리가 정말 대단한 사람이야. 저희들 어깨에 엄청난 힘이 들어가 있었어요. 우리가 승리해서 들어간 건 아니지만, 복직 그 자체가 승리이기도 했거든요."(이미옥) 조합원들이 공장 안팎으로 한 팀이 되어 싸운 결과 정리해고는 철회되었다. 그러나 회사가 만든 친기업노조가 정리해고의 소란한 틈을 타 '상여금 300퍼센트 삭감'과 '3교대에서 2교대제로 개편' 등 회사가 원하는 대로 다 합의해 주었다. KEC지회는 숨을 돌릴 틈도 없이 현장으로 들어가서 부지런히 싸워야 했다.

"저희가 회사로 들어가니까 회사는 노조 파업에 대응하기 위해서 3교대를 2교대로 돌린 거예요. 관리자들도 같이 들어가서 기계 돌리고, 대체인력도 많이 뽑아서 겨우겨우 생산을 하고 있는 상황인데 우리가 딱 들어가서 3조 3교대로 바꾸라고 요구했고, 불법이라고 고소해 버렸죠."(김성훈) 회사가 법 위반을 한 교대제 개편은 제자리로 돌려놓을 수 있었지만, 모든 걸 제자리로 돌리지는 못했다.

### 단 하루 만에 정리해고 철회시키다

"2014년에도 2차 정리해고가 있었어요. 회사가 먼저 몇 개월 전부터 말을 흘리죠. 그때는 정리해고 대상자가 우리만 있었던 게 아니에요."(김성훈) 친기업노조 조합원까지 합하면 정리해고 대상은 200명이 넘었다. "초반에 노조 임원들하고 이런저런 의논을 하다가 파상파업을 하자고 했어요."(김성훈)

파업을 할지 말지는 노조의 전체 조합원이 결정한다. 파업을 하기로 결정하면 구체적인 시기와 방법은 노조 지도부에게 파업의 권한을 위임하고, 노조 지도부는 파업지침을 내릴 수 있다. 주로 위원장이 파업지침을 내리면 조합원들은 지침에 따라 행동하지만, 파상파업은 파업 지도 권한을 현장의 대의원 또는 노조 간부에게 준다. KEC지회는 공장 안에 근무조별 또는 공장별로 11개군으로 나눠서 소규모 단위의 조직을 관리한다. 1개군에 1명의 대의원을 선출해서 조합원의 의견을 수렴하고 집행한다. 파상파업은 각 군의 대의원에게 또는 노조 간부에게 파업의 권한을 주기 때문에 소수의 조합원이 파업을 진두지휘하면서 이끌어 내야 한다. 소극적인 군 단위라면 실패할 가능성도 있다. KEC지회는 모험을 두려워하지 않는 듯 보였다.

"파상파업 하자고 할 때, 저는 못 할 거라고 생각했거든요."(이미옥) "우리 조합은 정리해고 대상자가 100명이 넘었고, 어용노조 조합원들도 100명이 넘게 정리해고 상황은 벌어졌으니까, 내부 방침을 정해서 파업을 하는데, 파상파업을 해요. 쟁의권을 간부와 대의원에게 줘 버린 거죠."(김성훈) "대의원이 파업할 타이밍이라고 판단하면 바로 파업지침을 내려요. 1군 대의원이 1군 조합원들에게 9시부터 11시까지 2시간 파업입니다, 현장에서 나오십시오, 하고 지침을 내리면 현장 조합원들이 바로 내려가는 거죠."(이미옥) "대의원들이 자기 마음대로 수시로 파업을 하는 거예요. 우리가 생각한 이상으로 폭발력이 있었어요."(김성훈) "피켓을 만들 수도 있고, 밖으로 나와서 선전전이나 집회를 할 수도 있어요. 생산라인에 들어가서 일하고 있는 어용노조 조합원을 상대로 이야기를 하면서 조직화하는 것도 있고, 다양한 방식으로 파업을 전개해요."(이미옥)

"생산라인에서 같이 싸우자, 같이 정리해고 막자, 이런 선동을 하면서 어용노조도 조직사업을 했고, 파업을 할 수밖에 없게 만들었어요."(김성훈) "파업지침을 보통 30분 전에 내려도 조합원들이 다 나와요. 5분 전에 문자 발송해도 조합원들 90∼95퍼센트 참석했어요."(이미옥)

초반에 KEC지회 임원들이 전술 논의를 할 때만 해도 파상파업은 모험이었다. 임원회의에서 자신감 있게 주장할 수 없을 만큼 변수가 많은 전술이고 상상하기 어려운 일이었다. 조합원들의 의지가 무엇보다 중요했다. 파상파업을 준비하기 위해서 교대근무 시간대에 맞춰 아침, 오후, 밤중, 새벽에 모일 수 있는 조합원들을 모아서 간담회를 진행했다. 파상파업 전술에 대해 설명하고 조합원들의 의견을 청취했다. 이길 수 있는 방법을 찾기 위해서 전체 조합원들과 머리를 맞대고 다짐을 모았다.

"우리가 간담회를 다 하잖아요. 대의원들이 이렇게 하면 이렇게 해 주셔야 하고, 이런 걸 하나하나 다 정리해서 알렸는데, 진짜 창의적인 투쟁은 조합원들 속에서 다 나오는 거죠. 그 앞에서 선도투*를 했던 조가 한 게 영상으로 올라오면 뒤에 조가 그걸 보고 학습해요. 여기서 더 뭔가 또 다른 창의적인 모습이 나오고 다음엔 눈덩이처럼 막 커져요. 하면서 기술이 늘고, 이게 파상파업의 효과로 드러나요."(김성훈)

회사가 2차 정리해고를 시도했을 때, 상급 단체에서 온 간부

* 앞장서서 투쟁하는 것.

는 정리해고를 철회시키기 어렵다고 말했다. 정리해고의 피해를 최소화시키는 교섭을 해야 한다고 했지만, KEC지회 조합원들은 정리해고의 피해를 최소화시킨다는 말을 이해하기 어려웠다. 정리해고를 통보받는 순간 교섭은 내가 선택할 수 있는 문제가 아니었다. 회사는 단호했고 노동자도 양보할 수 없었다. 교섭은 투쟁의 결과라고 알고 있는 이들에게 어떻게 피해를 최소화시킬 수 있다고 설득할 수 있을까. 피해를 최소화하는 방법은 정리해고를 철회시키는 방법밖에 없다고 KEC지회의 간부들은 확신했다. 그래서 KEC지회는 승부를 걸었다. "싸우지 말라는 말만 하지 말아 달라고 했어요."(이미옥) 정리해고를 철회하는 건 불가능한 싸움이라는 상급 단체의 걱정에도 KEC 현장의 노동자들은 생산라인을 멈춰 세웠다. 기세등등하게 싸웠다. 회사는 2014년 4월 17일 자로 200명이 넘는 직원을 정리해고했지만, 단 하루 만에 정리해고를 철회했다. 친기업노조 조합원들까지 파업에 동참했으니 완벽한 승리였다.

그해 구미공단에서 오랫동안 공장폐업에 맞서 싸웠던 이웃 공장인 스타케미칼의 한 노동자가 고용과 단협 승계를 요구하면서 공장 굴뚝 위로 올라갔다. 고공농성을 시작했다. 폐허가 된 스타케미칼 공장 앞에 해고당한 노동자들이 천막을 치고 농성을 하기 시작했다. KEC지회는 스타케미칼 투쟁에 아낌없이 연대하는 모습을 보여 줘서 세상 사람들의 이목을 끌었다.

"스타케미칼은 냉정하게 따지면 우리 투쟁은 아니지만, 당시에 우리 조합원들은 우리 앞에 스타케미칼이 지키고 있다고 생각했던 것 같아요. 저도 그렇게 생각했었고. 스타케미칼이 무너지면 다음은 '우리'라는 절실함이 있었어요."(이미옥)

스타케미칼 굴뚝 아래 천막농성장에는 교대 근무를 마치고 퇴근한 KEC지회 조합원들이 북적거렸다. 이웃 공장의 노동자를 지키는 일이 우리를 지키는 길이 된다는 연대의 마음은 어디서 비롯되었을까. 수년 동안 노조파괴 시나리오를 뚫고 나오면서 자란 KEC지회만의 현장 학습에서 터득한 교훈이었을까. 구미 지역에서 유일하게 투쟁하고 있는 곳이기에 더욱 애틋한 연대의 마음으로 그들을 지키고 싶었다.

"우리 간부들이 되게 고생을 많이 했어요. 밤 11시 퇴근하는 조가 제일 고생을 했는데, 밤 11시에 퇴근하고 와서 스타케미칼 고공농성장에서 자고 다음 날 아침에 약식집회를 하잖아요. 집회하고 선전전 하면 오전 10시에 집에 간단 말이에요. 그럼 1시에 다시 나왔어요. 왜냐하면 3시 출근하기 전에 스타케미칼 앞에서 저희들 문제로 선전전을 했거든요. 그래서 1시간 선전전하고 2시쯤에 회사로 출근했으니까, 그렇게 계속 돌았단 말이죠."(이미옥)

조간 근무조는 아침 7시에 회사로 출근해서 오후 3시에 스타케미칼 농성장으로 퇴근했다. 저녁 5시 30분에 퇴근하는 상근 근무 조합원들이 농성장에 도착하면 저녁 약식집회를 마치고 돌아갔다. KEC지회 조합원들이 스타케미칼 농성장에서 출근하고 퇴근했다. 굴뚝 위에서 홀로 농성하고 있는 노동자가 외롭지 않게 굴뚝 아래서 선전전을 하고, 집회를 하고, 밥을 지어 먹으며 농성장을 지켜 주었다.

"지금 생각해 보면 우리가 어떻게 그렇게 할 수 있었는지, 우리 간부들 되게 장했던 것 같아요."(이미옥)

김성훈은 2014년이 KEC지회의 전성기였다고 회상한다. 회사는 정리해고하자마자 백기 투항하듯이 정리해고를 철회했고, 스타케미칼 연대투쟁이 벌어졌을 때 연대파업을 포함해서 한 해 동안 200여 건의 파업이 있었다. 그리고 하반기엔 엄청난 사건이 벌어진다. 회사가 본격적으로 구조고도화 사업에 뛰어들었다. 공장이 존폐의 위기에 놓이게 되었고, 노동자들은 생존의 갈림길에 놓인 사건이었다. KEC지회는 구조고도화 사업마저 싸워서 이겨 낸다. 전성기의 노동조합이 할 수 있는 모든 걸 조합원들과 해낸 2014년은 승리의 해로 기억한다.

"조합원들이 함께하지 않으면 파급력이 떨어지잖아요. 여러 가지로 기세를 놓고 봐도 여기서 집단적인 힘을 발휘하느냐, 아니냐가 승패를 좌우하는 거죠."(김성훈)


더 이상 뺏기지 않는 조직화, 조합원들의 구전 활동


"2012년 어용노조(KEC 새 노조)의 첫 교섭 결과는 상여금 300퍼센트 삭감하고 무급 순환휴직 돌리고 3교대를 2교대로 전환하는 걸로 합의해 버렸죠. 임금도 삭감했어요. 어용노조 조합원 찬성률 겨우 50퍼센트 넘겨서 가결시켰죠. 근데 10년이 지난 지금은 어떻냐, 뺏길 일이 없어요."(김성훈)

복수노조는 예고된 일이다. KEC지회가 2011년 5월에 파업을 풀고 현장으로 들어가기로 결정한 이유이기도 했다. 예전에 한 부서에서 친한 선후배이자 각별한 동료였을 사람들이 회사의 노조파괴 시나리오라는 극한 상황에 맞닥뜨렸을 때, 회사의 협박에 굴복한 이들은 함께 파업했던 동료들에게 등을 돌리고 현장으로 복귀했었다. 회사가 복수노조를 만들 가능성이 높고, 이들은 회사가 만든 노조에 동원될 예정이었다.

"우리 조합원들한테는 (파업하다가) 현장에 먼저 들어가 있는 사람들은 다 배신자죠. 오히려 회사는 야, 너 시끄럽다, 너 말 안 듣는다, 이런 거지만, 이 (부서) 안에 있는 사람들은 얼마나 감정이 많았겠어요. 이때 굉장했죠."(김성훈) 파업을 하던 중에 회사의 회유와 협박을 이기지 못하고 먼저 현장으로 들어간 사람들이 늘면 늘수록 줄어드는 파업 대오가 감당해야 할 징계, 손해배상, 온갖 탄압의 무게는 커져만 갔다. 떠난 동료들로 인한 상처와 분노가 가슴을 후벼 팠다. "제가 현장 들어가면 바로 조직사업 해야 한다고 조합원들에게 이해를 구했어요. 우리가 인내해야 할 길이다."(김성훈) 그때 누구도 "싫다"고 하지 않았지만, "조합원들한테 교육도 하고 6개 구역으로 나눠서 토론을 했는데 결과를 발표하면 하나같이 조직사업을 해야 한다는 것에 동의는 하지만, 감정이 앞서서 잘 안 될 거라고 해요."
걱정하는 말은 많았지만 안 하겠다는 말은 하지 않았다. "그래
서 설득하고, 또 설득하고 이야기를 나누고 교육하고 간담회하
고, 우리가 앞으로 어떤 일을 겪고, 어떻게 될 건지, 어떤 식으
로 될 확률이 많은지, 우리가 지금 해야 할 게 뭔가, 이런 이야
기를 엄청 많이 했어요."(이미옥) KEC지회도 조합원을 설득하
는 걸 게을리하지 않았다. 오랜 설득 끝에 조직화의 방침을 세
웠다. 마음을 여는 사람들이 생겼지만, 끝내 마음을 열지 못하
는 조합원도 있기 마련이다. 그래서 김성훈은 다른 강구책을
내서 조합원을 설득했다.

"그럼 좋다, 여기 대체인력으로 들어온 신입 사원들한테 우
리는 감정이 없지 않냐, 아무것도 모르고 갑자기 들어온 건데
그 사람들부터 좀 해 달라고, 그러면 나머지는 되는 사람만 (조
직사업) 하시라고, 그거까지는 뭐 자율적으로 하자고 이렇게 방
침을 정했죠."(김성훈)

"현장에서 우리 조합원들이 구전 활동이라고 이야기를 엄청
많이 했어요. 현장을 다니면서 조직화하는 건데, 우리가 현장에
서 나눈 대화는 노조로 다 보고를 했어요."(이미옥)

'옛날, 옛날에 아주 오랜 옛날 호랑이가 담배 피우던 시절'부
터 입에서 입으로 전해 내려오는 이야기를 구전동화라고 들어
봤지만, 공장 안에서 조합원들이 펼치는 구전 활동이라니 상상
만 해도 신기하고 아찔했다. 생산라인에서 일하고 있는 타 노

조 조합원이 된 사람들에게 조합원들이 KEC지회의 요구와 주장을 이야기한다. 자기 노조의 요구와 주장을 친기업노조의 조합원들에게 전해 주고 전파해서 KEC지회의 선전 활동을 하고, 조직화 사업을 하였다. 구전 활동이란 말로만 들으면 참 구수하게 느껴지지만, 조합원들에겐 결코 쉽지 않은 결단이고 용기가 필요한 일이었다.

조합원들은 현장 활동을 자기의 몫으로 받아들였다. 회사와 교섭 자리에는 친기업노조가 들어갔지만, 그뿐이었다. 친기업노조가 하지 않는 노조 활동을 KEC지회는 공식적으로 문제 제기하고 임단협의 방향을 제시하면서 선전 활동을 해 나갔다.

"우리 임금체계가 엉망이었거든요. 단일호봉제로 가야 한다고 주장했어요. 식사 단가가 1,600원인데 이것도 인상해야 한다고 주장했죠. 교섭은 어용노조가 하는데 우리가 저들의 조합원을 상대로 선전전을 했고, 어용노조 조합원들도 KEC지회가 하는 말이 맞다고 해 주는 거죠. 자기들이 지금까지 KEC지회 덕분에 직장을 다닐 수 있다고 말해요. 그들도 다 알고 있는 거죠."(이미옥)

친기업노조가 하지 않는 임단협의 중요성을 공장의 노동자들에게 알리고 노조와 회사가 밀실 협상을 하거나 노동조건을 개악하는 짓을 하지 못하게 문제 제기했다. 구전 활동, 선전 활동을 계속하면서 친기업노조 조합원에게 다가갔다.

"어용노조 조합원들은 관리자들이 문제를 일으키거나 뭔가 안 되면 우리 조합원들을 찾아와요. 우리 지회 간부를 찾아와서는 이거 KEC지회가 어떻게 좀 해 달라고 하는 경우가 되게 많았어요."(이미옥)

조합원들은 현장에서 흘러나오는 이야기, 회사가 움직이고 친기업노조가 병행해서 움직임이 감지되면 KEC지회로 알린다. 소문도 허투루 듣지 않는다. 현장에서 올라오는 내용은 사소한 것도 대의원과 집행부가 공유한다. 대응해야 할 내용은 지침을 만들어서 조합원들에게 내려보낸다.

"노조에서 지침이 내려오면 그 내용을 가지고 어용노조 조합원들을 설득하는 작업을 했죠. 그런 체계로 저희는 현장에서 조직화 사업을 한 거죠."(이미옥) "어떻게 보면 결정권은 우리 조합원들이 갖고 있는 거죠. 어용노조도 회사도 이걸 무시할 수 없으니까 깎지 못하고, 조금씩 주는 거예요. 이게 10년 쌓이다 보니까 오히려 되게 성장해 버리는 거죠."(김성훈)

KEC 조합원들은 2011년 파업을 끝내고 공장으로 복귀하고도 퇴근하면 노조 사무실에 모였다. 공장에서의 하루 일과를 평가하고 다음 날 투쟁을 계획하는 간담회는 교대 시간대별로 이뤄졌다. 그리고 끊임없이 교육했다. 노동조합은 조합원들에게 정보를 제공하고 조합원들은 현장의 노동자들에게 정보를 전달한다. 아주 작은 것도 모두가 아는 이야기가 되게 정보를 공유해서 일상적인 소통을 했다. 옳고 그름을 판단하는 잣대를 스스로 만들고 원칙을 세웠다.

"저희가 되게 촘촘하게 간담회를 해요. 자주 조합원들하고 얘기해요. 공장 정문에서 농성할 때 노동자 학교를 한 거잖아요. 자기 활동을 반성하고 평가하고 이런 과정을 거쳐서 학습된 노동자들이 스스로 활동을 하는 거죠."(김성훈)

## 교섭창구 단일화 절차에 매달리지 않는 교섭투쟁

"교섭창구 단일화 절차는 2018년에 처음 들어갔어요."(이미옥)

KEC 자본은 노동조합을 없애고 싶어서 온갖 폭력을 동원하고 조합원의 인권을 짓밟았지만, 노동조합은 끈질긴 생명력으로 살아 냈다. 바득바득 공장으로 복귀했다. 소수노조가 더 확산되지 못하게 회사는 직접 친기업노조를 만들어서 다수노조가 되었다. '교섭창구 단일화' 제도로 회사가 원하는 대로 조정하고 싶어 했다.

"처음부터 회사가 만든 노조니까 어차피 안 된다고 생각했어요. 얘네들이 관리방식이 있어요. 처음엔 2011년, 저희들 공장으로 복귀하고 저희가 현장을 거의 99퍼센트 장악했거든요. 저희 조합원들 말 한마디면 현장이 흔들거릴 정도로 어용노조 조합원들도 휩쓸리고 이런 게 되게 많았어요."(이미옥)

KEC지회는 처음부터 '교섭창구 단일화' 절차를 밟지 않고 회사와 개별교섭을 요구하면서 파업할 권리를 행사했다. 노조의 기세는 꺾이지 않았다. 그러나 문제는 있었다.

"우리가 노조 활동을 보장받지 못했잖아요. 교섭창구 단일화 안에 들어가면 이미 체결한 단협이 우리한테 적용이 돼요. 노조 활동과 관계가 있으니까."(김성훈)

복수노조는 뜻 맞는 노동자들이 자유롭게 노동조합을 결성하거나 선택할 수 있어 노동자의 권리를 확대하는 측면이 있고, 자본의 입장에서는 통제가 안 되어 여러 가지 문제가 벌어질 수도 있는 만큼 관리비용이 많이 들어갈 수밖에 없다. 자본이 환영할 일은 아니다. 그러나 KEC를 비롯해서 노조파괴 시나리오에 등장하는 사업장에서 보듯이 노조파괴의 매개로 복수노조가 '교섭창구 단일화' 제도를 악용해 회사가 만든 다수의 노조로 소수노조를 배제한다.

"회사가 위기를 느낀 거죠. 방식을 바꾸더라고요. 회사에 관리자들이 있으면 부장이 어용노조 부위원장과 임원을 관리하고 임원들은 자기 밑에 있는 간부들 관리하고 그 간부들이 조합원 관리하고. 대의원 간부들을 공정책임자라고 해서, 현장에 공정책임자가 있거든요, 반장 같은 위치인데 노조의 간부들을 공정책임자로 다 만들어요. 그 현장이 이 사람의 손아귀 안에서 놀도록 만들어 버린 거죠. 노동조합이 아니라 회사의 노무부서 한 귀퉁이에 있는 노무부서 일원 같아요."(이미옥)

노동조합 명찰을 차고 있지만, 회사의 노무관리팀의 일원으로 느껴지는 친기업노조가 대표교섭권을 가지고 회사의 손아귀에서 그냥 놀아나면 그 피해는 고스란히 전체 조합원의 몫이다.

"교섭창구 단일화 절차 들어가고 난 다음부터 나빠진 건 없어요. 교섭창구 단일화에 들어가지 않으면 회사와 어용노조의 잠정합의안 내용도 저희는 모르잖아요. 저희한테 통보할 의무도 없고. 그래서 하루 전날 잠정합의안 알게 되고. 조금 있으면 투표하는데 저희들은 선전전할 시간도 너무 부족했거든요."(이미옥)

KEC지회가 교섭에 매달리지 않고 노조 활동을 일상적으로 해내면서 축적한 힘이 있었기에 가능한 일이었다. 그동안 노조가 존재해야 할 이유를 확인시켜 주는 시간이었다면, 교섭창구 단일화 절차에 참여하면서부터는 교섭권을 되찾아오기 위해서 친기업노조의 잘못된 관행을 더 면밀하게 파악하고 적확하게 비판하면서 현장 활동에 탄력을 받았다. 노동자의 권리를 쟁취하기 위한 노동조합 활동은 시기마다 모습을 달리하면서 쉼 없이 전개되었다.

"복수노조 교섭대표는 소수노조한테 당연히 처리해야 할 것들이 있어요. 공정대표 의무를 가지고 있으니까, 그걸 안 지키면 들어가서 항의도 하고 고소고발도 해요."(김성훈)

"교섭대표가 교섭을 하면 의견 수렴을 해야 하잖아요. 교섭 내용을 이야기 안 해 줘요. 그럼 저희는 공정대표 의무 위반으로 고소했어요. 고소하면 시간이 되게 길잖아요. 그러니까 벌써 노사 간의 협약은 체결해 버리고 실익이 없다면서 흐지부지되

어 버렸어요. 그런데 이게 한 해 한 해 나아지더라고요."(이미옥)

공정대표 의무 위반으로 고소를 하면 지방노동위원회(이하 '지노위')에서 공익위원들이 나선다. 일단 교섭대표 노조에게 문제 제기를 한다. 그렇지만 상벌이 따로 있지 않아서 실익이 없다. 그렇다 하더라도 다음 해가 되면 교섭대표 노조도 마음대로 할 수만은 없다.

"원래 저희들이 단협 전체를 거의 통째로 바꾸는 요구를 가져갔거든요. 거의 백 개 조항인데 어용노조가 받아 주는 건 10퍼센트도 안 됐단 말이에요. 지노위를 다녀오면 어용노조가 다음엔 우리 요구를 다 받아 줘요. 일단 요령이 생겨서 다 받아 주고, 자기들이 최선을 다해서 했는데 회사가 안 받아 준다고 이야기를 하는 거죠. 그러면서 조금씩 나아지고, 더 많이 알게 되고 직접 문제 제기를 할 수 있는 거죠."(이미옥)

한 해 한 해 나아졌다는 말은 노동자들이 빼앗긴 권리를 되찾았다는 말이 아니다. 교섭창구 단일화는 자본의 입맛에 맞는 노조와 교섭할 수 있게 만들어진 악법 중의 악법이지만, KEC지회는 소수노조로 배제될 수 있는 한계에도 교섭창구 단일화 절차로 들어갔다. 빼앗긴 것을 찾아오는 것도, 더 이상 뺏기지 않기 위한 것도 노조 활동을 통해서만 가능하기 때문이 아닐까.

"교섭창구 단일화 절차에 들어가야 노조 활동을 정상적으로 할 수 있는 거죠. 대의원대회라던가, 여러 가지 활동을 회사와 맺어 놓고 챙겨서 쓰는 거죠. 그전에는 이런 걸 전혀 못 받았거

든요."(김성훈)

## 뿌리 깊은 차별

"2010년 이전부터 인사고과 철이면 A, B, C 점수를 매기는데, C를 받으면 2년 동안 승급이 안 되거든요. 2년마다 C를 줘서 승급을 안 시켜 준 거예요. 그다음 해엔 미안하니까 A를 줘요. 그다음엔 C를 주고 이런 식인 거죠."(이미옥)

노동조합도 현장에 뿌리 깊게 박혀 있는 남녀차별, 임금차별의 문제를 통찰하지 못했지만, 노동조합에는 관심이 없었던 시절에 이미옥은 혼자서 관리자에게 면담을 신청했다. 면담할 때 문제 제기를 하고 긴긴 이야기를 나눠 보지만 그걸로 끝이었다. 이미옥의 이야기를 들은 관리자는 개선의 여지가 없었고, 현장은 바뀌지 않았다. 이미옥은 오래전에 관리자급으로 승진하는 건 포기하고 있었다.

"이건 어쩔 수 없는 일이야. 포기했었어요. 저희가 2010년 파업을 겪고, 정리해고에 구조고도화 싸움에, 엄청나게 싸움을 겪었으니까, 우리 일자리를 지키는 문제가 너무 커서 이런 차별까지 신경 쓸 수가 없었어요."(이미옥)

그러다 2017년이 되어서 회사가 고용노동부의 '적극적 고용 개선조치(Affirmative Action, AA)' 대상 기업이라는 걸 이미옥은 우연히 신문 기사를 보다가 알게 되었다. KEC에 여성 관리자가 한 명도 없어 문제가 되었다. 2017년이면 이미옥이 입사한 지 30년을 맞은 해이다. 30년을 근무해도 이미옥은 KEC에서 J3직급 평사원이었다. 그 바로 위가 관리자급인 S직급이지만 이미옥은 30년 동안 사원급 맨 끝 호봉에 머물고 있었다.

또 2017년은 금속노조 KEC지회 역사상 처음으로 여성 지회장이 선출된 해이기도 했다. 고용노동부에서 '적극적 고용개선 조치 제도'가 발표되었을 때, 지회도 현장의 뿌리 깊은 남녀차별 문제를 더 이상 미루지 않기로 했다. 임금차별은 남녀차별로만 끝나지 않았고, 노조 간의 차별로 이어졌다. 합리적인 이유도 없는 차별의 문제가 공장 안 구석구석에 뿌리를 박고 굳어지고 있었다.

"2010년 이전에는 여성이 교섭위원으로 협상 자리에 들어간 적이 한 번도 없다고 하더라고요. 대부분 남성이 간부였고, 여성은 10퍼센트도 안 돼요. 제가 알기론 몇 명 안 돼요. 그리고 교섭위원은 다 남자뿐이고요."(이미옥)

"금속노조가 평등과 평화를 위해서 싸우는데, 교섭위원은 다 남자들이 했어요. 내가 하면서 여성들을 투입시켰어요. 실질적으로 투쟁하면서 여성들의 참여도가 엄청 높았어요. 우리 남자 선배, 동기 들도 같이 열심히 싸웠지만, 여성들의 힘이 굉장히 크다는 걸 계속 보여 줬죠. 투쟁하면서 남성 노동자들도 다 동의하고 그래서 역사적인 인물인 이종희 여성 지회장이 나온 게 자연스러운 거죠."(김성훈)

남자들로만 이뤄진 교섭위원은 여성들이 겪는 인사차별에 침묵했다. 현장에서 불만을 제기한 여성은 이미옥뿐만이 아니었다. 노동조합을 통해서 문제를 해결할 엄두는 내 보지도 못하고 여기저기서 불만의 목소리만 겨우 나왔다. 회사는 2009년 자동승급제도를 폐지해 버렸다.

"자동승급제는 7년 차가 되면 무조건 승급이 되거든요. 인사고과에서 점수를 C만 안 받으면 웬만하면 자동승급이 돼요. 회사도 인사고과를 C는 안 줘요. 진짜 큰 사고를 치지 않은 이상은 거의 대부분 B를 줘요. 자동승급제가 아직 있었다면 지금 우리는 벌써 승급을 했을지도 몰라요."(이미옥)

KEC지회는 일본식 직능급제를 도입해서 입사하면 J1직급 사원이 된다. J1직급은 1호봉에서 51호봉의 임금 테이블이 있고, 한 개 한 개의 계단을 밟아서 J2직급으로 자동승급한다. 다음은 J3직급까지 사원이다. S직급부터 관리자가 되는 코스라서 J3직급에서 S직급으로 승급할 때는 면접을 본다. S4직급은 기능사 기사 자격이 주어지고 S5직급은 대리 직책을 받는다. 다시 S5직급에서 M직급으로 승급하면 과장 또는 매니저가 된다.

M직급부터는 완전 관리자여서 노동조합 가입 범위에서도 벗어난다. M직급의 과장이나 매니저가 되기 위해서는 신입사원 J1직급에서부터 차근차근 계단을 밟아야 오를 수 있지만, 이미옥은 여성이라는 이유로 30년을 넘게 근무해도 J3직급에서 멈춰 버렸다. KEC는 여성 노동자에게 동일하게 승진할 기회를 배

제했고, 남성들은 이미옥보다 훨씬 늦게 입사한 사원도 계단을 밟고 S직급으로 올라갈 기회를 제공해 주었다.

"회사 인사 규정에 C를 받으면 2년 동안 승급을 못 한다고 되어 있대요. 여성들은 S를 시켜 주지 않으려고 2년마다 C를 준 거죠. 현장에서 개인적으로 여기저기서 문제 제기를 했었다고 알아요. 아니, C를 왜 주냐, 승급 못 하는 것도 억울한데 내가 왜 C를 받아야 하냐, 이런 말들이 많으니까 문제를 고칠 생각은 않고 자동승급제를 없애고 그냥 C를 안 받게 해 주면 된다고 생각했던 거 같아요."(이미옥)

회사는 자동승급제를 폐지하면서 승급을 앞둔 여성들에겐 임금을 보전해 줬고, 남성들은 1회 정도 승급할 기회를 주었다. 마지막까지 여성들에게 관리자가 될 기회는 주어지지 않았다.

"그때 억울했죠. 내가 아무리 문제 제기를 해도 회사 관리자로부터 들은 대답은 주로 회사는 정책적으로 여성들을 S직급으로 승급시키지 않는다, 였어요."(이미옥)

그래서일까. 여성 노동자들은 자신이 왜 S직급으로 승급이 안 되는지에 대해서 질문하기보다 내가 왜 C를 받아야 하냐고 억울해했다. 여성들의 승진을 가로막은 구조적인 차별을 제대로 통찰하고 목소리를 내지 못한 채 2010년을 맞았다. 자동승급제가 폐지된 이후부터 인사고과제도는 더욱 편파적이었다. 직원들이 C를 받는 일은 줄었지만, A를 세 개 이상 받지 못하면 승급이 불가능해졌다. B도 승급에서 제외되었다. 회사로부터 후한 점수를 받을 수 있는 사람만 승급이 가능해졌다.

"2010년 이후로 우리는 제대로 된 노동조합 활동을 해 보자고 학습도 많이 하고, 교육을 엄청 많이 받았어요. 회사가 법적인 걸 안 지키면 문제 제기도 많이 하고 현장에서 싸웠죠."(이미옥)

2010년 이전에는 육아휴직은 상상도 할 수 없는 일이었지만, 노동조합을 제대로 하고 나서부터는 육아휴직이 노동자에게 당연한 권리라는 걸 알게 되었다. 지금은 눈치 보지 않고 자유롭게 사용하고 있다.

"회사와의 큰 싸움이 어느 정도 일단락이 되고 여성 지회장이 당선됐잖아요. 노조 간 차별이랑 임금체계 전체에 대해 문제의식을 가지고 있었어요. 그러다가 2017년 적극적 고용 개선조치 문제도 알게 되죠. 그래서 이걸 데이터를 만들어 보자고 해서 준비를 했었던 거죠."(이미옥)

여성들은 항상 남녀차별에 대해서 문제의식이 있었고, 남성들도 KEC가 여성들을 승진에서 배제했다는 사실을 알고 있었다. KEC지회가 복수노조에서 소수노조가 되고 노조 간의 차별이 현장 구석구석에서 모습을 드러내자, 조합원들은 차별을 더 깊이 감각하게 되었다. 이제 여성만이 아니라 KEC지회 소속 조합원들은 누구나 겪게 된 차별에 대해서 의식하게 되었다. 분노를 토해 내기 시작하자 문제를 해결하기 위해서 모두가 머리를 맞대고 의논하기 시작했다.

"2010년 파업 이후부터 저희들 승진, 승격 데이터를 만들어 보았더니 너무 심각한 거예요. 2018년 노조 간 승격 차별 문제를 제기하기 전까지를 100퍼센트로 본다면, 친기업노조의 조합원은 92퍼센트 승격을 했지만 우리 지회는 8퍼센트 수준에서 겨우 승격을 한 거예요. 7~8년 사이 3명인가 승격했더라고요. 친기업노조는 몇백 명이 승격했는데. 여성들도 똑같아요."(이미옥)

KEC지회가 국가인권위원회에 진정을 넣어 2019년 9월 국가인권위원회에서 성차별 시정 권고를 내리기도 했다. 이 권고에 따르면 20년 이상 재직한 생산직 노동자 108명 중에 여성인 52명이 모두 사원에 지나지 않았다. 반면 남성 56명은 모두 관리자급이다. 2001년 가장 낮은 직급(JI)으로 입사한 여성 조합원도 현재까지 한 단계밖에 승진하지 못했다. 이미옥의 사례도 다르지 않았다.

"2019년 국가인권위원회에서 여직원을 승격시키라고 시정명령을 내렸더니 회사가 친기업노조 쪽 여직원만 1년에 2명씩 승격시키고 있어요. 우리는 한 명도 안 된 거예요. 지금까지 8명이 승격되었는데 우리 덕분이죠. 이런 게 저희가 현장에서 엄청나게 많은 구전 활동을 하면서 이뤄 낸 거예요."(이미옥)

노동조합이 투쟁하는 것도, 조직사업을 하는 것도, 친기업노조의 조합원들을 파업으로 이끌어 내는 것도, 내가 몸담고 있는 회사라는 사회에서 차별을 당하지 않고 평등한 구조를 만들기 위해서였다. 노동자로서 권리를 존중받기 위한 것이다. 이하나하나를 만들어 내기 위해서 누군가의 애씀과 부지런한 움직임이 없었더라면 얻어질 수 없는 일이다. KEC지회는 여성 지회장과 간부들의 줄기찬 문제 제기를 통해서 현장의 구석구석에 벌어지고 있는 차별 요소를 밝혀내고 개선해 가고 있다.

"교대조와 주간 근무조 간의 차별 문제도 심각해요. 우리가 보통 주 5일 근무 기준 통상근무를 하면 209시간을 적용하는데, KEC만 3교대는 189시간을 적용하는 거예요. 다른 회사는 3교대 하면 웬만하면 209시간을 적용하거든요. 주간 근무조와 3교대 근무조 간에 20시간이나 간격이 벌어지니까 기본급도 20만 원이 차이가 나는 거예요. 기본급이 차이가 나면 상여금도 차이가 벌어지고. 왜 3교대 근무자가 임금을 적게 받아야 하는지 합리적인 이유도 없어요."(이미옥)

노동조합의 지속적인 활동으로 임금체계가 개편되고 조금씩 나아졌다고 하지만 문제가 해결되지 않고 잠재된 문제투성이였다. 그래서 노동조합의 집행부는 조합원에게 이야기를 하고, 조합원은 현장에서 같이 일하는 타 노조 조합원에게 문제의식과 요구 사항을 알린다. 그럼 타 노조 조합원들도 의견을 내고, 조합원은 노조 집행부로 전달한다. 노조 집행부는 현장의 의견을 충분히 수렴해서 현장에서 일어나는 문제를 모아 선전물을 만들고 노조의 요구로 정리해서 홍보한다. 그리고 KEC 노동자의 요구로 제기한다. 십수 년 동안 반복되어 온 노동조합의 일상 활동의 모습이다.

2010년, 회사가 노조를 파괴하려고 공격했을 때 여성들이 앞장서서 싸웠다. 여성들이 없으면 못 이겼을 싸움이라고 KEC지회의 남성 조합원들은 공공연히 말한다. 그 순간부터 노조 내에 여성과 남성은 평등을 지향하면서 한 방향을 바라보게 되었다. 여성들이 잘 싸우고 열심히 싸워서 획득한 지위이기도 하다. 자신의 권리를 쟁취하기 위해서 싸워야 한다는 건 진리였다. 여성 노동자들은 2010년 이후에는 스스로 싸울 준비를 갖췄다. 그 과정을 차곡차곡 밟고 쌓다 보니까 그들은 민주노조운동을 하고 있었다.

"여성이 지회장일 때 남녀차별에 대해서 꾸준히 문제 제기할 수 있고 더 신경을 많이 쓰는 건 확실히 맞는 것 같아요. 지금 간부 비율이 남성보다 여성이 훨씬 많아요. 그러면 당사자들이 가장 많이 이야기를 할 수 있잖아요."(이미옥)

구조고도화와 팹리스가 부르는 공장의 미래는

"KEC가 2010년 노조를 파괴하려고 했다고 알고 있잖아요. 2009년 쌍용자동차도 노조파괴를 시도했고, 2010년에는 경주 발레오만도를 시작으로 상신브레이크, 유성기업도 노조파괴 시나리오가 들어왔을 때, 금속노조 깨려고 그러네 생각했어요."(김성훈)

그런데 이상했다. 노조파괴 시나리오에 등장하는 사업장은 하나같이 현대자동차 부품사들이다. 언론에서 떠드는 강성노조였고, 이 강성노조를 깨면 현대자동차가 이득을 본다. 그런데 KEC지회는 1988년에 노동조합을 만들고 파업이라고는 3일을 넘어서 본 적 없는 허약한 노조였다. 현대자동차 부품사도 아니지만, 강성노조는 더더욱 아니었다. KEC 자본이 노조를 깨면 무슨 이득이 생기는 걸까.

"구조고도화가 있었던 거죠. 이 공장을 상업 부지로 전환하면 땅값이 많이 뛰잖아요. 공장 부지가 10만 평이니까. 바로 옆에 대형 마트가 있고. 상업 부지와 공장이 딱 접경지대에 있는 거죠. 공장 부지 평당 3백만 원 하는 걸 상업 부지로 만들어서 평당 1천만 원 이상 올리고. 부동산 투기를 하고 싶은데, 노조가 가장 걸림돌인 거죠."(김성훈)

지금까지 KEC지회는 2012년과 2014년에 두 번의 정리해고를 막아 냈다. 회사는 2010, 2011, 2013, 2014, 2019년, 다섯 번에 걸쳐 구조고도화 사업을 신청하고 한국산업단지공단에 사업계획서를 냈지만, 공장이 폐업될지도 모를 위기는 노동자뿐 아니라 지역 소상공인들도 불안하게 만들었다. KEC지회는 싸워서 구조고도화를 무산시켰다. 회사가 노조를 상대로 낸 3백억 원 손해배상청구소송은 재판부와 30억 원으로 조정 합의했고, 조합원들이 합심해서 3년 동안 월급 가압류와 모금을 했다. 3년보다 두 달이나 빠른 2019년 7월에 손해배상금 30억 원을 다 갚았다.

"노조를 깨서 힘을 빼고 순차적으로 구조조정을 해서 KEC 공장의 알짜배기 생산라인을 밖으로 빼돌리겠다는 거였죠."(김성훈)

2010년 파업 당시 714명이었던 조합원은 10년 사이 107명*밖에 남지 않았고, 복수노조 조합원을 다 합해도 400여 명이 되지 않는다. 2010년 파업 당시 1,050명이었던 직원 수가 현재 600명을 겨우 넘는다. 회사가 노조파괴에 들어간 비용만큼 인력구조조정은 지속적으로 이뤄지고 있었다.

"회사가 2025년 중장기 계획을 발표했어요. 세부적인 내용은 시험 라인만 남기고 다 밖으로 빼는 계획인데 이해하기 쉽게 플랫폼을 하겠다는 거죠. 이걸 반도체는 팹리스**라고 해요."(김성훈)

반도체는 크게 팹 공장과 어셈블리 공장이 있다. 팹은 사람으로 치면 두뇌를 만드는 곳이고, 어셈블리는 팔과 다리, 몸을 만드는 곳이다. KEC는 팹과 어셈블리 두 가지를 다 하고 있는 공장이다. 팹리스는 반도체 제조 공정 중에 설계와 개발을 전문으로 하는 회사이고 파운드리는 제조를 위탁받아 반도체 칩을 생산하는 회사다.

---

* 김성훈 인터뷰 당시에 확인한 조합원 수.
** 팹리스(fabless)란 생산은 하지 않고 반도체 설계만 하는 업체이다. 따라서 파운드리(foundry) 사업은 팹리스 업체에서 설계한 반도체를 생산해서 공급해 주는 일을 한다.

"2013년도에 구미 공장에 있던 어셈블리 부서는 태국으로 옮겨가 버렸어요. 반도체 외형을 만드는 생산시설을 태국으로 다 내보낸 거예요. 그럼 여기는 일자리를 다 잃을 거 아닙니까. 그런데 여기는 KEC 공장 안에 다른 곳으로 전환배치가 되죠."(김성훈)

KEC는 김성훈이 입사한 2000년도부터 생산 공정을 외주화했고, KEC 중국 공장과 태국 공장으로 어셈블리 부서를 꾸준히 이전하고 있었다. 부서가 없어진다고 당장 해고를 당하지는 않는다. 정규직 노동자는 다른 부서로 전환배치를 시켰다. 그렇다고 노동자는 심리적인 부담을 내려놓을 수가 없다. 회사가 노동자들에게 희망퇴직을 조용히 강권하기 때문이다. 그렇게 해서 2000년도에 2,000여 명이던 공장 노동자 수는 3분의 1로 줄었고, 2010년 노조의 파업과 회사의 노조파괴 시나리오를 경험하면서 납득할 수 없었던 일련의 일들을 노동자들은 이해할 수 있었다.

"회사는 결국 팹리스로 갈 거라고 생각해요. KEC가 2025년 비전을 발표해서 2025년도에 정리할 수 있겠다고 생각했는데 코로나 문제로 반도체 경기가 조금 살았잖아요. 조금 늦춰질 수 있겠다고 생각해요."(이미옥)

조금 더 늦춰질 거라고 이야기를 듣고 얼마 후에 KEC가 팹리스에 속도를 내고 있다는 이야기가 들려오기 시작했다. '팹리스로 갈 거라'고 말하는 이미옥의 목소리는 차가웠다. 팹리스로 간다는 건 공장이 폐업할 거란 걸 암시했고, 이미옥의 차가운 목소리에서 공장이 폐업할 거라는 말이 나올 때 나는 감정을 주체할 수 없어 눈물이 와락 쏟아질 것 같았다. 공장 폐업이 주는 무게는 내게 그런 것이었다.

KEC는 산업통상자원부에서 SiC 전력반도체 연구 개발 사업에 선정됐다. 거대한 국책과제를 땄고, 연구 단계에서 양산 단계로 넘어갔다고 지난 4월 4일 자 언론 기사*로 보도되었지만, 생산은 어디서 하는지 알 길이 없다.

"우리가 국책사업을 반대하는 게 아니에요. 국책사업을 받으면 자기 공장에서 생산을 해야 하는데, 그냥 사업만 KEC 이름으로 따고 생산은 바깥에서 하면, 공장 전부 다 없애고 다른 데서 그 기술력만 가지고 하겠다는 거잖아요. 그럼 결국 우리 일자리만 다 잃죠. 반드시 우리 공장에서 생산을 하게 받아 달라고, 우리가 그 약속을 받아 달라고 이야기했던 거거든요. 근데 지금 어디서 생산하는지조차 몰라요."(이미옥)

팹리스, 반도체 칩을 외주 공장에서 생산한다. 여기서 말하는 외주화는 다른 공장, 즉 파운드리 공장에 KEC가 연구 개발한 설계 도면과 기술로 생산을 맡기고, KEC 마크를 찍어서 판매한다. KEC는 공장을 가동시킬 생각보다는 기술 위주로 수익성

---

* 「KEC, SiC 전력반도체 국책과제 요구 성능 충족」, 『이데일리』, 2022년 4월 4일 자. https://www.edaily.co.kr/news/read?newsId=01334966632292840&mediaCodeNo=257&OutLnkChk=Y.

이 높은 사업만 하겠다는 의도이다. KEC 공장의 생산 설비는 노후했고, 회사가 설비에 투자하지 않고 이대로 간다면 더 이상 가망이 없다. 공장이 폐업할 수밖에 없다는 건 불을 보듯 예측 가능한 수순이다.

"우리가 저번에 싸워서 막았던 것처럼 저희들이 얼마나 잘 싸우냐에 따라서 다를 거라고 생각해요. 쟤들이 2012년도에 구조고도화하려고 2010년도에 저희를 밀어냈던 거잖아요. 그래서 2011년부터 지금까지 계속 이거 하려고 지금까지 왔는데, 결국 쟤들 못 했거든요."(이미옥)

우리가 잘 싸워서 10년을 늦췄다고 이미옥은 힘을 주어 말했다. 그리고 지난 11년을 KEC지회가 공장을 운영해 왔다고 이미옥은 자부하고 있다. 나이 어린 대의원에게 큰소리도 쳤다고 한다.

"내가 너 정년퇴직 시켜 줄게, 걱정하지 마."

그리고 여전히 이미옥은 'KEC를 사랑한다'고 말한다. KEC를 소유한 자본은 곽 회장 일가이지만, KEC를 이만큼 가꾸고 지켜 온 사람은 노동자들이다.

"KEC가 존재해야만 나도 앞으로 벌어먹고 살 수 있고, 제 후배들도 생계를 유지할 수 있는 거잖아요. 그렇기 때문에 KEC를 유지시키고 지키기 위해서 계속 저희들은 노력하고 싸우고 있는 거죠. 관리자, 경영자 들에 대한 분노와 배신감은 말도 못 해요. 배신감은 크지만 KEC는 후배들한테 물려줘야 할 일터라고 생각해요. 이 일터를 통해서 더 많은 노동자들이 먹고살 수 있으니까요."

금속노조 KEC지회 조합원들은 지난 12년간 노동조합이 파괴당하지 않게 버텼다. 이겨 냈고, 뚫고 나온 사람들이다. KEC 자본이 꾸는 꿈을 노동자가 함께 꿀 수는 없다. 자본은 이윤을 좇을 방도를 마련하고 공장을 폐업할 궁리를 하지만, 노동자에게 공장은 밥줄이고 지켜야 할 삶터이다. 평생을 일궈 온 삶의 터전을 가만히 앉아서 잃을 수는 없는 노릇이다. 또다시 노조는 어려운 난관을 뚫고 나가야 하는 중요한 기로에 서 있다.

"내가 노동조합을 안 했으면 이것보다 더 안 좋았을 거라고 생각해요. 각자 이익을 좇아갔다면 우리가 지금 여기 회사 다닐 수 있었겠냐고, 회사에서 벌써 다 쫓겨났다고 동생들한테 이야기를 많이 해요. 또 싸워야 하면 싸워야죠."(이미옥)

숨 가쁘게 달려온 지난 12년은 공장이 폐업하는 시간을 미뤄 온 시간이었는지도 모를 일이다. 지금 가정을 돌보듯이 부지런하게 쓸고 닦고 반짝반짝 광을 내면서 치열하게 노조 활동을 하는 시간은 닥쳐올 위기에도 용기를 잃지 않기 위해 준비하는 시간이 아닐까.

무파업 교섭 타결의 신화가 말하지 않는 KEC의 진짜 이야기

2021년 연말에 김성훈이 새 집행부에서 사무장을 맡았다는

소식을 들었다. 반가운 마음에 그에게 인터뷰를 하자고 졸랐다. 나는 인터뷰를 핑계 삼아 공장 안으로 들어갈 수 있었다. 건물은 오래전에 지어져서 나지막하고 창틀과 문짝은 닳고 낡아 보였지만, 오랜 세월을 느낄 수 있는 빛바랜 색깔이 고풍스럽게 느껴졌다. 김성훈을 만나기 전에 인터넷으로 'KEC'를 검색했더니 "KEC는 (12월) 1일 구미공장에서 대표이사, KEC 노동조합 등 임직원 관계자가 참석한 가운데 노사 상생을 위한 임금 및 단체협약을 체결",* '2011년부터 현재까지 11년간 무파업 교섭 타결… KEC그룹 Vision2025 달성 박차'** 이런 타이틀 기사가 인터넷 화면에 가장 많이 올라왔다. '무파업 교섭 타결'이라는 타이틀에 숨겨진 이면에 KEC가 그토록 파괴하고 부숴 버리고 싶었던 노동조합이 건재하다는 사실을 언론 기사는 말하지 않았다. 대문짝만 한 사진 속에 화평하게 웃음 지으면서 양손을 맞잡고 있는 친기업노조와 회사는 교섭을 타결했을지 몰라도 파업을 막을 수 없었다는 사실은 애써 밝히지 않았다.

지금까지 내가 아는 KEC는, 내가 들은 KEC는 지난 11년 동안 바람 잘 날이 없었다. 공장의 노동자들은 젖은 손이 마를 날 없이 노동조합 사무실을 쓸고 닦았다. 두 번에 걸친 정리해고를 철회시켰고, KEC가 구조고도화 사업계획서를 한국산업단지공단에 다섯 번이나 신청했지만 노동조합과 인근 지역의 소

* 『이코노미』, 2021년 12월 3일 자.
** 『신아일보』, 2021년 12월 5일 자.

상공인들의 반발로 번번이 무산되었다. 회사는 12년 전에(2010년) 노조를 파괴하려고 시나리오를 작성했지만 KEC지회는 시나리오대로 따라 주지 않았고, 사라지지도 않았다. 오히려 12년 전에 자본이 휘두른 폭력을 뚫고 나와서 단단하게 응집된 노동조합으로 성장했다고 나는 보았다.

KEC가 쓰고 싶었던 신화에는 진짜 이야기가 없었다. 지금도 여전히 '무파업 단협 체결'로 봉합할 수 없는 문제들, 외주화, 구조조정, 구조고도화, 팹리스 등등 공장이 언제 폐업될지도 모를 위기에 맞서 KEC지회는 치열하지만 시끄럽지 않게 싸우고 있었다. 나는 김성훈과 이미옥에게 KEC가 말하지 않는 진짜 이야기를 들었다. 그리고 나는 그들의 이야기를 기록하고 있다.

나는 김성훈을 만날 때도, 이미옥을 만날 때도, 아사히지회를 향한 KEC지회의 따뜻한 연대는 어디서 비롯되었는지 궁금하다며 질문을 빠뜨리지 않았다. 그들이 쌓아 올린 민주노조 운동의 역사에서 연대란 무엇이냐고, 왜 내 일처럼 연대하냐고 물을 때마다 김성훈은 "당연한" 것이라고 일축했다.

나는 다시 질문을 고쳤다. 그들이 노조를 만들 때 왜 내 일처럼 달려갔었냐고 물었다.

"아사히지회에서 한 방에 138명이 쫓겨나니까, 와, 죽겠더라고요. 그날 전기공사한다고 문자 받은 날 급하게 신사*로 뛰어

---

* KEC 공장 안에 노동조합 사무실이 있지만, 파업 직후 대량 해고가 발생했을 때 공장 밖에 임시 노조 사무실을 마련해 두었고, 이를 '신사'라 부른다.

가서 교육자료를 만든 거지. 급하게, 그날 저녁에 문화제를 하기로 되어 있었는데, 6시에 교육을 해야 했으니까, 이들의 노조가 파괴당하게 생겼으니까 분위기를 전환시켜야 하니까 준비를 한 거죠."(김성훈)

2015년 아사히지회가 노조를 만들고 한 달이 지난 6월 30일은 구미시근로자문화센터에서 노조출범 문화제를 하기로 했었다. 전날 아사히글라스 공장은 전기공사를 한다는 핑계로 사내 하청 노동자들에게 하루 휴가를 주었고, 휴가 날에 회사는 용역 업체와 계약을 해지했다고 알려 왔고, 사내 하청 노동자 178명 전원에게 문자로 해고를 통보했다. 노동자들은 문자를 받고 모이기로 한 센터로 모였다. 해고 문자를 받고 모인 100여 명의 아사히지회 조합원들이 무슨 생각을 하는지 가늠할 수 없지만, 김성훈은 예정대로 교육을 하기 위해서 무대 위에 섰다. 노조파괴 시나리오를 뚫고 나온 경험을 살려서 조합원들에게 아사히글라스 자본을 어떻게 대응하고 버텨 나갈지 설명했다. 2백 개도 넘는 눈이 단상 위에 선 김성훈을 밀어낼 것 같았다. 커다란 압력을 느꼈지만, 김성훈은 무대 위에서 버티고 서 있었다.

"대응 교육을 하는데 죽겠더라고요. 너무 힘들었어요. 조합원들이 쫓겨나고 부당한 일이 벌어지고, 상처가 생겼으니까 가장 가슴 아픈 거잖아요. 미치는 거지. 내가 돌아보면 한꺼번에 1백여 명이 여기에 다 잡히거든요. 그 무게가 감당이 안 돼

요."(김성훈)

노조를 만들 때부터 시작한 연대는 7년이 돼 버렸고, 7년은 그냥 시간이 흘러서 여기까지 온 게 아니었다.

"아사히지회 동지들은 처음에 진짜 아무것도 모르고 노동조합을 시작했잖아요. 저는 저 사람들이 석 달이나 견디겠나 했었거든요. 저는 그래도 20년은 노동조합에 적을 두고 있었는데 아예 아무것도 모르고 시작한 동지들이라 진짜 걱정을 많이 했어요. 우리가 이 정도였으면 아사히지회 동지들만큼 못 했어요. 걱정했던 게 부끄럽더라고요."(이미옥)

"7년 동안 투쟁하는 게 쉬운 일이 아니잖아요. 저들도 사실 모르고 온 거잖아요. 오다 보니 7년이 돼 버린 건데, 근데 그냥 온 건 아니라는 거지. 저들 스스로가 각자에 맞게끔 성장한 것도 있고, 힘들지만 이겨 내고 조직적으로 안정화돼 있는 상태인 거 같아요."(김성훈)

김성훈은 연대를 '준다'와 '받는다'로 이해하지 않는다. 연대는 '한다'고 말한다. 처음엔 연대를 받았다. 연대를 받고 돌려주어야 한다고 생각한 적도 있었다. 여전히 연대를 주고받는 것으로 이해하는 사람들이 있고, 그렇게 생각하는 것도 나름 의미가 있지만 김성훈은 연대를 한다.

이미옥은 투쟁하는 노동자를 좋아한다. 열심히 하는 동지들은 다 예쁘기만 하다. 대견하고 대단해 보이는 그들에게 하나라도 더 챙겨 줄 게 없나 생각한다. 자신이 투쟁하면서 힘들었던 순간들을 되새기면서 투쟁하는 이들의 마음을 헤아려 본다.

연대를 하면서 자극을 주고받는다. 민주노조를 지켜 내기 위해서 지난한 현장 투쟁으로 마음이 지치고 힘들 때면 아사히지회 노동자들의 투쟁은 자신의 투쟁을 돌아보는 거울이 되어 주었고, 자극이 되었다. 때론 힘을 느끼게 해 줬다. 무거운 짐이 아니었다.

"아사히지회 동지들이 엄청 열심히 하잖아요. 전국을 다 돌아다니면서 연대해요. 저희는 시간적인 한계가 있어서 못하는 부분이 있지만, 아사히지회 동지들의 연대의 깊이가 더 깊은 거 같아요. 많이 배우죠. 아사히지회 동지들 보면서 한 발짝 조금 더 떼기도 하고 위로를 받기도 하고, 부럽기도 해요."(이미옥)

석 달이나 버티겠냐고 걱정했던 이들이 7년을 버틴 비결에는 이미옥과 김성훈의 지칠 줄 모르는 지지가 있었고, KEC지회의 연대가 있었다.

지난 6월에 대우조선해양 하청노동자들이 수년 동안 빼앗긴 임금을 되찾기 위해서 30퍼센트 임금 인상을 요구하면서 전면 파업에 들어갔다. 파업한 지 20일 만에 대우조선해양 자본은 파업을 깨기 위해서 공권력을 투입하려 했고, 하청노동자들은 자신의 요구를 관철시키고 파업을 지켜 내기 위해서 작은 철제 틀 속에 들어가 용접해서 스스로를 감금시켰다. 극한 상황에 치닫자 이 소식을 들은 노동자와 시민 들이 6월 24일 거제의 대우조선해양으로 모여들었다. 나는 대우조선해양 서문 앞에서 KEC지회 조합원들과 조우했다. KEC지회 황애란 조합원이 내게 '간부들은 간부파업하고 나왔고 나는 조합원이라서 개인 휴가를 쓰고 왔다'고 알려 주었다. KEC지회라서 할 수 있는 연대파업이라고 나는 흥분해서 떠들었지만 그들은 당연하게 생각하고 있었다.

대우조선해양 서문 앞에서 낮에는 금속노조 결의대회가 있었다. 마치고도 자리를 떠나지 않은 사람들은 '비정규직 이제 그만'이 주관하는 투쟁문화제에 참석하기 위해서 기다렸다. 저녁 7시가 넘어가자 투쟁문화제가 열렸다.

나는 이미옥과 조금 떨어진 뒤쪽에 앉아 있었다. 지민주 가수가 마지막 앙코르곡으로 〈파도 앞에서〉를 부를 때도, 류금신 가수가 〈또다시 앞으로〉를 우렁차게 부를 때도 이미옥의 팔뚝질은 한 치의 흐트러짐이 없었다. 불끈 쥔 주먹을 허공을 향해 치켜세우고, 리듬에 맞춰서 박수를 치고 몸을 흔드는 뒷모습은 파업 투쟁을 해 본 노동자만이 파업할 때의 전율을 기억하는 몸이 에너지를 뿜어내는 듯 보였다.

KEC지회의 노동조합 일상 활동을 다룬 다큐멘터리 〈깃발, 창공, 파티〉에는 이미옥이 〈임을 위한 행진곡〉을 부르면서 열심히 팔뚝질하는 스틸컷이 꽤 긴 시간 나온다. 너무 오래 나와서 조금 의아스럽게 쳐다봐야 했지만 장윤미 감독은 이미옥의 팔뚝질하는 모습이 인상적이어서 그대로 담고 싶었다고 시사회에서 말했다. 나는 장 감독이 참 고집스럽다고 생각했었던 기억이 난다.

장 감독이 왜 그렇게 고집스럽게 팔뚝질하는 이미옥의 모습을 지루하게 보여 줬는지 나는 비로소 느낄 수 있었다. 나도 이미옥의 팔뚝질하는 뒷모습에서 눈길을 뗄 수가 없었다. 어딘가에 저 팔뚝질하는 모습을 담아 두고 싶었다. 이미옥의 힘찬 팔뚝질이 대우조선해양 하청노동자들의 파업 투쟁을 승리로 이끌어 낼 것만 같아서 가슴이 뜨거워졌다.

나도 오랜만에 〈불나비〉를 뜨겁게 불렀다. 목청이 터질 듯이 소리를 질렀다. 노동자들이 파업할 수 있기를 바라면서 불렀다. 자신의 밥그릇을 지키기 위해서 파업을 시작했더라도 밥그릇을 지키는 일이 세상을 평화롭게 만드는 일이 되었으면 좋겠다고 생각하며, KEC 공장이 폐업하는 일은 없어야 한다고 노래를 불렀다.

우선 르포 문학을 귀하게 다뤄 주신 전태일문학상에 진심으로 감사드립니다. 제게 과분한 상을 주셔서 어떻게 감사의 인사를 드려야 할지 모르겠습니다. 제가 전태일문학상의 영광을 누릴 수 있게 된 건 저를 르포의 세계로 이끌어 준 희정 작가 덕분입니다. 저에게 기꺼이 다정한 동료가 되어 준 '싸우는여자들기록팀'과 '싸우는 노동자를 기록하는 사람들. 싸-람'에게 더욱 깊은 동료애를 느낍니다. 사랑합니다.

오랫동안 사드-미군기지 건설을 반대하면서 싸우고 있는 소성리 주민들과 평화지킴이들은 저의 소중한 이웃입니다. 제가 무엇을 하든 한결같이 격려해 주고 응원해 주는 이들입니다. 제가 전태일문학상에 당선되었다는 소식을 듣고 자기 일처럼 기뻐해 주고 축하해 주셔서 소성리 마을은 잔치 분위기였습니다. 오랜 국가폭력에 몸과 마음을 다친 소성리 식구들이 전태일문학상 덕분에 잠시나마 시름을 잊고 웃고 기뻐하는 모습을 볼 수 있어서 행복했습니다.

사실 누구보다 금속노조 KEC지회는 전태일 열사의 정신을 계승해 온 노동자들입니다. 저의 보잘것없는 글솜씨로는 그들의 이야기를 충분히 그려 내지 못했지만 이만큼이라도 쓸 수 있었던 건 KEC지회 노동자들이 저를 믿어 주고 기다려 준, 연대하는 마음이 있었기에 가능했다고 생각합니다.

전태일문학상은 저에게 노동 르포 작업을 지속해 나가라는 격려라고 생각합니다. 세상의 부조리와 부정, 부패에 침묵하지 않고 저항하는 사람들을 편들고 글을 쓰라는 당부로 받아들이겠습니다. 저도 싸우는 노동자들 곁에서 기록하는 노동자로 함께 싸우겠습니다. 우리의 투쟁과 우리의 사랑이 오래도록 잊히지 않고 기억될 수 있도록 펜을 꺾지 않겠습니다.

끝으로 제게 난치성 희귀질환을 앓고 있는 딸이 있습니다. 병마와 싸우는 딸이 엄마가 전태일문학상을 탔다는 소식에 기운을 내고 있습니다. 이보다 더 좋을 순 없을 것 같습니다.

# 제30회 전태일문학상

## 심사평

# 이웃들의 멍든 자리를 닦는 마음

전태일문학상이 올해로 서른 번째를 맞는다. 1960년대의 한복판을 봉제 노동자로 살았던 그를 50여 년이 지난 지금까지도 우리가 기리고 있는 것은 왜일까. 그것은 한 청년의 아름다운 삶과 투쟁을 잊지 않기 위해서이기도 하겠지만, 소외된 노동과 마모되어 가는 인간 존엄의 문제가 현재 진행형이기 때문이기도 할 것이다.

심사위원들은 여전한 열의가 담긴 수백 편의 응모작들을 하나하나 읽어 나갔고, 그중 「굿판이 열렸네 굿판이 열렸어」 외 2편, 「호접몽」 외 4편, 「CCTV」 외 2편, 「생활과 생활력」 외 4편, 「편지」 외 2편, 「영등포」 외 3편, 「폐차장은 부속병원」 외 4편, 「이씨의 오늘」 외 4편, 「우리들의 공장에서 당신들의 직장까지」 외 2편, 「적도의 언어」 외 3편, 「무선조종 탱크놀이」 외 2편, 「퇴근길」 외 4편, 「독백하는 것들」 외 3편이 수상작 후보에 거론될 만한 성취를 보여 주는 작품들이라고 판단하였다.

최종 심사는 「생활과 생활력」 외 4편과 「영등포」 외 3편을 제출한 두 응모자의 대결로 금세 압축되었다. 하지만 신속하게 끝나리라 예상했던 심사는 예정일을 연장하며 다소간의 난항을 거듭했는데, 두 작품이 지닌 장단점이 판이하게 달라 어느 한쪽의 손을 들어 주기가 쉽지 않았기 때문이다.

「생활과 생활력」 외 4편은 현실 위에 벌레처럼 내던져진 타인들이 서로에게 다정한 온기가 되어 주는 모습을 담담하게 그리고 있는 작품이었다. 시의 호흡과 리듬이 인상 깊었고 무엇보다 응모작의 고른 완성도가 높은 평가를 받았다. 생의 지면에서 다소간 이격되어 있는 듯한 시의 태도가 아쉬움으로 거론되긴 했지만, 그런 거리감이 선사하는 비극이 더 애달프게 느껴지기도 했다.

「영등포」 외 3편은 메울 수 없는 가난의 구멍과 그곳에 몰려드는 슬픔을 직시하는 시인의 표현들이 압권인 작품이었다. 시적 발상이 다소 투박하고 응모작의 형식 또한 유사하게 반복된다는 단점이 지적되긴 하였으나, 이웃들의 멍든 자리를 닦으려는 마음과 삶에 밀착해 있는 구체적인 시어들이 심사자들의 마음을 울렸다.

어느 한쪽이 부족해서가 아니라 각자가 지닌 장점이 사뭇 달랐기에 우리는 양쪽의 응모작을 재차 들었다 놓으며 긴 고민의 시간을 가질 수밖에 없었다. 그러다 결국 초심으로 돌아가 결정을 내리게 되었다. 「생활과 생활력」 외 4편은 분명 어느 심사 자리에 놓이더라도 높은 평가를 받을 만큼 뛰어난 작품이지만, 「영등포」 외 3편이 그리고 있는 날것의 현장 시들은 전태일문학상이 아니면 주목받지 못할지도 모른다는 의견에 심사자들의 마음이 움직였던 것 같다.

어느 심사평에서 했던 말이지만 좋은 작품은 대부분의 사람들에게 좋게 읽힌다. 하지만 그런 작품이라 하더라도 선호의 강도와 이유는 천차만별이다. 그만큼 공모전에서 당선작이 선정되는 일은 우연에 우연을 거듭하는 일일 것이다. 하필이면 그런 시적 취향을 지닌 심사자들이 모이게 된 것도, 그런 논의와 수긍의 과정을 거치게 되는 것도 모두 예측할 수 없는 일일 테니까 말이다.

심사자들이 작품을 통해 짐작하고 응원했던 시인의 삶 또한 분명

실제와는 다를 것이다. 그 불확실함에 기대어 위로와 축하를 동시에 건네고 싶다. 이토록 우연한 결과에 크게 휘둘리지 말고 몸으로 써낸 자기 작품에 대한 믿음을 이어 나가셨으면 좋겠다. 더불어 그러한 우연조차도 필연으로 연성해 낸 당선자의 노력과 빛나는 작품에는 진심 어린 축하 인사를 전한다.

**심사위원**

유홍준(시인), 이설야(시인), 조대한(문학평론가)

# 절망 속에서도 끝내 체념하지 않는 청년 노동자

올해 전태일문학상 소설 부문에는 총 117편의 응모작이 도착했다. 전태일이라는 이름을 내걸고 시행되는 공모이니만큼 문학적 완성도와 더불어 더 나은 세상을 꿈꾸는 이야기를 찾기 위해 노력했다.

각각의 심사위원이 1차 회람을 거쳐 최종 본심에 회부한 작품은 총 10편이었다. 응모작 중 중·장편 원고가 없던 것은 아니었으나 본심에는 단편 작품이 주를 이루었다. 심사위원들은 본심에 오른 작품 대부분이 고른 수준에 있음에 동의했다. 특히 노동 현장을 직접적으로 다루는 작품들에서 느껴지는 생생함과 활기가 인상적이었다.

논의가 압축되어 가면서 「초코파이」, 「애드벌룬」, 「건조주의보」, 「노선버스」, 「한여름 낮의 꿈」 등이 중점적으로 언급되었는데, 우선 「초코파이」는 다문화 시대의 한국 사회를 반영한 에피소드가 인상적이었으나 갈등의 맥락이나 작가의 시선이 불분명하다는 점이 아쉬움으로 남았고, 「건조주의보」는 건설 현장 노동자들의 생생한 이야기와 디테일이, 「노선버스」의 경우 버스라는 한정된 공간에서 짧은 시간 동안 벌어지는 에피소드를 흡인력 있게 전개하면서 다양한 인물의 곤경을 엿볼 수 있게 했다는 점이 눈에 띄었으나 다소 전형적이고 익숙한 서사라는 느낌을 지우기 어려웠다. 동네 마트 점원들의 일상을 실감 나게 그려 낸 「애드벌룬」은 여러 번 언급되었지만 역시 특유의 신선함까지 발견하지는 못했다.

안정적이고 정제된 작품들 속에서 이채를 발한 것은 「한여름 낮의 꿈」이었다. 아이스크림 공장에서 일하는 청년의 시선으로 노동자의 현실을 포착한 이 작품은 다소 다듬어지지 않은 부분이 눈에 띄었지만 인상적인 산뜻함과 여운이 있는 소설이었다. 디테일의 측면에서나 인물과 서사의 형상화 측면에서나 어느 정도 완성도를 갖추고 있는 데다 '아이스크림'이라는 소재를 활용하는 방식, '개구멍'을 통해 서로 다른 노동자들이 소통하는 장면 등이 신선하게 다가왔다. 여성 인물이 도구적 역할에 그치고 대상화되어 있다는 지적이 있었으나 전체적인 서사를 해칠 정도는 아니라는 데 심사위원들은 동의했다. 특히 결말 부분의 '얼음 축구' 장면의 의미와 그 여운에 관해서 많은 이야기를 나누었다. 아름답고도 쓸쓸한, 절망 속에서도 끝내 체념하지는 않는 청년 노동자의 내면이 심사위원들에게 깊은 인상을 주었다.

이러한 논의 끝에 「한여름 낮의 꿈」을 최종 수상작으로 결정하는데 심사위원 3명은 흔쾌히 합의했다. 당선자에게는 아낌없는 축하를, 응모해 주신 모든 분들께는 위로와 감사의 말씀을 전한다.

**심사위원**

하명희(소설가), 이재은(소설가), 노태훈(문학평론가)

# 우직함과 힘이 함께한 작품

제30회를 맞은 전태일문학상 생활글 부문에는 55편이 접수되었다. 본심에는 9편이 선정되었다. 각박한 삶이 코로나19로 인해 더욱 심해진 작금의 현실이 외롭고 지난하다. 그런 삶이 한꺼번에 쏟아진 것인지 이번에는 삶의 애환, 경제력 상실, 산재 사고, 경력 단절, 고용 불안 등의 주제가 많았다. 그중에서도 심사위원들이 가장 고민했던 작품은 「산재사고로 아들을 잃은 아비의 사부곡—그날 이후」였다. 산재 사고로 아들을 잃은 노동자 아비의 심정을 눈물로 쓴 작품이기에 더욱 고민이 깊었다. 안타깝지만 자기 내면의 모습보다 현실의 모순과 모습을 반영한 작품을 당선작으로 정했다.

「명절 선물 세트」는 정규직과 비정규직의 아픔과 여성 노동자로서 차별을 받는 '쓸모없는 사람'으로 불리는 현실의 모습을 잘 보여 준 작품이다. 비록 손바닥 뒤집듯 잘 뒤집히는 세상에 살고 있지만, 어떻게든 살아가려는 강인한 여성으로서의 모습이 돋보인다.

여러분들의 우직함과 힘이 함께한 작품 속에서 씁쓸함과 아픔이 한껏 묻어났지만, 현실의 문제가 무엇인지 함께 고민하는 시간이기도 했다. 응모해 준 모든 분들께 감사드리며, 부디 함께했던 작품이 삶의 한 부분임을 잊지 않고, 그 힘으로 푸른 바다 같은 세상을 노 저어 가길 빈다.

**심사위원**

박경희(시인), 안미선(작가), 정윤영(작가)

# 공감과 연대의 시선

올해 전태일문학상 르포 부문에는 10편의 작품이 접수되었다. 편수가 많다고 볼 수는 없으나 전태일문학상의 취지와 노동자들의 삶이 기록되는 것의 중요성을 생각한다면 현장에서 르포가 꾸준히 창작되고 있다는 점은 주목할 만한 일이다.

그중 3편의 작품이 본심에 올라왔다. 「쉿, 소리 내지 마. 그림자 노동」은 병원에서 일어나는 직장 내 괴롭힘 문제를 사실적으로 드러내며 문제를 제기했다. 「식민지 설움의 잔재 적산가옥」은 경주시 감포읍의 적산가옥을 통해 일제 강점기의 흔적을 살펴보며 역사 교육의 필요성을 역설했다. 「공장의 담벼락을 허문 연대의 시간」은 금속노조 KEC지회에 대한 취재를 통해 노동자들이 지켜 낸 민주노조의 시간을 기록하고 있다.

세 작품 모두 주제의 절실함과 사회적 메시지가 담겨 있었지만, 작품의 완성도, 주제의 전달력, 작가의 관점이 설득력 있게 드러났다는 점에서 심사위원들의 일치된 의견으로 「공장의 담벼락을 허문 연대의 시간」을 당선작으로 정했다. 이 작품은 현장의 노동 문제를 다루며 문제에 맞서 주체적으로 싸워 새로운 가능성을 만들어 내는 노동자들의 노력에 공감과 연대의 시선으로 굳건히 함께하고 있다.

다소 문장이 매끄럽지 못한 점, 사건 일지 같은 형식이 아쉽지만 인물을 바라보는 애정 어린 시선과 현장을 오랫동안 기록한 꾸준함이 돋보여, 기록자로서 당선자에게 거는 기대와 응원이 컸다.

당선자에게 축하를 전하며 앞으로도 이어지는 작품 활동을 통해 우리 사회에 소중한 목소리를 내기를 당부한다. 또한 당선작에 선정되지는 않았지만 유의미한 문제를 짚어 보여 주고, 현장의 목소리를 담아 응모해 준 모든 분들에게 감사드린다.

**심사위원**

박경희(시인), 안미선(작가), 정윤영(작가)

제17회 전태일청소년문학상

수상작

## 문화체육관광부 장관상

산문 부문 　윤소영 · 안양예술고등학교 3학년

## 전태일재단 이사장상

시 부문 　김서진 · 장흥고등학교 3학년

산문 부문 　송채원 · 정의여자고등학교 3학년

독후감 부문 　제갈선 · 한강중학교 3학년

## 경향신문사 사장상

시 부문 　박윤영 · 용인 성지고등학교 3학년

산문 부문 　오청은 · 안양예술고등학교 3학년

독후감 부문 　이채원 · 후평중학교 1학년

## 한국작가회의 이사장상

시 부문 　김지윤 · 고양예술고등학교 3학년

산문 부문 　천예원 · 안양예술고등학교 2학년

독후감 부문 　김경민 · 안양예술고등학교 1학년

## 사회평론사 사장상

시 부문 　최재원 · 저동고등학교 3학년

산문 부문 　김민승 · 첨단고등학교 3학년

독후감 부문 　이병하 · 여의도고등학교 3학년

# 개를 찾습니다

푸들이 사라졌다. 푸들이 도망친 건 한순간에 벌어진 일이었다. 푸들은 내가 미용을 담당한 개였다. 녀석은 다른 개들에 비해 경계가 심하고 뜬장에서 나오는 걸 유독 낯설어했다. 나도 모르게 녀석에게 눈길이 갔다. 실습에 필요한 개들을 뜬장 안에서 꺼내기 위해 목덜미를 잡는 순간 푸들은 열린 문으로 뛰쳐나왔다. 푸들의 주인인 백씨 아저씨는 곧바로 푸들의 뒤를 쫓아가 보았지만, 푸들은 이미 차들이 쌩쌩 달리는 도로 한복판을 뒤도 돌아보지 않은 채 달리고 있었다. 이내 도로 위에선 클랙슨 소리가 여기저기서 울렸다. 푸들을 쫓던 아저씨는 발걸음을 멈추며 말했다.

"한 마리쯤이야……. 뒷다리에 혹이 그대로 달려 있던 녀석이니 얼마 못 가고 차에 치일 게 뻔해."

백씨 아저씨의 말에 푸들의 뒷다리에 달려 있던 빨간 혹이 떠올랐다. 그 혹 때문에 푸들은 리프트 테이블 위에 서 있는 것도 힘들어했었다. 정말 아저씨의 말대로 얼마 못 가 사고를 당할 것만 같았다. 뛰쳐나가던 푸들의 뒷모습에서 나는 살겠다는 녀석의 의지를 보았다.

백씨 아저씨는 뜬장 안에 든 개들을 마저 끌어 내렸다. 목장갑을 낀 손으로 개의 목덜미를 거칠게 잡아 위로 들어 올렸다. 깨갱거리며 우는 개들의 울음소리에 나는 얼굴을 찌푸리며 귀를 막았다. 가끔 높낮이가 다양한 개들의 울음소리를 들을 때면 어디선가 이명이 들려오기도 했다. 원장 선생님은 뜬장에서 내린 개들의 수를 손가락으로 세어 보더니 이만하면 충분히 실습이 가능할 것 같다고 말했다. 그 말을 들은 백씨 아저씨는 지저분하게 자란 수염을 매만지며 원장 선생님에게 손을 내밀었다. 백씨 아저씨는 실습에 필요한 개들을 학원으로 데려오는 대신, 원장 선생님한테서 돈을 받았다. 이 둘의 거래 현장은 이 학원에 다니는 거의 모든 수강생이 봐 왔었다. 백씨 아저씨가 실습 견들을 데리고 올 수 있었던 건 아저씨가 번식장을 운영하고 있기 때문이었다. 취업 준비를 하며 애견미용사 자격증을 취득하기 위해 학원에 다니는 현주 언니가 한숨을 내쉬며 말했다.

"또 번식장에서 온 개들이야……?"

언니의 말에 나는 느리게 고개를 끄덕였다. 개들의 악취에 코를 막던 원장 선생님이 미용을 시작하게 했다.

어쩔 수 없이 나는 푸들 대신 암컷 포메라니안을 맡았다. 우리는 개들의 이름을 알 수 없어 그 아이들을 그저 '강아지'라고 부를 수밖에 없었다. 그래도 한때 주인이 있었을 녀석들이었다.

나는 미용 테이블 위에 서 있는 포메라니안과 최대한 눈을 마주치지 않으려 했다. 그 애처로운 눈동자와 눈이 마주치면 그 개들의 지난날들이 자꾸만 상상되었다. 번식장에서 온 개들을 미용하기 시작하고 나서부터 생긴 습관이었다.

　나는 미용을 하기 전 녀석의 몸을 천천히 살폈다. 아픈 곳 혹은 불편한 곳은 없는지 먼저 확인해야 미용을 시작할 때 그 부분이나 부위를 조심할 수 있었다. 내가 녀석의 몸 방향을 돌리려고 하면 몸부림치지 않고 수긍했다. 그 모습이 너무나 익숙해 보여서 나는 눈을 꾹 감았다 떴다. 녀석의 배에는 '11'이라는 빨간 숫자가 새겨져 있었다. 나는 그 숫자를 보고 경매장에서 번식장으로 넘어온 지 얼마 되지 않은 개라는 걸 알 수 있었다. 아무런 이름도 없이 숫자 11번으로 불렸을 생각을 하니 나는 좀 더 애정 어린 말투로 "강아지야, 강아지야." 하고 부를 수밖에 없었다. 번식장에서 온 개들의 상태는 모두 심각했다. 새끼를 낳고 일주일도 지나지 않아 배에 실밥을 달고 온 개, 수술을 너무 많이 해서 뱃가죽이 걸레짝이 된 개, 턱이 으스러져 혀가 밖으로 튀어나온 개, 눈이 찢어져 실명한 개, 다리 크기의 종양을 그대로 달고 온 개……. 개들의 모습을 보고 있으면 나는 미용 학원이 아닌 동물 병원에 온 것 같았다. 우린 이 개들을 데리고 미용 '연습'을 해야 했다. 언젠가 애견미용사가 돼서 개들을 예쁘게, 아주 예쁘게 미용해 줄 거라고 말하던 나 자신이 떠올랐다.

포메라니안은 이중 모로 부드러운 속털에 겉털은 길고 거친 털이 조화를 이뤄 솜뭉치처럼 부풀린 독특한 외형이 특징이었다. 하지만 내가 맡은 포메라니안의 털은 속털과 겉털이 모두 뭉쳐 버려 보기 좋지 않았다. 우선 뭉친 털을 풀기 위해 슬리커 브러시로 털을 살살 풀었다. 슬리커 브러시는 죽은 털을 제거하거나 엉킨 털을 풀 때 사용하는 빗이었다. 슬리커 브러시는 핀이 미세하고 간격이 좁아서 빗을 잡는 손에 힘이 들어가면 피부에 상처를 낼 수도 있었다. 슬리커 브러시를 사용하기 전에는 내 팔 안쪽에 아프지 않은지 테스트를 하며 힘과 각도를 조절했다. 그런 다음 녀석의 털을 빗기기 시작했다.

슬리커 브러시의 얇고 뾰족한 핀이 털 사이사이를 깊숙하게 파고들어 엉킨 털을 풀어 주었다. 빗질을 다 하면 숱가위로 숱을 쳐 주고 얼룩진 털은 민가위로 조금씩 잘라 주었다. 숱가위는 거칠고 두꺼운 털이나 들쭉날쭉한 털의 길이를 다듬을 때 사용하는 가위라면, 민가위는 주로 털을 일직선으로 자를 때 사용하는 가위였다. 무의식적으로 녀석의 눈앞에서 은빛 가위를 흔들기라도 하면 자신을 해치는 줄 알고 오해해 눈을 질끈 감으며 움츠러들었다. 짖거나 으르렁거리지 않고 그저 움츠러들기만 하는 녀석을 보자 나는 가위를 계속 잡고 있기가 힘들었다. 이중 모를 가진 포메라니안에겐 이발기를 사용하면 탈모가 생길 수도 있어서 가위로 미용을 할 수밖에 없는데도 나는 가위 구멍에서 손가락을 뺐다.

반면에 현주 언니가 맡은 몰티즈는 겉모습만 보아도 피부병이 심한 걸 알 수 있었다. 빨간 반점이 피부에 오돌토돌 올라와 있었다. 조금만 빗질해도 아픈지 울어 댔다. 울음소리에 깜짝 놀란 언니의 어깨가 들썩거렸다. 결국 언니가 브러시를 내려놓고 가위를 잡았다. 언니를 지켜보던 원장 선생님이 말했다.

"빗질부터 해. 엄살 부리는 것뿐이니까."

가위를 잡았던 언니가 원장 선생님의 말에 다시 브러시를 잡았다. 브러시를 잡는 언니의 손끝이 미세하게 떨렸다. 언니가 고개를 떨군 채 빗질을 시작했다. 몰티즈의 울음소리가 또다시 학원 안에 울려 퍼졌다. 귀에서 이명이 들려왔다. 미용 실습이 중후반에 가까워졌을 때, 원장 선생님은 개를 효과적으로 잡는 방법을 알려 주겠다며 치와와 한 마리를 데려와 뒷다리를 붙잡고 물구나무를 서게 했다.

"이렇게 해야 개가 몸부림쳐도 쉽게 미용을 할 수 있어."

나를 포함한 수강생들은 힘겨워하는 치와와를 보지 못하고 고개를 돌렸다. 거꾸로 뒤집혀 앞발로 몸을 지탱하고 있는 치와와를 차마 볼 수 없었지만, 원장 선생님은 멈추지 않고 똑바로 보라고 말했다.

실습이 끝났을 때 백씨 아저씨가 용달 트럭을 몰고 학원을 찾아왔다. 실습을 마친 개들을 다시 데려가려는 것이었다. 개들은 아저씨를 보자마자 제자리를 빙글빙글 돌며 어쩔 줄 몰라 했다. 아저씨는 거친 손길로 개들을 뜬장 안에 넣고 트럭에 실었다. 번식장으로 돌아간 개들은 교배와 출산에 이용될 것이었다. 나는 전처럼 뜬장 안에 갇힌 개들을 바라볼 수가 없었다. 결국 등을 돌린 채 개들을 마주 보지 않았다. 목덜미를 잡힌 개들의 신음이 내 등 뒤에서 흘러나왔다.

학원을 마치고 거리로 나왔다. 학원뿐만 아니라 펫 숍이나 동물 병원이 쭉 늘어서 있는 이곳은 '애견 거리'라고 불리기도 했다. 거리에 설치된 전봇대에는 '개를 찾습니다' 혹은 '고양이를 찾습니다'라고 크게 적힌 전단지 서너 개가 붙어 있었다. 전단지를 만들면 도망쳤던 푸들을 찾을 수 있지 않을까 하는 생각이 머릿속에 스쳐 지나갔다. 아직도 내 기억 속에는 도로로 뛰쳐나가던 푸들의 뒷모습이 생생했다. 펫 숍 통유리 창으로 아직 눈도 뜨지 못한 새끼 강아지들이 하얀 배변 패드 위에 앉아 있는 모습이 보였다. 이 개 중 어떤 개는 따뜻한 사람의 품으로 가 사랑받으며 살아갈 것이다. 하지만 어떤 개는 버림받아 보호소에서 안락사를 당할 것이고, 보호소가 아니면 경매장에서 경매를 당한 뒤 번식장으로 가게 될지도 모른다. 인간이 만든 이 굴레 속에서 고통받는 존재는 바로 개들이었다. 나는 펫 숍 앞에서 한참을 서 있다 무거운 발걸음을 이끌고 집으로 향했다.

집에 도착했을 때, 엄마는 내가 온 줄도 모른 채 누군가와 통화 중이었다. 엄마와 상대의 대화 소리가 들려왔다.

"재희는 수학 경시대회 준비 중이야. 곧 대회라서 아직도 공부하고 있어. 맞아, 기특하지. 어? 재경이? 재경이는⋯⋯."

내가 언급되자 엄마가 자연스레 말끝을 흐렸다. 특성화 고등
학교에 다니는 나와 달리 동생 재희는 인문계 고등학교에 다
니고 있었다. 학교 대표로 재희가 수학 경시대회에 참가한다는
소식을 들은 엄마는 눈물을 흘릴 정도로 기뻐했다. 언젠가 펜
을 너무 오래 쥐고 있던 나머지 굳은살이 박여 버린 재희의 손
가락을 봤던 기억이 떠올랐다. 나는 애견 미용 자격증을 따서
나중에 작은 애견 미용실을 꾸리는 게 꿈이었지만, 동생은 좋
은 대학에 진학해 더 많은 걸 배우고 공부하는 게 꿈이었다. 하
지만 엄마는 동생을 위해 더 많은 걸 했다. 재희를 위해 직접
한의원에 가 한약을 지어 오기도 했고, 재희가 다니는 고등학
교 공개 수업에는 꼭 참여했다. 우리 학교에서 하는 공개 수업
에는 바쁘다는 이유로 참여하지 않았다.

"다녀왔습니다."

내가 온 줄 모르고 있던 엄마가 화들짝 놀랐다. 엄마는 전화
를 끊자마자 내게 싸늘한 투로 말했다.

"재희 지금 공부 중이야. 조용히 하고 있어."

나는 입을 꾹 다물었다. 입을 다물다 못해 숨을 참았다. 숨을
참는 건 내 버릇 중 하나였다. 숨 참는 버릇은 재희와 함께 집
근처 체육문화센터로에서 수영을 배웠을 때 생긴 것이었다. 그
곳의 강사들은 수영하기 전 가볍게 숨 참기 연습을 하며 폐활
량을 늘리게 했다. 재희는 물속에 얼굴을 박고 오랫동안 숨을

참았다. 평소 체력이 좋지 않았던 나는 조금만 뛰어도 숨을 헐떡거리며 힘겨워했다. 나는 역시나 물속에서 오래 버티지 못했다. 먼저 물속에서 나와 재희의 숙인 뒤통수를 바라보아야 했던 나는 그 이후로 긴장되거나 두렵고 무서운 순간이 올 때면 숨을 참았다. 숨을 참은 상태로 내 방으로 왔다. 방문을 닫고 나서야 숨통이 트였다.

어렸을 때부터 나와 동생의 성향은 지극히 달랐다. 나는 오래 앉아 있는 걸 못하는 반면에 동생은 2시간 동안 의자에 앉아 책을 읽었다. 나는 책을 읽는 것보다 공기놀이 따위의 소소한 놀이가 더 재미있었다. 공깃돌 다섯 알을 왼손과 오른손에 나눠 쥔 채 놀자고 동생의 방문 앞에 서면 엄마가 나를 막아섰다.

"재희가 아직 책을 읽고 있잖니. 조금 이따가 놀렴."

나는 어쩔 수 없이 발걸음을 돌렸다. 연휴가 되면 뿔뿔이 흩어져 사는 친척들이 모였다. 아빠가 첫째이기 때문에 큰집인 우리 집에서 모이는 경우가 대부분이었다. 거실에 옹기종기 모여 앉아 서로의 근황을 물을 때 엄마는 제일 먼저 동생 이야기부터 꺼냈다. 공부도 잘하고 책도 많이 읽는 동생은 꼭 큰사람이 될 것 같다고 했다. 동생의 칭찬만 늘어놓다 보면 누군가 꼭 내 이야기를 꺼내기 마련이었다.

"재경이는요?"

작은엄마가 엄마에게 물었다. 엄마는 당황한 표정으로 나를 슬쩍 바라보더니 "재경이는 재희랑은 다르지……."라며 쓸쓸한 표정을 지어 보였다. 그럴 때마다 나는 큰사람이 될 것 같은 동생과는 다르게 작고 초라해졌다. 직접 말하지 않아도 엄마가 평소에 나와 동생을 비교한다는 건 나도 알고 있는 사실이었다.

방으로 돌아온 나는 오랜만에 컴퓨터를 켰다. 푸들을 찾는다는 전단지를 만들기 위해서였다. 학원 근처 전봇대에 푸들을 찾는다는 전단지를 붙여 놓으면 혹여나 푸들을 본 사람들에게서 연락이 올 수도 있을 것이다. 어째서인지 푸들을 볼 때마다 나를 보는 기분이 들었다. 서툴렀지만 포토숍 애플에 들어가 먼저 전단지 구색을 갖춘 뒤 푸들 정보를 적기 시작했다.

"갈색 푸들이고, 뒷다리에 혹이 나 있고…… 그리고 또……."

더 이상 내가 푸들에 대해 아는 게 없었다. 나이도, 이름도, 사진도. 나는 마우스에서 천천히 손을 뗐다. 나는 결국 전단지 만드는 걸 포기했다. 꿈속에서는 갈색 푸들 하나가 꼬리를 흔들며 잔디밭을 힘차게 뛰어놀고 있었다. 푸들에게 손을 뻗는 순간 나는 잠에서 깼다.

다음 날 아침, 방문을 열었을 때 매콤한 고춧가루 냄새가 코를 찔렀다. 식탁에 앉아 밥을 먹고 있는 엄마와 재희가 보였다. 재희는 한 손에 수학 공식이 적힌 수첩을 펼쳐 들고 그것을 보며 밥을 먹고 있었다. 수첩을 덮고 외운 수학 공식을 하나하나 말해 보기도 했다. 식탁에는 매콤하게 양념이 된 제육볶음과 재희가 좋아하는 반찬들이 차려져 있었다. 재희의 옆자리에 앉아 나도 밥을 먹기 시작했다. 네모난 접시 위에 올려진 달걀말이는 단 하나밖에 남아 있지 않았다. 내가 달걀말이를 집으려던 그 순간, 재희의 젓가락과 내 젓가락이 만나 쇠가 부딪히는 마찰음이 났다. 먼저 밥을 먹기 시작한 재희의 밥그릇에는 밥이 얼마 남지 않았고, 이제야 밥을 먹기 시작한 내 밥그릇에는 밥이 많이 남아 있었다. 이 상황을 지켜보고 있던 엄마가 나지막이 말했다.

"동생한테 양보해. 오늘 대회도 나가는데."

엄마의 말에 나는 뻗었던 팔을 다시 오므렸다. 재희가 남은 달걀말이를 가져가 먹었다. 내 밥그릇 위에는 모락모락 쌀밥의 김이 피어오르고 있었다. 나도 모르게 얼굴이 굳어졌다. 결국 나는 밥을 다 먹지 않고 학교로 향했다.

교실에 들어서니, 반 친구들이 끼리끼리 모여 이야기를 나누고 있었다. 친구들은 모두 나와 같은 꿈을 가진 애견미용학과 친구들이었다. 각자 자신의 의자를 당겨 원형으로 모여 앉아 이런저런 이야기를 나눴다. 이야기는 애견 미용에 관심을 가진 건 언제인지, 애견 미용을 하기로 결심했을 때 주변 사람들 반응은 어땠는지, 애견 미용을 선택하고 나서 후회한 적은 없는지에 대한 내용이었다. 영아는 동물을 좋아해서 미용을 시작했고, 미현이는 나중에 자신의 반려견을 직접 미용해 주고 싶어 시작했다고 했다.

"나는 매일 엄마한테 내가 미용한 강아지 사진을 찍어서 보내 줘. 평소에 동물을 좋아하셔서 그런지 내가 애견 미용하는 걸 뿌듯하게 생각하셔."

영아가 말했다. 모두 영아의 말에 고개를 끄덕거렸지만 나는 그러지 못했다.

"사람이든 동물이든 무언가를 대하는 건 다 어려운 일이지. 그래도 나는 후회하지 않아."

영아의 말을 이어서 미현이 말했다. 다들 화기애애한 분위기 속에서 나는 왠지 모를 소외감을 느꼈다. 처음 애견 미용을 하고 싶다고 말했을 때, 한숨부터 쉬던 엄마의 모습을 잊을 수 없었다. 학원에서 실습 견이 되어 준 번식장 개들이 떠오르기도 했다. 나는 아직도 미용에 대해 확신이 서지 않았다. 곧바로 영아가 물었다.

"재경이, 너는 어떻게 미용을 시작하게 됐는데?"

영아의 물음에 나는 생각에 잠긴 표정을 지어 보였다.

중학생 때였다. 맞벌이 부부인 엄마, 아빠로 인해 나와 동생은 시골에 있는 외가댁에 한 달 정도 머물렀던 적이 있었다. 냄새나는 비료가 흩뿌려진 밭이 넓게 펼쳐져 있고 낡은 집들이 서로를 지탱하듯 붙어 있었다. 할머니 집도 그중 하나였다. 그곳에서 게임장, 놀이터와 같은 놀 거리는 찾을 수 없었다. 그래서 나는 할머니 집 앞마당에 묶인 삽살개와 자주 놀곤 했다. 삽살개의 이름은 따로 없었다. 할머니가 그 개를 '삽사리'라고 부르길래 나도 그렇게 불렀다. 삽사리의 눈은 덥수룩하게 자란 고동색의 털로 뒤덮여 마주 보기 힘들었다. 털을 뒤로 넘겨 줘야 삽사리의 작은 눈이 보였다. 할머니는 삽사리를 보고 자주 혀를 찼다.

삽사리를 데리고 온 건 온전히 할머니의 의지였다. 삽살개가 귀신과 액운을 쫓는다는 걸 어디선가 듣고 온 할머니는 삽사리를 데리고 왔다. 나쁜 땅의 기운을 삽사리가 누를 수 있다고 말했다. 하지만 삽사리는 털이 많이 빠졌고 엉킴이 심했다. 할머니는 옷 군데군데 묻은 삽사리의 털을 떼어 내면서 만약 삽사리가 그런 개가 아니었다면 데려오지 않았을 거라며 푸념 섞인 말을 했다. 그런 할머니 때문인지 삽사리는 내가 보았던 개들에 비해 무기력했다. 그래도 쓰다듬어 주면 꼬리를 살랑살랑 흔들며 앞발로 내 무릎을 살살 긁었다. 나는 그런 삽사리를 위해 평소에 즐겨 보던 애견 미용 영상을 참고해 털을 잘라 주기로 했다. 전문적인 지식도, 도구도 없었기에 내 필통 속에 있던 학용품 가위와 꼬리빗으로 서툴게 미용했다. 삽사리의 턱을 살짝 들어 올리고 눈을 가린 털부터 누렇게 변색이 된 털들을 잘라 냈다. 밖에서 키우는 개들은 진드기나 벌레가 자주 달라붙기 때문에 털 관리가 중요하기도 했다. 어느 정도 털을 자르고 나니 삽사리의 지난 모습이 생각나지 않을 정도로 말끔해져 있었다. 지나가던 마을 사람들이 삽사리를 보고 처음엔 다른 집 개인 줄 알았다며 감탄했다. 뿌듯한 마음에 입가에 미소가 떠나질 않았다.

　삽사리를 가장 예뻐하게 된 건 할머니였다. 할머니는 삽사리의 모습이 달라지고 나서부터 시장 안에 있는 고깃집에서 살점이 넉넉히 붙은 갈빗대를 사 오기도 하고 개집을 더 아늑하고 큰 것으로 바꿔 주기도 했다. 고놈 참 예쁘네, 하고 삽사리의 머리통을 쓰다듬는 할머니를 보자 마음이 따뜻했다. 사랑받는 삽사리를 보면서 나는 가위와 빗을 손에서 놓지 않겠다고 다짐했다.

　학교가 끝나고 학원으로 가는 길이었다. 멀리서 유명한 동물 복지 단체의 조끼를 입은 사람들이 거리를 지나가는 사람들에게 무언가를 나눠 주고 있었다.

　"불법 번식장 폐지에 관심을 가져 주세요! 여러분의 관심이 없으면 번식장 속 개들은 영원히 고통을 받을 겁니다!"

　중년 남자가 외쳤다. 그 사람들은 번식장 속 개들의 사진이 박힌 종이를 내게 내밀었다. 나는 그들에게서 몸을 돌려 학원으로 향했다. 그때 익숙한 용달 트럭 하나가 거친 엔진 소리를 내며 내 앞을 지나쳤다. 그 트럭을 한참 바라보다 백씨 아저씨의 트럭이라는 걸 알아차렸다. 트럭에는 뜬장이 가득 실려 있었고, 그 안에는 처참한 몰골을 한 개들이 들어 있었다. 뜬장 밖으로 튀어나온 오물을 보자마자 인상을 찌푸렸다. 나는 저 개들이 어디로 가는지 잘 알고 있었다. 용달 트럭이 내 눈앞에서 사라졌을 때, 곧이어 뜬장을 실은 또 다른 트럭들이 도로 위를 오갔다. 거리에 다닥다닥 붙어 있는 펫 숍과 미용 학원 간판들이 눈에 띄었다. 나는 뒤로 돌아 동물 복지 단체 사람들을 바라보았다. 그 사람들은 아까보다 더 큰 목소리로 외치고 있었다.

"불법 번식장 폐지에 관심을 가져 주세요! 여러분의 관심이 없으면 번식장 속 개들은 영원히……."

뜬장 안에 있는 개들은 목을 뒤로 젖히며 하울링을 해 댔다. 구슬픈 울음소리가 동물 복지 단체 사람들의 목소리를 덮었다.

학원에 도착했을 때, 나는 백씨 아저씨가 뜬장을 학원 안으로 옮기고 있는 모습을 마주했다. 뜬장 안에서 끌어 내려지는 개들을 본 현주 언니가 더 이상 참지 못하겠다는 듯 제 머리를 감싸며 원장 선생님에게 물었다.

"언제까지 얘들을 데리고 미용해야 해요?"

언니가 떨리는 목소리로 말했다. 곳곳에서 개들을 마주하는 게 너무 힘들다는 목소리가 튀어나오자 원장 선생님이 말했다.

"이런 개들이 언제 이렇게 밖으로 나와서 보살핌을 받아 보겠니? 얘들보다 못한 개들이 세상에는 넘치고 넘쳐."

모두가 조용해졌다. 뜬장에 있는 개들보다 못한 개들이 넘치고 넘친다는 말에 자연스럽게 번식장의 모습이 그려졌다. 언젠가 인터넷 카페에서 번식장에 다녀온 한 사람의 글을 읽은 적이 있었다. 그 사람은 번식장에 다녀온 이후로 잠을 자기가 쉽지 않았고, 눈을 감으면 번식장에서 보았던 그 작은 아이들이 처참한 모습으로 뜬장 안에 갇혀 있던 것이 생각난다고 했다. 바람 한 점, 햇빛 한 줄기 들어오지 않는 좁은 뜬장 안에서 여러 마리의 개들이 갇혀 있었다. 개들은 사람의 인기척이 느껴지면 살려 달라는 듯 시끄럽게 짖었다. 반면에 반복되는 임신과 출산에 지쳐 짖을 힘도 없어 몸이 축 늘어진 개도 있었다. 강제로 유도제 주사를 맞으며 꼭 공장의 기계처럼 생활하는 개들이었다. 임신을 할 수 없게 된 개는 보신탕 가게로 끌려가거나 뜬장 안에 방치된 채 그냥 죽어갔다……. 여기까지 읽었을 때 스크롤바를 더는 내리지 못하고 창을 닫아 버렸다. 하지만 나는 그런 곳에서 오는 개들을 예쁘게 미용해 주기 위해 도구를 손에 들고 있었다. 파피용 한 마리는 이발기 진동 소리에 깜짝 놀라 크게 짖었고, 프렌치 불도그 한 마리는 테이블 위에 올라가자마자 오줌을 지리기도 했다. 현주 언니는 리프트 테이블 위에 올라가자마자 다리에 힘이 풀려 주저앉아 버리는 시츄를 보고 입을 틀어막았다. 앙상한 시츄의 다리가 눈에 들어왔다. 이내 언니가 눈물을 뚝뚝 흘렸다. 눈물을 흘리는 현주 언니를 본 원장 선생님이 말했다.

"울 때가 아니야. 너희 실력으로 모두가 원하는 개로 만들 수 있단다."

언니는 눈물을 삼키며 주저앉은 시츄를 다시 일으켜 미용하기 시작했다.

학원이 끝나고 집으로 향하려던 순간, 뒷주머니에 넣어 놨던 핸드폰에서 짧게 진동이 울렸다.

"오늘 재희가 경시대회에서 일등 했어. 밖에 나가서 외식할 거니까 얼른 집으로 들어와라."

엄마의 문자에 나는 집으로 향하려던 발걸음을 멈췄다. 오늘도 재희와 나를 비교할 것이 뻔했다. 오늘따라 집으로 가기가 싫었다. 나는 결국 학원 근처를 배회했다. 엄마한테는 학원이 늦게 끝났다고 핑계를 댈 것이었다. 처음에는 사거리에 있는 서점을 찾았다. 수학과 관련된 책들이 모여 있는 코너로 가 문제집을 펼쳐 보았다. 숫자와 각종 도형으로 된 어지러운 문제는 내 머릿속으로 쉽게 들어오지 않았다. 내 손가락에는 아직도 가위가 걸려 있는 듯한 느낌이 들기도 했다. 나는 홀린 듯 동물과 관련된 책이 있는 곳으로 발걸음을 옮기게 되었다. 5백여 마리의 동물 정보가 적힌 사전부터 어느 수의사의 에세이까지 다양했다. 금방 수학 문제집에서 손을 놓아 버렸을 때와 달리 나는 사전과 에세이를 붙잡고 오랫동안 서점 안에 있었다. 어느덧 해가 지고 서점 안에 사람들이 하나둘씩 빠져나가자 나도 서점을 나왔다.

딱히 갈 곳이 없었기에 학원 주변에 있는 빌라 단지와 주변 골목길을 걸으며 시간을 보냈다. 어느새 하늘은 어둑어둑해지고 가로등 불빛은 더 밝게 빛을 발했다. 길이 막힌 마지막 빌라 단지에 도착했을 때, 쓰레기장 근처에서 낯익은 개 한 마리를 보았다. 그 개는 분명 학원에서 도망쳤던 푸들이었다. 내가 푸들이라고 확신할 수 있었던 건 뒷다리에 난 혹 때문이었다. 푸들은 뒷다리를 절며 음식물 쓰레기 봉투 앞에서 서성거리고 있었다. 푸들을 보자마자 나는 녀석에게 달려갔다. 녀석은 내가 달려가자마자 화들짝 놀라 뒷걸음질 쳤지만, 혹 때문인지 멀리 달아나지 못했다. 아차, 싶은 나는 푸들에게 눈을 맞추고 천천히 다가가기 시작했다. 푸들의 등에 손을 살포시 가져다 대니 몸을 부르르 떠는 녀석의 떨림이 내게 고스란히 전해져 왔다. 그 떨림은 춥고 배고파서가 아닌 불안과 공포가 뒤섞인 떨림이었다. 나는 녀석의 옆쪽에 서서 한 손을 겨드랑이 밑으로 넣어 들어 올리고 다른 한 손으로는 엉덩이를 받쳐 불안하지 않도록 안정적으로 품에 안았다. 녀석의 떨림은 멈추지 않았다. 그 때문에 녀석을 안아 든 내 몸도 같이 떨려 왔다. 우리는 한참을 함께 있었다. 녀석의 뒷다리에 난 혹은 전보다 더 부풀어 올랐다. 부푼 혹을 보면서 인상을 찌푸리다가도 녀석을 찾았다는 사실에 안도의 한숨이 나왔다. 어디로든 가야 했지만 갈 곳이 없었다. 나도, 푸들도. 푸들이 갈 수 있는 곳은 학원뿐이었다. 하지만 푸들이 다시 학원으로 돌아간다면 원장 선생님이 백씨 아저씨에게 녀석을 넘길 게 분명했다. 나는 푸들을 안은 채 이러지도 저러지도 못했다. 가로등 불빛이 우리를 비췄다. 푸들의 혹이 내 손 안에 잡혔다. 녀석의 딱딱하고 동그란 혹이 내 손바닥 안에 쏙 들어왔다. 손가락도 까닥하지 않은 채 허공을 멍하니 바라보았다.

"우린 어디로 가야 할까."

내가 푸들에게 물었을 때, 푸들은 애처로운 눈을 하고 나를 올려다보기만 했다. 푸들을 안고 있는 내 그림자가 하나의 모습으로 바닥에 드리워졌다.

# 골동품

형은 버려진 걸 쉽게 지나치지 못했다

거울은 주워 오면 안 된다던데
형은 여기서 더 안 될 것도 없다며 거울을 닦아 댔다

달그락대며 서로의 몸을 비비는 것들,
야금야금
골동품들은 형의 사랑을 받아먹었지

아침마다 형은 골동품들의 먼지를 털었다
이곳은 허름한 것들의 아지트,
반지하방의 먼지들이 정착하지 못하고 떠돌아다녔다

발 하나가 없는 의자 위에서
나는 묵은 밥을 먹으며
방 한구석에 들어찬 골동품들을 생각했다

이 방이 평균대 위에 있었다면,
틀림없이 한쪽으로 기울어졌겠지

우리가 반지하에 머물러서 다행이라며
입버릇처럼 형은 말했지만
우리는 간간이 작은 창문에 매달려 숨을 몰아쉬었다

형이 엉성하게 이어 붙인 거울에서
덜 마른 본드 냄새가 났다

반지하방은 환기가 잘되지 않았고,
형이 본드를 쭉 짜낼 때면
나는 옷소매로 코를 막았지

오래된 골동품처럼,
형은 자주 아팠다

오늘은 머리가 아프다며 형은 바닥에 드러누웠다
입으로 숨을 쉬면서
형은 자꾸만 목이 마르다고 했다

침 대신 콧물을 삼키는 소리가
밤새 반지하방을 가로질렀다

오늘도
본드 냄새는 반지하 가장 깊은 곳에서 시작되고

# 열기구가 뜨는 곳

　졸음을 머리에 매단 채 수업을 들었다 머리가 자꾸 무거워졌다 조용히 나는 가위로 앞머리를 다듬었다 다듬지 않은 뒤통수가 너무 무거웠다 팔이 닿지 않아서 뒷자리에 고개를 박았다 자는 척을 했다

　8교시가 끝나는 종소리가 울리면, 나는 해진 가방을 챙겼다 모두가 밑으로, 밑으로 향하는 동안 학교 옥상으로 올라갔다 아무도 옥상에 관심을 가지지 않아서 혼자서 해가 지는 걸 볼 수 있다 하늘색이 하늘색이 아니게 될 때까지 기다렸다 오늘은 구름이 너무 없었고 나는 앞머리를 다듬은 걸 후회했다

　하늘이 온통 주황색으로 물들면 나는 가방 속에서 공책을 꺼냈다 공책을 뜯어 샤프로 열기구를 가득 그려 냈다 작은 열기구가 줄마다 희게 떠올랐다 종이를 들어 햇빛에 비추면 열기구들이 뚫은 주황색을 안을 수 있다 미적지근하게, 나는 하늘에 뜬 열기구를 봤다

　옥상엔 언제나 혼자라서, 항상 나는 텁텁한 입을 가졌다 그럴 때면 나는 텅 빈 열기구를 상상하고 입을 좀 더 벌렸지 조금

더 높이 열기구가 올라갈 수 있도록

밤이 되기 전에, 마른침을 삼키며 가장 큰 열기구를 빼고 모두 지웠다 지우개 똥을 뭉친 지우개밖에 없었다 손가락으로 문지르다가 샤프로 직직 그었다 검정색으로 빽빽하게 그어진 열기구들, 모든 것을 샤프로 두 줄을 그어 없앨 수 있다면 세상엔 검은색뿐이겠지

나는 가장 큰 열기구를 가지고 학교 너머로 달려갔다 줄이 그어진 열기구들이 발아래에 가득했다

## 너의 파랑

해수욕장 앞 작은 편의점 의자에 앉았어요 이곳에 온 사람들은 다들 흔적을 모래사장에 찍어 대요 흔적을 남기며 돌아다녀요 아무도 발을 털지 않아서, 편의점 앞은 모래알이 잔뜩 컵라면과 음료수 하나를 테이블에 올려 두었죠 면이 다 익기를 기다리면서 머리카락에 붙은 모래알의 개수를 세어 보아요

바다 공기는 언제나 소금기가 가득해요 입이 짜서, 컵라면에 물을 더 많이 부었어요
중학교 선생님도 언제나 컵라면에 물을 많이 부었는데. 튜브를 타고 바다에 둥둥 떠다니던 나를 보고 웃던 분이셨죠
때가 탄 구두를 타일 바닥에 두드리던 선생님의 말은 이해하기 어려운 것들만 가득했어요 꼭 너만의 푸름을 찾으렴 내가 찾을 수 있는 푸름은 편의점 간판이 고작이었는데도 기억 속 선생님은 늘 웃고 계셔요

나는 아직도 푸름을 모르겠어요 모르는 것을 찾아내려고 바다 앞에 섰어요 모르는 모든 것들은 모두 짠 걸까 해수욕장에 아직 쓸려 가지 않은 발자국이 가득한 것처럼 나는 남아 있는 것들에 대해 생각했어요 이 해변에 남아 있는 모든 것들을 향

해 바닷바람이 선선하게 불어와요

　입술이 짜서 자꾸만 컵라면 국물을 마셨어요 면만 남은 컵라면을 버리러 편의점에 들어가요 이곳은 짠 것들로 가득하니까 생수를 들고 나왔죠 손에 쥔 생수 비닐 위 너의 파랑을 찾아보라는 문구, 파랑 앞에서 파랑을 마셔요

　절반이 남은 파랑이 곧 쓰레기통에 버려져요

# 2022 돈키호테

깊게 들이마신 여름의 새벽 공기는 눅눅했다. 나는 편의점에서 아침을 때울 샌드위치를 사고 고속버스터미널 안으로 들어갔다. 아직 해가 뜨지 않았는데도 분주히 움직이는 사람들이 가득했다. 샌드위치를 기계적으로 씹고 있는데, 핸드폰 알림음이 울렸다. 성호였다. 성호는 나와 함께 파주의 한 자동차서비스센터로 현장실습을 가게 된 친구였다. 나는 큰 시계가 있는 곳으로 오라고 했고, 몇 분 지나지 않아 땀에 젖은 성호가 도착했다.

내가 성호를 처음 만난 건 이번이 처음이었다. 아, 처음은 아니었다. 오다가다 몇 번 보기는 했다. 우리 학교의 전교 일등이고 워낙 1학년 때부터 유명하기도 했으니까. 성호는 현대판 돈키호테라고 불렸다. 누가 처음 부르기 시작했는지는 모르겠지만 그와 정말 잘 어울리는 이름이었다. 풍차에 무작정 돌진하던 돈키호테처럼 성호는 현실에서 하는 행동도 거침없고, 머릿속에서 생각만 하던 것을 그대로 행동으로 보여 주기도 했다. 그는 말 잘 듣는 모범생이라기보다는 반항적이었다. 상위권 애들에게 현장실습의 기회를 몰아 주는 것이라든지, 대학을 보내기 위해 취업하는 애들에게는 필요 없는 모의고사를 보게 한다든지. 누구도 드러내지 않은, 깊숙이 파묻혀 있던 불편한 구조들의 개선을 큰 목소리로 부르짖던 아이였다. 1인 시위를 하다가 학교의 풍기를 무너뜨렸다는 이유로 정학을 당한 것은 유명한 전설처럼 내려오고 있었다.

그래서 성호의 행동들을 사자성어로 표현하면 좌충우돌, 중구난방, 동분서주였다.

선생님들 사이에서도 얘는 모범생인 건지 아닌 건지 모르겠다며 '꼴통 천재'라는 별명으로 불리기도 했다. 그런 성호의 첫인상은 내 생각보다 어른스러웠다. 대답하기 부담스럽지 않은 가벼운 이야기를 하며, 첫 만남의 어색한 분위기를 풀어 보려는 눈치였다. 우리는 파주로 가는 버스에 올라탔다.

"생각해 보니까, 수업에서 만난 적 없는데 너는 전공이 뭐야? 기술 쪽이야?"

성호가 물었고 나는 대답했다.

"아니, 난 웹디자인 쪽."

"근데 왜 여길 왔어? 웹디자인 관련 회사로 가야 하는 거 아냐?"

"웹디자인은 경쟁력이 세거든. 유명 특성화고들이 이름 있는 데는 다 차지했고, 우리 학교는 작은 회사랑 계약하고 있어서 한 명밖에 못 보내."

"그러면 너희 반 다른 애들도 실습 못 간 거야?"

"아니, 나처럼 다른 곳으로 갔지. 학교에서 그냥 보내는 거야. 취업률 올리려고."

상담실에서 나를 바라보던 선생님의 얼굴이 떠올랐다. 전공이 다르더라도 현장의 열기를 느껴 보는 게 좋지 않을까. 그렇게 말하는 선생님은 웃고 있었지만, 은근한 압박이 느껴졌다. 나는 금방이라도 불어 터질 것 같은 티백이 담긴 차를 마셨다. 목구멍에서 쓴 물이 올라왔다. 진호야? 나를 다시금 부르는 선생님의 목소리에 나는 알겠다며 고개를 끄덕일 수밖에 없었다.

대화가 끝나고 성호의 표정이 좋지 않아 보였다. 나는 거기에 말을 덧붙이기도 애매해 그냥 입을 다물었다. 그렇게 몇 시간 동안 버스를 타고 실습장에 도착했다.


"아, 진명고야? 여기 와서 앉아."

사람 이름이 있는데 학교 이름을 부를 때 황당한 기분을 참는 것은 어렵지 않았다. 나는 100일을 동굴에서 참고 지낸 곰의 후손이니까?

도착한 실습장은 나, 성호 말고도 한 명이 더 있었다. 책상도 없이 파란 플라스틱 의자에 앉았다.

"너는 어디서 왔어?"

성호는 옆자리에 앉은 애에게 물었다.

"난 성준고에서."

"그렇구나. 같이 잘해 보자."

"그래, 그러자."

성호가 다시 말하려고 하자, 작업복을 입은 사람이 앞으로 나왔다. 자신을 우리들의 선임이라고 소개하며, 짧은 인사를 마쳤다. 그러고는 안전 교육을 시작하겠다며, 큰 TV에 동영상 하나를 띄웠다. 안전모를 맨 캐릭터들이 나오더니, 날카로운 장치에 손을 갖다 대며 아파하는 시늉을 했다. 그런 비슷한 장면이 반복, 반복, 또 반복되더니 겨우 10분 만에 동영상이 끝이 났다. 선임은 TV를 끄고, 자신을 따라오라고 말했다. 도착한 곳에서는 자동차 정비가 한창이었다.

"성준고, 너는 저기 가서 돕고, 진명고들은 저기 가서 도와."

선임은 귀찮다는 듯 손짓으로 가리켰다.

"저기, 선배님, 저는 진명고가 아니라 성호입니다."

예상대로 성호가 반발하며 나섰다.

"여기서는 그렇게 불러. 아직 학생이잖아."

"그래도 이름으로 불러 주세요."

"너 말고 할 사람 많아. 마음에 안 들면 그냥 학교로 돌아가든가."

성호는 더 맞서 봐야 소용이 없을 것 같았는지, 입술을 꾹 깨문 채로 자리로 돌아왔다. 나는 조심스레 다가가 관련 자격증이 없다고 하니까, 그는 쯧, 혀를 차며 말했다.

"그럼 너는 빗자루랑 쓰레받기 가져다가 사무실이나 쓸어."

나는 창고에서 꺼낸 빗자루로 큰 사무실을 쓸고 다녔다. 청소가 다 끝나자마자, 자동차 부품 좀 옮기라며 급히 불렀다. 바이오라이트, 댐퍼 풀리, 텐셔너 어셈블리. 한 번도 들어 본 적 없는 부품들을 옮겼다. 상자 가득 담긴 부품들은 15킬로그램은 족히 넘는 것 같았다. 자꾸만 휘청거리는 몸 때문에 이대로 쏟을 것만 같아 잠시 바닥에 내려놓았다. 엉거주춤한 자세로 허리만 숙이고 있는데, 뒤에서 큰 호통 소리가 들려왔다.

"야, 너 그걸 왜 바닥에 내려놔? 일 제대로 안 해?"

4시간 동안 코빼기도 보이지 않던 선임이었다. 부품이 망가지면 내 책임이라며, 다시 제대로 들라고 핀잔을 주었다. 나는 한숨을 쉬며 거의 상자를 끌어안듯이 들어 20박스를 옮겼다. 그렇게 반복, 반복, 반복 작업이 계속되다가 30분간의 휴식 시간이 주어졌다. 나는 구석에 놓인 플라스틱 의자에 앉아 저릿한 팔을 주물렀다. 나 지금 뭐 하고 있는 거지. 웹디자인 회사로 실습을 간 애들을 상상하자, 자괴감이 들어 의자에 몸을 늘어뜨렸다.

눈을 굴려 수리하는 곳을 바라보니 혼자, 성호가 차의 보닛을 열어 살펴보고 있었다. 주변에 멘토가 있는지 몸을 양옆으로 기울였지만 보이지 않았다. 그런데 쟤는 쉬지도 않나. 이마에 맺힌 땀을, 팔로 대충 닦으며 일을 계속했다. 쉬는 시간이 다 끝날 때까지 멘토는 보이지 않았다.

6시간의 작업이 끝난 후, 성호와 돌아오는 길에 오늘 있었던 일에 대해 이야기했다. 내가 하소연을 하다가 지쳐 보이는 성호에게 물었다.

"그나저나 너는 괜찮아? 오늘 쉬지도 못했잖아."

"응, 괜찮아. 너는 멘토 선생님이 알려 주지 않나? 계약서에 있을 텐데."

"그런 거 잘 안 지켜. 자기들 일 못 하고 우리 가르쳐 주는 게 얼마나 손해인데."

"그래도 해 주겠다고 하면 지켜야지. 그럼 법이 왜 있어."

성호는 진심으로 화가 난 듯, 얼굴이 빨갰다. 나는 그의 말에 동감하긴 했지만, 현실적으로 어쩔 수 없는 일이라고 생각했다.

우리는 회사가 준비했다는 기숙사로 향했다. 빌라의 옥탑방이었다. 7평 정도 되는 이 작은 방에서 남자 셋이 지내야 한다. 있는 거라곤 옷장에 입고 다닐 작업복들과 방 중앙에 놓인 이불 몇 채가 끝이었다. 뭐라 더 말할 힘도 없어 이불을 깔고, 잠을 잤다.

다음 날 눈을 뜨니, 온몸이 두들겨 맞은 것처럼 아팠다. 어기적거리며 겨우 일어나 보니, 성호가 없었다. 벌써 작업장에 갔나. 나도 작업복을 챙겨 입고 실습장으로 향했다.

성호는 일하는 선임들에게 모르는 것은 물어보며 배우고 있었다. 선임들은 인상을 찌푸리며 대충 방법을 알려 주었고, 물어본 것만 대답해 주고 다시 제자리로 돌아갔다. 그렇게 성호의 멈추지 않는 탐구심으로 물어보는 것이 반복되자, 한 선임이 큰 소리를 냈다.

"야, 그만 좀 불러. 지금 다들 작업하고 있는 거 안 보이냐. 이것도 모르면 학교 다닐 때 뭐 했어?"

"책에서만 보던 거라 헷갈려서 물어봤어요. 그리고 이거 가르쳐 주는 거 의무로 알고 있어요."

"너희들 도와주다가 일 밀리면, 욕먹는 건 너희가 아니라 우리야. 그건 어떡할 건데? 그러니까 회사에선 이런 애들은 왜 뽑은 거야."

씩씩거리는 소리를 내며 선임은 원래 자리로 돌아갔다. 성호는 그 모습을 바라보다가 눈길을 돌려, 다시 자동차의 보닛을 쳐다보았다. 그 모습을 보며 나도 시선을 돌렸다.

성호는 며칠을 그렇게 참다가 학교 선생님들에게 이런 상황을 의논하고 도움을 청했다고 한다. 그러나 돌아오는 답변은 그대로였다는 것이다. 착실한 모습을 보여 주면 선임도 널 좋아해서 알려 주려 들지 않겠냐. 현실에 맞지 않는 공허하고 의미 없는 이야기들만 쭉 늘어놓았다.

어른들이라면, 선생님들이라면 모두 알고 있을 사실이겠지만, 그들은 외면했다. 힘없는 우리들은 그 모순에 끌려갈 수밖에 없었다.

그렇게 쳇바퀴 같은 날들이 반복되고 월급날이 다가왔다. 잡일이긴 했지만 그래도 돈을 받는다는 생각에 기대하며 금액을 확인했다. 50만 원. 계약서에 쓰여 있는 금액보다 훨씬 적은 금액이었다. 성호에게 물어보니 자신은 60만 원을 받았다고 했다. 그래도 기술직은 더 주네. 마음에도 없는 말을 내뱉고 있는데, 조용히 듣던 성호가 입을 열었다.

"하루 6시간, 주 5일을 일하며 받는 교육 수당은 최저 임금의 70퍼센트를 줘야 하는 걸로 알고 있어. 그리고 거기서 우리가 배운 게 없잖아."

성호는 자기가 했던 일을 나에게 다 이야기했다.

성호는 다시 학교 교무실로 찾아가 실습을 관리하는 선생님을 찾았다. 선생님은 한숨을 푹 내쉬었다.

"성호야, 네가 좀 참아라. 이 문제로 클레임 걸었다간 내년에 이 회사로 실습 못 보낼지도 몰라. 실습 끝나야 넌 대학도 갈 수 있고. 후배들을 위해서 좀만 참아 줘."

아무렇지 않던 성호가 후배들이라는 이름에서 잠시 흔들렸다. 교무실에서 후배들의 미래를 위해서,라는 말을 작게 되뇌고 있었다. 그는 선생님에게 고개를 끄덕였지만, 참으라는 말에 끄덕인 게 아닌 것 같았다.

다음 날, 그는 사장님과의 면담을 요구했다. 그 말을 들은 선임은 헛소리하지 말라며 거절했지만, 성호는 꿋꿋했다. 밀리지 않는 그의 기세에 선임은 어쩔 수 없이 사장님에게 성호의 말을 전했다.

"나를 왜 보자고 한 거야?"

"저희 월급 때문에요. 계약서에 명시된 금액이랑 다르잖아요."

사장은 고개를 한 번 푹, 숙이더니 입을 열었다.

"우리도 주고 싶은데 지금 회사 상황이 안 좋아. 직원들 월급 줄 돈도 빠듯하다고."

"저희도 실습하러 왔지만, 일을 했으니 이 회사의 직원이잖아요."

"내가 너희를 쓰고 싶어서 쓴 줄 알아? 정부에서 실습생들 받으라고 했어, 지원 많이 해 준다고. 근데 웬걸. 실습생들은 몰려오는데 지원금은 겨우 몇 푼 쥐여 주고, 나 몰라라야. 나도 피해자라고."

성호는 그 말을 듣더니 생각에 잠긴 듯 아무 말이 없었다. 나는 테이블 위에 놓인 커피가 든 종이컵만 만지작거렸다. 몇 분간의 침묵이 흐르고 성호가 입을 열었다.

"그럼 같이 고발해요. 정책의 허점이 있는 거잖아요."

"그게 말처럼 쉽냐. 너는 정학이 끝이겠지만, 나는 생계를 내려놓아야 해. 그리고 내가 너한테 말할 처지는 아니지만, 그거 안 하는 게 좋아. 현명하게 살아. 세상을 바꾼다는 건 망상적인 이야기일 뿐이야."

"공정과 상식에 맞지 않는 것을 바꾸는 게 망상적인 거예요? 부정의를 향해 살아가는 지금이 옳은 건가요? 책에는 그렇게 나오지 않았어요."

"네가 돈키호테야? 무슨 영웅 소설을 읽었는지는 모르겠지만, 포기해. 책과 현실은 달라."

사장은 우리를 내보냈다. 성호와 나는 공장에서 나와 항상 헤어지던 사거리까지 아무런 말을 나누지 않았다. 나는 그에게 잘 가,라는 인사를 건넸지만, 그로부터 돌아온 건 인사가 아니었다.

"우리가 이걸 바꿔야 해."

경건할 정도로 단호한 목소리가 흘러나왔다. 나는 그 기세에 입을 열었다.

"…… 우리가 뭘 할 수 있는데?"

"일단 이슈화시켜야 해. 그리고 특성화고 실습에 대한 공식적인 조직도 만들어야 하고. 정말로 후배들을 생각한다면 이 불편한 구조를 바로잡아야지. 나는 돈키호테가 될 거야. 꿈을 가진 돈키호테가."

그날부터 성호는 일개 서비스센터를 넘어 현장실습에 대한 구조를 정리하기 시작했다. 우리가 어떤 법을 적용받고 있고, 이 법의 허점이 뭔지를 계속해서 공부했다.

"일개 자동차 수리공을 법학도로 만드네."

성호는 이런 말을 하며 공부가 힘들고 포기하고 싶을 때는 돈키호테의 〈이룰 수 없는 꿈〉을 틀고, 듣고, 불렀다.


이룰 수 없는 꿈을 꾸는 것, 이길 수 없는 적과 싸우는 것, 견딜 수 없는 슬픔을 견디는 것, 용감한 자도 가지 않은 길을 가는 것, 바로잡을 수 없는 잘못을 바로잡는 것. …… 이것이 나의 임무.

가사 내용은 멋있는 것 같기도 하고, 대책이 없고, 무모해 보이기도 했다.

성호가 하는 일을 그대로 표현한 곡인 것 같았다. 특히 바로잡을 수 없는 잘못을 바로잡는 것. 이것이 성호가 생각하는 모토인 것 같았다.

성호는 차근차근 자료를 모으기 시작했다. 현장실습생에게 적용되는 직업교육훈련 촉진법의 내용을 하나하나 적기 시작했다. 그리고 그 내용을 나에게 설명해 주었다.

법률의 내용은 참 허술했다. 학생은 노동자가 아니라고 주장하며 만든 새로운 법이지만, 기본적인 것들이 전혀 들어 있지 않았다. 근로기준법이 거의 적용되지 않은 데다가 직장 내 괴롭힘, 4대 보험 보장과 관련된 것도 없고, 심지어는 회사의 계약 무단 해지에 대한 내용도 빠져 있었다.

성호는 이 자료들로 현장실습의 행태에 대한 글을 쓰기 시작했다. 실습실 곳곳에 몰래, 카메라를 설치해 찍은 동영상들을 첨부했다.

안녕하세요, 저는 진명고에서 실습을 나온 학생입니다. 6월 17일경 저희는 실습을 시작했고, 한 달이 지난 지금 월급을 받았습니다.

60만 원. 계약서에 명시된 100만 원이 넘는 월급에 절반 정도 되는 금액이었습니다. 저희가 이것에 대한 항의를 했지만, 회사와 정부는 감추려고만 하고 있습니다. 이뿐만이 아닙니다. 작업 환경 또한 열악합니다. 현장실습 감독관이 붙어 저희의 안전을 책임져 줘야 하는데도 불구하고, 6시간이 넘는 노동 시간에 제 옆에는 한 사람도 오지 않았습니다. 현장의 감을 익히는 실습이라고 하지만 저희는 여기서 아무것도 배워 가는 것이 없습니다. 배우는 것이라고는 사회의 부정의와 우리의 처절한 처지뿐입니다. 저희가 이러한 것들을 바꿔 나갈 수 있도록 도와주세요.

처음에는 반응이 미적지근했지만, 성호의 용기를 본 다른 특성화고 학생들이 모여들더니, 너도나도 자기가 겪은 이야기를 하기 시작했다. 나는 그런 성호를 보면서 조마조마함을 감출 수 없었다. 성호, 쟤는 왜 저렇게까지 나서지? 저러다가 회사랑 계약 파기될 텐데.

성호가 쓴 게시판 글은 단시간 내에 이슈가 되어 TV 뉴스에서 다루었다. 성호의 인터뷰도 따 가고 현장에 취재진이 모여들었다. 세상은 특성화고 실습을 주목하고 있었다. 응원과 환호도 있었지만, 그에 못지않은 비난도 있었다.

"대학도 못 나온 것들, 써 주겠다는데 뭐 이렇게 말이 많아."

"남들이 그렇게 고생하는 취업, 쉽게 했으면 저 정도는 감수해야지."

그러나 시간이 흐르며, 세상을 뜨겁게 달궜던 이슈는 점차 식어 갔다. 힘이 되어 주겠다던 응원도, 비난도 사라져 갔다. 성호의 열기가 계속 이슈화되어 문제가 해결되었으면 싶었지만 잠시 뉴스거리만 제공했을 뿐, 우리의 처지는 아무것도 변하지 않았다.

그리고, 얼마 지나지 않아 내 예상이 적중했다.

성호와 내가 다니고 있던 회사에서 성호를 계약 해지하겠다고 한 것이다. 그리고 내년부터는 현장실습을 받지 않겠다고 했다.

성호는 이 문제에 대해 다시금 항의 글을 올렸지만, 회사 측은 무단 계약 해지에 대한 법률이 없다는 것으로 반박문을 냈다. 오히려 자기 회사가 뉴스에 보도되어 명예훼손으로 고소를 하겠다고 했다. 그렇게 모두를 위해서 노력한 성호에게 돌아온 것은, 학교 선생님과 친구들의 원망, 그리고 합격했던 대학교의 입학 취소 소식이었다.


방과 후, 나는 크게 상심했을 성호를 찾아가 음료수를 건넸다. 우리는 사람 없는 곳을 찾아 5층과 6층 사이의 계단에 앉았다.

"너, 괜찮아?"

내가 걱정스럽게 물었지만, 성호는 내 예상과는 다르게 크게 신경 쓰고 있지 않았다.

"응, 난 괜찮은데 이 일이 묻힐까 봐 걱정돼. 새로운 방법을 써야 하나."

"너, 그런 것보다 대학도 못 가게 됐잖아. 취업 어떡하게."

"대학은 나중에라도 갈 수 있어. 하지만 이 문제는 지금 해결하지 않으면 내가 나중에는 못 할 거 같아. 이것은 개인의 문제가 아니라 특성화고의 구조 문제야. 우리 아버지가 말하셨어. 세상은 혼자 사는 게 아니라고."

"아버지가 어떤 분인데?"

"아버지도 공고 노동자 출신이시거든. 아버지는 차별도 많이 받으셨지만, 자신보다는 자신과 같은 처지에 있는 사람들을 더 돌보려고 하셨어. 하지만 아버지는 이루지 못하고 재작년에 돌아가셨어. 이제 내가 할 차례야."

내가 말이 없자, 성호가 계속 말했다.

"그리고 나 자동차학과 안 가. 법학과 갈 거야. 나는 아버지처럼 하지 않을 거야. 힘으로 밀어붙이는 건 이제 안 통해. 그러면 내가 해야 하는 건 현실적인 방법, 법으로 맞서 싸우는 것뿐이야."

그렇게 말하는 성호의 눈에 안광이 드리웠다. 그냥 단순 작업만 하는 퀭한 나의 눈과 비교할 수도 없을 만큼. 성호는 나를 쳐다보더니 입을 열었다. 만난 지 얼마 안 됐지만, 그래도 날 도와줄 생각이 있다면 내 번호로 연락 줘. 성호는 웃으며 자리를 떠났다. 나는 너처럼 그럴 용기가 없어. 미안. 입에 맴도는 말을 꾹, 참아 냈다.

실습 종료 일주일 전, 선임이 날 부르더니 수리하는 걸 도와 달라고 했다. 나는 자격증이 없어 안 된다고 하자, 그냥 저기서 달라는 거 옆에서 주면 된다며 등을 떠밀었다. 리프트에 차가 올라가 있는 모습이 위태로워 보였다. 선임은 나를 보지도 않고 스패너, 핀치,라는 도구명만 불렀다. 내가 이름을 몰라 헤매고 있으면, 너는 여기서 두 달 동안 일했는데 그것도 모르냐며 윽박질렀다.

주는 게 5초만 늦어도 굼떠서 어디 써먹겠냐는 말을 내뱉었고, 시끄러운 소리에 잘 못 들으면 집중 좀 하라며 머리를 탁, 하고 때렸다. 2시간째 서 있으려니 다리가 저릿했다. 다리를 뒤로 접어 올리고 있는데, 저기 승강기 사이에 도구를 두고 온 것 같다며 가지고 오라고 했다. 나는 열린 승강기 안으로 들어가 아래에 끼어 있는 이름도 모를 도구를 꺼냈다. 그러다, 끼긱 하는 철이 깎이는 소리가 났다. 승강기에 올려져 있던 차가 흔들리더니 내가 있는 아래로 추락했다.

쾅—.

다행히 내 쪽으로 정통으로 떨어지지 않고 살짝 왼쪽으로 비껴갔다. 다리에 힘이 풀려 주저앉아 있는데, 정비하고 있던 사람들이 큰 소리에 놀라 모두 몰려왔다.

"야, 너 뭐 건드렸어? 이게 왜 추락해!?"

선임 한 명이 고래고래 소리를 질렀다. 나는 퍼뜩 정신이 들었다. 엉금엉금 기어서 빠져나왔지만, 나를 쳐다보는 사람은 아무도 없었다. 다들 우왕좌왕하며 자동차와 승강기를 살펴보기 바빴다. 어느샌가 손에 박힌 유리 조각이 따가웠다. 선임들은 사건이 일단락되자, 그제야 나를 보더니 이 일은 함구하라고 했다. 아무런 배웅 없이 응급실에 가 박혀 있는 유리 조각들을 뺐다. 피가 잔뜩 묻은 조각들이 일곱 개 정도 나왔다. 나는 붕대로 감싼 내 손을 보았다. 따가웠다. 피가 나와서 따가운 건지, 겪은 상황이 억울해서 그런 건지, 분간이 가지 않았다.

아무에게도 말하지 말라는 선임의 말이 머릿속에 계속 맴돌았다. 만약 우리가 정당한 노동자의 대우를 받았다면 그런 소리를 할 수 있었을까. 나는 다치지 않은 손으로 핸드폰을 들어 성호의 번호를 찍었다. 몇 번의 신호음이 가더니 전화를 받았다. 나는 입을 열어 목소리를 냈다.

"만나자. 할 얘기가 있어."


성호에게 조언을 구하러 간 나는 성호의 거창한 연설과 설득으로 성호의 계획에 동참하게 되었다. 야외 퍼포먼스에 함께했다.

각자의 교복 위에 작업복을 입은 우리는 피켓을 들고 서울광장 앞에 서 있다.

각종 연장들과 기계들을 불태우고 작업복을 찢으며 절규하는 동작으로 퍼포먼스를 벌였다. 작업복을 찢으니 교복이 나왔다.

어떤 아이는 예수처럼 머리에 긴 가발을 쓰고 빨간 물감으로 피를 흘리는 분장을 하고는 십자가를 등에 지고 있었다. 삐쩍 마른 몸을 내보이며 사진에서 본 간디처럼 물레를 돌리는 아이도 있었다.

내가 맡은 역할은 쿠바의 혁명가인 체 게바라였다. 성호의 현란한 화술로 설득당한 탓에 별이 그려져 있는 베레모를 쓰고, 한 손에는 모형 총을 들었다. 이 차림을 하고 나니, 내가 혁명을 하고 있다는 실감이 났다. 나는 혁명가인 모두와 함께 서 있다.

그리고 그 앞에는 성호가 있다. 성호는 확성기를 들고 외쳤다.

"우리 특성화고 학생들은 배우는 노동자입니다. 그러니 2018년에 적용한 직업교육훈련 촉진법을 개정하여 주십시오. 근로기준법에서 우리에게 적용된 건 휴게시간 보장, 탄광 근로 금지, 유해한 물질 환경에서의 노동 금지, 생리 휴가, 그 네 개뿐입니다. 전태일 열사는 노동자들을 위해서, 특히 우리와 같은 미성년자들의 노동 환경을 개선하기 위해서 젊음을 바쳤습니다. 하지만 52년이 지난 지금 우리는 그 근로기준법으로부터 네 가지밖에 보장받지 못합니다. 우리는 젊음을 바쳐 직업교육훈련 촉진법을 개정하고자 합니다."

기자들이 연설을 끝마친 성호에게 몰려왔다. 플래시가 터지는 모습이 불꽃 같다고 생각했다. 하지만 불꽃처럼 화려하게 타올랐다가 불꽃과 다르게 종말에는 꺼지고 싶지 않았다. 우리는 이제야 출발선에 섰다. 연설이 끝난 후, 모여 있는 사람들과 목이 타오르도록 외쳤다. 너는 나고, 그들은 우리다. 오늘의 희생이 내일의 희생으로 이어지게 하지 말라.

성호는 철갑모를 머리에 쓰고 긴 창을 들고 놀이동산에서 돌아다니는 조랑말을 탔다. 돈키호테 그 자체였다. 하지만 원작과는 달랐다. 망상적이고 충동적인 모습이 아닌, 이성적으로 판단하는 전략가였다. 풍차에 달려가는 것 대신 사회의 부정의를 마주하고, 차가운 현실 앞에서 실의에 빠져 버렸던 돈키호테와 다르게 성호는 다시 일어나 맞섰다. 나는 그런 그의 뒷모습을 바라보았다. 중세의 돈키호테와 같지만 다른 현대적인 돈키호테, 성호였다. 성호는 뒤로 돌아 우리를 보며 포효하듯 외쳤다.

"친구들이여, 인생 19년 동안 난 언제나 생을 직시해 왔소. 고통, 불행, 배고픔, 상상 못 할 잔인함. 안에서 잔치가 벌어질 때 문밖에서는 통곡만이 가득하지요. 전쟁터에서 동료들은 쓰러져 가고, 아프리카 땅에서는 채찍을 맞으며 천천히 죽어 가는 것도 보았소. 그들은 내 품 안에서 마지막 순간을 보내며 생을 직시했으나, 절망 속에 죽어 갔소. 영광스럽고 찬란한 최후가 아닌 불안한 눈동자 속에서. 왜, 왜, 하는 의문을 가득 담고서. 난 그들이 왜 죽는가가 아니라, 왜 살았었나를 묻고 싶소. 세상이 미쳐 돌아가는데, 누구를 미치광이라 부를 수 있을까. 꿈을 포기하고, 이성적으로 살아가는 것이 미친 짓일 거요. 쓰레기 더미에서 보물을 찾는 게 미쳐 보이오? 아니요. 너무 똑바른 정신을 갖는 것이 미친 짓이요. 그중에서도 가장 미친 짓은 현실에 안주하고, 꿈을 포기하는 거라오."

성호는 영어 가사를 약간 바꾸어 노래를 부르며 광장을 돌아다녔다.

사람들이 모여들기 시작했다.

나는 마음에 드는 가사를 음미했다.


내가 죽음에 이를 때 세상은 더 나아지리. 작은 내 몸이 찢기고 상해도 마지막 작은 용기를 갖고 갈 수 없는 별.


그리하여 그는 맹세하였다. "인간을 물질화하는 세대, …… 한 인간이 인간으로서의 모든 것을 박탈당하고 박탈하고 있는 이 무시무시한 세대에서, 나는 절대로 어떠한 불의와도 타협하지 않을 것이며, 동시에 어떠한 불의도 묵과하지 않고 주목하고 시정하려고 노력할 것이다"라고. —『전태일평전』에서

# 사라지지 않을 것들에 대하여

2019년 8월쯤으로 기억한다. 종로구 청계천로에 개관한 전태일기념관에서 전태일 열사님의 생애와 업적을 연극으로 만든 공연을 본 것이 벌써 3년 전의 일이다. 새로 생겨서 그런지 아직 정착되기 전의 상황이라 많은 것들이 낯설기도 하고 신기하기도 했다. 초등학교 6학년 때의 일이었지만, 전태일 열사님의 이야기가 너무나 슬프고 애처로워 공연을 보는 내내 많은 눈물을 흘렸던 기억이 난다. 그렇게 3년이라는 시간이 흐르고, 나는 이번 계기로 『전태일평전』을 통해 어지럽고 혼란스러운 상황 속에서 잊고 있던 그를 다시 만나게 되었다.

초등학교 때, 공연으로 접했던 그의 사연들이 어렵고 이해하기 힘들었던 상황이었다면, 다시 책을 통해 접하게 된 그의 이야기는 나의 마음속에서 사라지지 않고, 나의, 그리고 우리의 이야기로 다가와 읽는 내내 너무나 힘이 들었다. 책을 읽고 또 읽었다. 다섯 번 정도 읽었는데도 눈물이 났다. 페이지를 빨리 넘겨 버리고 싶을 만큼 답답하고, 울분이 몸속 깊은 곳에서부터 올라올 만큼 화가 치밀어 오를 때도 있었다. 그의 순간순간이, 그럴 수밖에 없는 환경과 상황이, 그가 할 수 있는 최선의 행동들이 묵살당하고 무시당하는 것 같아서 화가 났지만, 나라고 달랐을까? 나라면 어땠을까? 나도 그처럼 용기를 낼 수 있었을까? 하는 물음들로 진정할 수 있게 되었다. 아니 반성을 더 깊게, 오래 했다는 것이 맞는 표현일 것 같다.

어지럽게 들려오는 쇠금속 소리. 짜증 섞인 미싱사들의 언성. 무엇이 현재의 실재인지를 분간 못하면서, 그 속에서 나도 부지런히 그들과 같이 해나갔다. 무의미하게. 내가 아는 방법 그대로.

지금 내가 하고 있는 일 이외에는 무아지경이다. 아니 내가 하고 있는 일 자체도 순서대로, 지금 이 순간에 해야 될 행동만이 질서정연하게 자동적으로 행하여지고 있는 것이다.

실제의 나는 일의 방관자나 다름없다. 내 육신이 일을 하고, 누가 시키는 것이 아니라, 이때까지의 육감과 이 소란스런 분위기가, 몇 인치 몇 푼을 가리키는 것이다. 다 긋고 나라시가 되고, 다 되면, 또 재단기계를 잡고 그은 금대로 자르는 것이다. 누가 잘났을까? 이렇게 생각이 갈 때에는 역시 내가 잘났다. 왜 이렇게 의욕이 없는 일을 하고 있는지 나 자신도 모르겠다. 그러나 어렴풋이 생각이 확실해질 때는 퇴근 시간이 다 될 때이다. 세면을 하고 외출복으로 바꿔 입고, 인사를 하고 집으로 오면 밥상이 기다리고 있다. 밥을 먹고 몇 마디 지껄이다가 드러누우면 그걸로 하루가 끝나는 거다.

　　　　　　　　　　　　　　　　—123쪽, 1967년 3월 일기에서

실재인지 분간 못 할 만큼의 고된 그의 일상은, 1970년 11월 13일 금요일이 되어서야 끝이 난다.

나의 아버지와 어머니가 세상에 존재하지도, 존재할 수 있을 거라 예측하기도 힘들었던 시간. 그 시간 안에 전태일 열사님의 서거일이 있었다. 52년 전의 이야기가 낯설지 않은 것은, 당시 존재하지는 않았지만, 나의 부모님의 부모님이 존재하시고 계셨던 시간들 속에 고스란히 묻어 있는 듯했다. 나의 조부모님들로부터, 나의 부모님들로부터, 어렵지 않게 들었던 1970년 우리의 시대상은 2022년 현실에도 고스란히 묻어 있는 듯했다. 2021년 4월, 경기도 평택항에서 컨테이너 사고로 사망한 스물세 살 이선호 님, 9월, 인천 송도 고층 아파트 외벽 청소 중 밧줄이 끊어져 사망한 스물아홉 살 청년 노동자, 10월, 전남 여수의 한 요트장에서 현장실습을 하다 사망한 열여덟 살 홍정운 님 등. 부당하다고 항의도 못 한 채 별이 된 2021년의 '태일이'들이 존재하고 있었기 때문이다.

지금이라고 달라진 것들이 있을까? 생각했다. 52년 전, 똑같은 고민으로 아파하다 불꽃으로 사라진 청년들이 있었고 지금도 어딘가에 존재하고 있을 이 시대의 '태일이'들에게 애니메이션이라는 장르를 통해 쉽고 친근하게 1970년 스물한 살이었던, 태일이의 이야기를 나누고자 했던 홍준표 감독의 영화 〈태일이〉도 책을 읽으면서 찾아보게 되었다. 닮은 듯 다른, 우리 세대가 살아가고 있는 세상에서 더 이상의 부당함과 고통 없이 상식이 통하는 시대에 살아갈 수 있다고 기대하는 것은 어려운 일일까. 그렇지 않은 것 같은데, 그렇지 않을 수 있을 것 같은데, 왜 우리는 이런 역사를 반복하고 있는 것일까, 하는 생각과 동시에 정말 나는 '많은 것들에 무지하구나!' 반성했다. 감사하게도, 감사하다는 말이 죄스러운 생각이 들 정도로 좀 더 나은 환경과 권리를 위해 목숨을 바쳐 노력하고 내달렸던 전태일 열사님과 같은 분이 존재하지 않았다면 지금 우리가, 내가 청년이 되는 시기에 이렇듯 좀 더 나은 환경으로 변화할 수 있었을까 생각하니 가슴이 먹먹해 왔다. 스스로 돌아봐야 할 과정들과 계기들, 시간들이 너무나 많은 것 같았다.

　나는 돌아가야 한다. 꼭 돌아가야 한다. 불쌍한 내 형제의 곁으로, 내 마음의 고향으로…… 내 이상의 전부인 평화시장의 어린 동심 곁으로.
　조금만 더 참고 견디어라. 너희들의 곁을 떠나지 않기 위하여 나약한 나를 다 바치마.

—133~134쪽

삼각산 기도원에서 평화시장의 어린 노동자들에게 쓴 그의 마음이다. 사람과 사람의 마음을 이해하고 공감하는 것이 너무나 어려운 시대가 되었다. 대화하고 소통하려는 상대의 눈빛과 표정, 몸짓과 말투 등 한 사람과 온전히 소통하기 위해서는 정말 많은 과정과 관심이 필요한데, 지금 시대에는 문제에 대한 해답과 정답은 많이 알고 있는 것 같은데 원인은 꼭 사건이 터져야 되돌아보게 하는 것 같다. 잘 보여 주지 않는다, 마음과 진심을.

나를 보여 줄 수 있는 대부분의 모습을 마스크로 가려야 하니, 현실은 다른 방식으로 더욱더 냉혹한 것 같다. 사람들은 전태일 열사님과 같은 방법이지만, 다른 표현 방식으로 지금 이 시대에 맞는, 맞다고 생각되는 고됨을 나름대로 표현하며 살고 있는 것은 아닐까 생각해 보게 되었다.

모두 기본 안에 있는데, 기본과 질서를 잘 만들고 그것을 잘 지켜 내려고 애쓰고 노력하면 되는 것 같은데 그 뻔한 정답에 오히려 사람들은 의심하고, 그 길을 돌아가려, 좀 더 빨리 남들보다 좋은 결과만을 가지려 무시하고, 묵살하고, 오해하고 곡해하는 일이 시대가 빠르게 변화하는 만큼 다양하게 진화하는 것 같아 마음이 무척 아프다.

폭넓은 세대, 이해하기 힘든 함축적인 언어들, 소통하기 힘든 서로의 일상에서 우리가 사라지지 않기를 바라며 지속적으로 이해할 수 있고 지켜 내야 할 것들이 무엇인지를 고민했다. 누군가를 원망하고, 무시하고, 상황을 탓하고 주저하기보다는, 그 상황들을 어떻게 극복하고 좀 더 나은 선택을 할 수 있는가를 결정하는 일은 결국 나의 몫이 아닐까 하는 생각이 들었다. 그러기 위해서는 지금 내가 갖게 된 전태일 열사님에 대한 마음을 내 안에서 사라지게 하면 안 될 것 같았다.

50년 전과는 다른 방식의 하루하루. 괴로움의 연속이고, 죽음과도 같은 노동의 괴로움 속에서 방황할 수밖에 없는 많은 사람들, 언제 다시 재발될지 모를 알 수 없는 바이러스들이 등장하여 모두가 다 힘들고 어렵고 풀기 힘든 숙제를 잔뜩 짊어지고 있는 것 같은 2022년의 현실 속에서 나는, 어떻게 하면 보다 나은 방법으로 더불어 살아갈 수 있을지를 이번 『전태일평전』을 읽으면서 너무나 많이 고민하고, 생각했던 것 같다. 그리고 나의 어떤 점들이, 나의 어떤 과거들이, 나의 어떤 마음들이 변화하지 못하게 가로막고 있는 것인지도 생각해 보았다.

나는 삼거리에 이정표처럼,

누가 같이 가자고 하는 이가 없구나.

바람이 부나, 눈비가 오나

모든 것을 그대로 받아들여야 하는 나.

—195쪽, 1969년 9월 말의 낙서에서

그 고단한 삶 속에서 그가 바뀌어야 한다고, 이제는 변화되어야 한다고 생각했던 그 시점의 모든 것들은 그가 자신을 위해서가 아닌, 타인을 위해서 그리고 모두 함께 공정하게 주어져야 하는 기회들에 대해서 이야기하는 것 같았다. 그리고 그의 그 값진 마음은 50여 년이 지난 지금도 많은 이들의 노력에 의해 사그라들지 않고, 시들지 않고, 사라지지 않고 전해지고, 나누어지고 있다.

　스스로 자학하고, 짓씹기도 했던 그의 마음이 좀 더 빨리 안심이 되고, 편안해질 수 있도록 나는 다시 한번 제대로 결심했다. 전태일 열사님의 사라지지 않을 것들에 대하여 좀 더 강하고 단단하게, 사라지지 않게 하기 위하여 노력해야겠다고 말이다.

# 좋아하는 일

어릴 적 알록달록한 옷만 입던 언니는
어릴 적 인형 놀이가 즐거웠고 그래서
인형 옷을 만드는 일을 선택한 것일지도 모른다

좋아했던 것도 일이 되면 떠나고 싶어질 거야
마루에 걸터앉은 아빠는 우리를 말리진 않았다

우리는 마르지 않는 강둑을 따라 걸으며
아빠의 말이 흐르게 두었고
그러면 우리는 강이 흐른다는 사실조차 잊을 수 있었다

이렇게 작아도 공장이라면 공장이겠거니
작업물과 어울리는 작업실이라며 우리는 웃었던 것 같다

커튼은 오래전 남은 원단을 덧이어 만든 것이다
햇빛을 가려 주었고 한 번도 걷힌 적 없다

색색 원단 몇십 장 들이면 한 명의 구석이
단추 같은 부속품 몇 박스 들이면 두 명의 구석이 만들어진다


티셔츠가 해진 것 같다는 소리를 들은 언니는
검은색이라 티가 안 나 그래서 좋다 했다


눈이 아플 정도로 인형 옷은 알록달록해서
나는 그것들을 포장할 때마다 느려지곤 한다
해가 떠오르는지 떨어지는지도 모르고


종일 인형 옷에 단추를 두 개씩 붙이다 잠이 들었다


보풀을 뒤집어쓴 커튼을 마주하며
불투명하게 이어진 것도 거울처럼 보이는구나


고개를 드니 이곳에는 다른
그림자가 같은 모양으로 움직이고 있었다
그것들이 눈에 담길 때마다 서두르곤 한다


나는 커튼의 그늘을 걷어붙여 아침을 맞을 준비를 하고
떠나고 싶지 않은 일들을 생각할 것이다

# 선잠

무거운 것을 들기 전에
스트레칭을 해야 한다 그때 몸은 쉬어 가고

동료를 마주치면 가끔 비스듬히 잠들어 있다

나의 일을 포기해야 할지도 몰랐다
그러나 나는 어떤 기계일지도 몰라서
그럴 일이 없다 동료의 외침이 기면을 깨운다

나는 어떤 기계를 운반하기 위해
메시지에 써 둔 여름이라는 단어를 기분으로 입력한다
그러나 지금은 겨울이고 화물칸에는 기분이 나지 않는다

빠르게 계단을 오를수록
몸의 어딘가에서 소리가 나고
그것은 우리를 움직이게 만들기 때문에

컵 얼음이 느리게 녹아내린다 계단을 내려가는 것처럼

시계가 반대로 돌아가면 그것은 올라가는 것이 될 수 있을
것이다
　내가 운반하는 것이 나인 것처럼
　그러나 시계는 그럴 일이 없다


　동료는 집으로 돌아갈 줄 몰랐다


　기계는 쉴 필요가 없으니까
　우리는 속력을 위해 달리지 않고자 하고
　높게 쌓인 상자 뒤에 서 있으면 숨기 좋다 나는 가끔 잠들기
때문에


　비로소 녹아내릴 수 있는 것이다
　보이지 않는 어딘가 고장 난다


　작동하려면 오랜 시간이 필요합니다 기술자는 말했으며
　올라갔다가 내려오지 않는 동료를 기다리기도 한다

## 사과의 과녁

입구에는 손님들이 다양한 얼굴입니다
놀이공원에는 마스코트가 있어요

그런데 탈은 뒤집어쓰지 않고

비슷한 생김새의 연인이 눈에 뜁니다
머리띠를 쓰고 함께 사진 찍으며
웃으라 합니다 저는 그들을 맞이하기로 했으며
다른 감정을 느끼도록 안내합니다

잘못 먹으면 위험할 수도 있대, 웃으며
동료는 오늘도 저녁으로 사과를 먹고

이곳이 처음인 아이는 회전목마도 무서워한다는데
그게 부러울 수도 있겠습니다
퍼레이드는 시작하지 않았고

손님들은 무서운 게 많아서 귀신의 집으로
들어가네요 실내에서 검은 천 뒤집어쓰며

너희는 똑같이 생겼구나 죽은 인형처럼


나는 입구에서 귀신을 맞이할 수 있을까요
동료는 손님을 넘어지게 만들어서 고개를
숙이고 있고요 청소부가 맨바닥을 쓸었습니다
지난 자리엔 아무것도 남지 않고요


퍼레이드를 따라갈 뿐입니다
오늘도 다른 감정으로 같은 표정을 연기해야 했습니다

# 불공평한 이별

이별에도 돈이 필요했다. 사람을 떠나보낼 때 눈물은 가장 필요 없는 것이었다. 사람들은 울 새도 없이 조문객을 맞이했고, 화환은 복도를 가득 채웠다. 식탁에는 육개장이 끊임없이 올라왔다. 나는 장례식장이 병원의 어떤 부서보다 흑자라는 말을 생각하며 카트를 밀었다. 그릇들이 몸을 부대끼며 달그락댔다. 동전 부딪히는 소리처럼 들렸다. 빨간 기름으로 얼룩진 쓰레기통에 그릇들을 던져 넣고 새 육개장을 실었다.

가장 싼 수의, 가장 작은 방, 가장 적은 음식상을 골라도 장례식 비용은 예산을 훌쩍 넘었다. 갚지 못한 병원비에 장례식 비까지 얹을 수는 없었다. 장례식장에서 일하기 시작하면서 영정 사진을 올려다보는 습관이 생겼다. 커다란 액자 속 사람은 늘 웃고 있었다. 나는 액자 속 사람에 엄마의 얼굴을 대입하곤 했다. 엄마는 입원하고부터 고통스러운 표정만 지었기에, 웃는 얼굴은 기억하려 할수록 흐려졌다. 나는 어느 순간부터 엄마의 얼굴을 떠올리지 않았다. 장례는 버리는 국화를 모아 놓은 것으로 대신했다. 불완전한 이별이었다. 나는 유일하게 무료인 눈물조차 다 흘리지 못하고 장례식장으로 출근했다.

　장례식장에 처음 출근한 날부터 나는 육개장을 서빙했다. 엄마를 떠나보낸 이후에도 변함없었다. 유니폼에 튄 육개장 기름을 지우며 엄마가 죽은 날 무엇을 먹었는지 생각했다. 전날 먹다 남은 미역국이었다. 미역국은 생일에나 먹는 건데. 힘없이 웃다가 식탁을 치우던 선배에게 혼났다. 선배는 장례식장에서 미역국을 먹어 본 적 있어요? 선배는 대답하지 않고 카트를 내 손에 쥐어 주었다. 새빨간 육개장 위에 기름이 떠다녔다.

　사건은 가장 마지막에 있던 육개장에서 시작되었다. 육개장을 서빙하다 손이 미끄러졌고, 빨간 기름은 고스란히 유니폼으로 쏟아졌다. 뜨거웠지만 손님 옷에 튄 게 아닐지 더 걱정되었다. 한눈에 봐도 고급 양복이었다. 세면대에서 빨아도 되는 옷과 달리 세탁소에 맡겨야만 했다. 기름이 바닥에 다 스며들었을 무렵, 손님이 입을 뗐다. 별로 안 튀어서 괜찮아요, 팔 괜찮으세요? 손님의 목소리에 엄마를 화장할 때도 나지 않던 눈물이 맺혔다.

　문득 지난달에 왔던 손님이 떠올랐다. 빈 그릇을 정리하던 도중 육개장 국물이 남자의 와이셔츠에 튀었다. 나는 다급히 남자에게 사과했다. 죄송합니다, 세탁비를 드릴 테니 잠시만 기다려 주세요. 매뉴얼에 쓰여 있는 대로 응대했다. 옆에 있던 선배가 물수건을 가져다주었다. 돈을 가지러 탈의실로 가려던 참이었다.

제대로 사과 안 해? 남자의 목소리에 주변 사람들 시선이 모두 나를 향했다. 나는 떨리는 목소리를 감추며 말했다. 죄송합니다. 몇 번이나 사과해도 남자의 목소리는 커지기만 했다. 내가 무릎을 꿇고, 상조회사 매니저와 다른 선배 몇 명이 달려왔을 때야 상황은 종료될 수 있었다.

월급이 깎이지는 않았지만, 지불한 세탁비는 일주일 밥값과 비슷했다. 원래 세탁비에서 부풀린 게 틀림없다며 선배들은 투덜거렸다. 선배들이 사 주는 밥을 먹으며 다시는 실수하지 않겠다고 다짐했다. 매니저가 한 번 더 넘어가 주리란 보장이 없었다. 또다시 육개장을 쏟았을 때, 나는 전과 다른 손님의 태도에 안심했다.

선배들은 뒷정리를 대신해 준다며 화장실로 떠밀었다. 덕분에 편하게 유니폼을 빨 수 있었다. 검은색 유니폼이라 티가 덜 나는 것이 다행이었다. 발갛게 부어오른 팔이 아려 왔다. 축축한 유니폼을 입자 온몸에 소름이 돋았다. 나는 내버려 두었던 카트를 치우기 위해 장례식장으로 향했다.

장례식장에 들어갔을 때 카트의 빈자리보다 눈에 띈 건 얼굴이 빨갛게 달아오른 남자였다. 상주로 보이는 사람이 남자를 말리고 있었다. 다른 직원들은 보이지 않았다. 남자는 나를 발견하곤 큰 목소리로 외쳤다. 늬 부모라면 그렇게 할 거야? 몇몇 사람들이 방에서 고개를 내밀었다. 나는 애써 입꼬리를 올렸다. 무슨 일인가요? 공손하게 맞잡은 손이 떨렸다. 남자는 반으로 부러진 근조 화환을 가리켰다. 직원의 잘못보다는 위쪽 꽃의 무게를 견디지 못한 것 같았다. 지금 이건 우리 어머니를 모욕한 거야, 알아? 책임질 거야?

나는 고개를 숙였다. 내 담당이 아니라고, 화환 담당 직원을 불러오겠다고 말해도, 남자의 말은 점점 커져 나를 깔아뭉갤 것 같았다. 소란은 매니저가 달려오고서야 끝났다. 휴게실로 데려가던 선배는 새 유니폼으로 갈아입고 쉬라며 어깨를 두드렸다.

징계가 있을까요? 내 말에 선배는 대답하지 않았다. 긍정은 아니었다. 몇 달 전 해고당한 언니가 떠올랐다. 나보다 며칠 일찍 들어와, 선배 대신 편하게 부르라고 했던 언니였다. 언니는 근조 화환을 담당했다. 물밀듯이 들어오는 화환을 정리하고, 기간이 끝난 것들을 철거하는 게 일이었다. 간단했지만 힘이 많이 드는 일이었기에 언니는 온몸에 파스를 붙이고 다녔다.

언니가 해고된 건 월급날을 하루 앞둔 날이었다. 장례식이 끝난 근조 화환을 철거한 다음 날, 웬 여자가 여기 설치되어 있던 화환이 어디 갔냐며 찾아왔다. 언니는 찾아가지 않은 근조 화환은 임의로 철거한다며 계약서를 보여 주었다. 여자는 연락도 없이 철거하는 건 고인 모독이라며, 당장 사장을 부르라고 소리쳤다. 계약서에 쓰인 대로라면 언니의 행동이 옳았지만 직원들은 알았다. 이 상황에서는 언니가 잘못했다는 걸.

사장 대신 온 매니저와 여자의 대화 끝에 언니는 사과했지만, 여자는 그것만으로 만족하지 않았다. 인터넷에 글을 올리겠다는 걸 막기 위해 회사는 언니를 해고했다. 언니의 마지막 월급이 기존의 절반이었다는 얘기는 공공연하게 퍼져 있었다. 항의해야 하는 거 아니에요? 나는 육개장을 끓이는 언니의 동기에게 물었다. 동기는 고개를 저으며 말했다. 애, 우리가 강하겠니, 회사가 강하겠니. 우리는 여기에서 가장 낮은 존재야. 상조회사는 자주 위태로웠고, 제멋대로 부도나기도 했다. 그럴 때마다 가장 먼저 잘리는 건 직원들이었다. 같이 일하는 사람들은 수시로 바뀌었다. 퇴직금을 받았다는 이야기는 한 번도 듣지 못했다.

휴게실과 이어진 탈의실은 작은 크기와 달리 거대한 침묵을 품고 있었다. 나는 유니폼을 갈아입으며 하지 못한 말들을 꺼냈다. 나는 엄마의 장례식조차 치르지 못했는데. 화환은커녕 조문객조차 없었는데. 나는 엄마를 화장한 날, 육개장 대신 미역국을 먹으며 연둣빛 기름을 소매에 묻혔다.

퇴근하는 길, 문득 비어 있는 빈소가 보였다. 오늘 장례식이 끝나 아직 아무도 들어오지 않은 방이었다. 나는 조용히 신발을 벗고 안으로 들어갔다. 액자도 음식도 없었지만 흰 국화만큼은 가득했다. 나는 액자가 놓일 자리에 핸드폰을 올려놓았다. 환하게 웃고 있는 엄마의 사진을 향해 두 번 절했다. 엄마가 아프기 전, 함께 바다로 놀러 갔을 때 찍은 사진이었다. 일하느라 여행 갈 시간도 없던 엄마는 그날 보았던 바다를 자꾸 이야기했다. 다음에 또 가자고 약속했지만, 그 여행이 마지막일 줄은 아무도 알지 못했다. 나는 엄마에게 반절했다. 나만 알고 있는 장례식이었다.

# 선구자 전태일

나는 『전태일평전』을 읽고 쉽게 쓰일 거라고 생각했던 독후
감이 쉽게 써지지 않는다는 것을 느꼈다. 동화나 소설, 위인전
과 같은 책은 단숨에 읽고 쉽게 독후감을 써 내려 갔었는데 『전
태일평전』은 그러지 못했다.

이 책은 내가 몰랐던 그 시대의 사회 모습을 비추는 거울 같
다. 또한 '노동', '근로', '근로자'와 '사업주', 그리고 '근로기준
법'이라는 생소한 단어들로 인해 국어사전도 찾아봐야 했으며
전태일과 관련된 동영상이나 지난 방송들도 보느라 시간도 많
이 걸렸고 어려운 내용은 부모님과도 이야기를 나눠 봐야 했다.

'전태일'이란 이름은 한국사능력검정시험을 준비하며 교재
를 통해 처음 접했다. 그때는 오로지 시험을 치르기 위해 '박정
희-전태일' 이렇게만 외웠었다. 전태일이 누군지, 어떤 사람인
지보다 합격을 위해 외워야 하는 인물 중 하나였다. 전태일 외
에도 외워야 하는 인물이 너무나 많았기에 독립 열사들을 기억
하는 데 급급했었다. 하지만 이 기회를 통해 전태일이 왜 대한
민국 역사에서 한 부분을 차지하고 있는지, 왜 박정희 대통령

시대에 가장 중요했던 인물 중 한 사람으로 남아 있는지 이해가 갔다.

전태일은 1948년 대구에서 태어났다. 사업 실패와 가난은 아버지를 폭력적인 술주정뱅이로 만들었고 생계를 책임지게 된 어머니는 몸이 너무 허약했다.

봉제 노동자였던 아버지는 어느새 실업자가 되었다. 그래서 전태일은 어린 나이에 학교를 그만두고 아픈 어머니 대신 가족의 생계를 책임져야만 했다. 구두닦이, 껌팔이, 신문 배달 등의 온갖 험난한 일을 하면서도 포기란 없었던 전태일의 어린 시절이 무척 어른스럽고 용감해 보였다.

청소년이 된 전태일은 열여섯 살에 처음 평화시장의 시다로 취직을 했다.

50원을 벌기 위해 하루 14시간의 노동을 반복해야 하는 고된 노동환경이지만 떠돌이 생활을 청산하고 기술을 배우는 안정된 직장에 다님으로 해서 새로운 살길의 희망만을 생각했다.

열네 살인 나는 내가 누리는 혜택이 당연하다 여기고 있다. '살길'에 대하여 단 한 번도 고민해 본 적이 없으며 가족을 사랑하지만 지켜야 하고 책임져야 한다고 생각해 본 적도 없다. 전태일 앞에서는 그런 내가 '삐약삐약' 하는 병아리처럼 작아진다.

평화시장은 사람이 기계처럼 일하는 곳으로 느껴졌다. 기계처럼 일해서 번 적은 돈은 배부른 한 끼의 밥도 허락하지 않았고 작은 공간과 쉴 없는 일, 먼지 등은 나이 어린 여공들을 피를 토하며 쓰러지게 했다.

나이 어린 여공들과 동료들이 힘들어하는 모습이 너무나 안타까워 전태일은 자신의 월급을 털어 가며 그들에게 항상 베풀었다. 전태일 자신도 넉넉하지 않았으면서 사람을 생각하는 따뜻한 마음씨가 있었다.

전태일은 형편이 좋지 않아서 공부를 많이 하지 못했다. 그런데 공부를 많이 한 사람보다 더 똑똑해 보였다. 일기를 꾸준히 썼으며 낮에는 일을 하고 밤에는 근로기준법을 공부했고 동료들과 '바보회', '삼동친목회' 등을 조직해 노동 환경 개선에 앞장서서 투쟁했다. 환경 개선을 위한 설문지도 만들고 신문사에 기사도 냈으며 근로감독관을 찾아가 평화시장의 실태를 알리고 개선하고자 끊임없이 노력하였다.

그때마다 전태일이 하고자 하는 일이 잘 풀리지 않았다. 그점이 매우 안타깝고 가슴이 아팠다. 가난한 사람의 말은 아무도 들으려 하지 않는 것 같아 화가 나서 내 입술을 꽉 깨물게 되었다. 일을 안 하겠다고 하는 것도 아니고 허리를 펼 수 있는 공간에서 더 열심히 일하겠다고 하는데 왜 안 될까? 매일 열심히 일하고 하루쯤 쉬는 건 당연한 것 같은데 왜 안 될까? 글을 읽는 나도 답답하고 화가 나는데 전태일은 그 일을 직접 겪고 있으니 오죽했을까 싶다.

그 시대의 노동 환경은 힘없는 자, 돈 없는 자의 외침이 돌아오지 않는 메아리 같다. 그런 상황 속에서 전태일은 포기할 법도 한데 포기하지 않았다.

대신 전태일은 자신의 청춘을 포기하고 다시 해 보겠다는 결단을 내렸다. 전태일은 평화시장에서 일하고 있는 어린 여공들과 동료들이 생각나서 '나는 돌아가야 한다. 꼭 돌아가야 한다. 불쌍한 내 형제의 곁으로, 내 마음의 고향으로……, 내 이상의 전부인 평화시장의 어린 동심 곁으로. …… 생을 두고 맹세한 내가, 그 많은 시간과 공상 속에서, 내가 돌보지 않으면 아니 될 나약한 생명체들'이라고 썼다. 이 글은 전태일이 사망하기 석 달 전의 일기이다.

이 글에서 전태일의 따뜻하고 아름다운 모습이 보였고, 될 것이라고 긍정적으로 강하게 믿는 투사의 모습도 보였다.

전태일은 이때 자신의 죽음을 예상하고 유서를 미리 써 놓았다. 스물두 살의 청춘에 죽음을 예감하고 유서를 써 놓는다는 것이 참 안타까웠다.

그리고 전태일은 1970년 11월 13일 평화시장 앞에서 자신의 몸에 휘발유를 붓고 『근로기준법』 책과 함께 불타며 '근로기준법을 준수하라!'라고 계속 소리쳤다. 타들어 가는 불씨에도 계속해서 외친 그 말들이 많은 노동자들을 하나로 뭉치게 했고 사회는 귀를 기울여 들어 주기 시작했다.

이 책을 읽기 전 전태일은 나에게 '외워야 하는 사람'이었다. 하지만 지금은 '기억해야 하는 사람'이 되었다. 아무도 하려 하지 않은 것, 아무도 미처 생각하지 못했던 것을 시대를 앞서 생각하고 실천한 전태일은 선구자이다.

누군가 하지 않았으면 안 되었을 일을 자신을 불태워 가며 세상에 널리 알린 전태일은 대한민국 역사 속에서 앞으로도 영원히 빛날 것이다.

지금도 내 주위에는 많은 노동자들이 있다. 그분들이 모두 마땅한 대우를 받으며 모두가 행복하고 잘 살았으면 좋겠다. 전태일의 죽음이 헛되지 않도록 말이다.


이 순간 이후의 세계에서 내 생애 다 못 굴린 덩이를, 덩이를 목적지까지 굴리려 하네. 이 순간 이후의 세계에서 또다시 추방당한다 하더라도 굴리는데, 굴리는데, 도울 수만 있다면, 이룰 수만 있다면. ―『전태일평전』에서

# 캐러멜 라이징

동네 작은 상영관에 인도판 로코 영화 포스터가 붙어 있다

입을 맞부딪치는 인도 남녀
저들도 본인의 입 냄새를 걱정했을까?

키스신의 비하인드를 고뇌하는 동안
가만히 숨죽이던 나의 개, 코를 두어 번 찡긋거린다
캐러멜 공장에서 일하던 언니의 신발 냄새를 맡는 표정이다

광고도 없는 이십 대의 긴 러닝타임 속에서
1인 3역의 역할도 마다 않던 언니는
주로 캐러멜을 덧입히는 작업을 했다

작업대 아래로 녹은 캐러멜 소스가 흘러내릴 때면
구간 점프 하듯 발을 폴짝이던 언니

이곳이 세상의 중심이라는 양
거대하게 솟은 원통 안에선
인도산 팜유, 말레이시아산 설탕 등
여러 나라의 원료가 중심을 잃은 채 굴러다녔다

애써 무언가를 씹지 않아도 입 안에선
항상 단내가 났고

시차가 존재하지 않는 두꺼운 콘크리트 벽에 기대
언니는 주기적으로 회전하는 원통을 따라
점차 인도인의 시간대로 살아갔다

어떤 고난이 와도 일단 춤과 노래부터 시작하는
인도 영화의 해결법처럼

불 꺼진 공장은 이따금 언니의 무대가 되었고

스텝을 밟을 때마다 쉽게 달라붙던 캐러멜 소스
온 동네 개들의 코를 깨우던 귀갓길과
단단하게 굳은 어깨가 녹아내리던 밤의 시간

저 반대편에서

달달한 로맨스를 선호하는 촬영장의 배우들은

너 나 할 것 없이

키스신을 찍기 전, 공장표 캐러멜을 씹어 먹기 시작했다

# 수학여행

중학교 때 왔던 곳은 고등학생이 되어 또다시 오게 된다지

이건 꽃이 만개하기 시작하는 학교마다 전해져 내려오는 봄
날의 괴담

거의 다 왔다는 말이

통하지 않는 스물여덟 명의 최면처럼 반복될 무렵

우리는 역사책의 해설 자료와 한 치의 오차도 없는 세계에
도착한다

주머니 속에서 자주 발견된 눈앞의 다보탑

익숙한 잔돈의 짤랑임 앞에서 아이들은 쉽게 눈길을 거두고

몇몇은 그보다 쉽게 군중 틈 사이를 핑그르르 빠져나간다

이곳은 제주도가 아닌데

능숙한 아주머니들의 호객 행위에

너도나도 그럴싸해 보이는 기념품을 하나씩 챙길 때면

우리가 아직 어리다는 생각이 들지

점점 방대하게 넓어지는 시야

걸을수록 풀리는 운동화 끈을 묶고 또 묶다 보면

쉽게 혼자가 되었다

너무 멀리 가지 말라던 선생님의 당부 속

아이들이 나에게서 멀어진 것인지 내가 아이들에게서 멀어

진 것인지 고민하는 순간

길가의 수호자처럼, 풍선 파는 아저씨가 눈앞을 가로지른다

가만히 두면 어디론가 붕 떠 버릴 아이들을

한데 모아 둔 것 같은 카트 사이로

풍선 하나가 날아오르자

저 멀리 친구로 보이는 옆 반 누군가, 잽싸게 튀어나온다

반사적으로 흔들게 되는 손인사처럼

두 볼 빨갛게 부푼 풍선을

꽉

터뜨려 보고 싶다는 생각

그러면 꼭 안녕이라는 소리가 날 것 같고

우리의 소풍이 아무도 모르는 이야기가 될 것 같다

# 내 손 안에 뭐가 들어 있을지 맞춰 봐

한 손의 주먹은 혼자만의 비밀이므로
주먹은 양손으로 쥐어야 즐거운 것
꽉 쥔 손에는 그만한 기대가 들어찬다

두 가지 가운데 꽝을 고르면
아이는 만족스러운 얼굴을 했지
두꺼운 외투 안에 긴 옷의 팔을 펴 줄 때처럼

주먹만큼
아이가 주먹만큼 작았을 때
바닥에서 주운 지우개만 해도 스무 개가 넘었지
나누기엔 모자라고 가지기엔 복잡해서
사실 꽝이든 정답이든 중요하진 않았어

아이가 주먹만큼 작았을 때
책은 책상만큼 컸고
책상 위로 선을 그으면
아이들은 유람하는 배 한 척이 되어 버렸네

자로 잰 빨간 해안선을 넘나들면서
가방 옆의 가방은 더 큰 입을 벌리게 됐고
내 것도 네 것도 아니기에 가능한 경계를 지나
넘어온 물건이 점점 전리품처럼 쌓여 갔지

숨길 방법은 주먹밖에 몰라, 온통 꺼내 놓고 지내는데도
조각한 뒤꽁무니가 부러진 연필
좋아하는 색만 다 쓰고 남은 색종이
서로 탓하진 않았지

애초에
뭉텅이진 페이지를 넘기는 일은
여전히 너무 두꺼운 풍경만이 펼쳐질 뿐이라서

기억도 나지 않는 페이지의 그림들이야
맞춰 볼 생각도
그럴 필요도 없었고

우리는 여전히 뻔한 장난을 좋아했지

딱 아이만 했던 주먹

마침내
아무것도 없어 보이는 두 손을 들여다볼 때

더 이상 아이가 아닌 아이만이
손바닥 위에 잠들어 있지

# 수취인 부재

미순은 두 개의 대바늘을 교차시켰다. 붉은 털실이 대바늘 사이에서 넘실거렸다. 두 땅을 견고히 이어 주는 트러스교 같은 모습이었다. 미순은 바늘을 강하게 끌어당겼다. 바늘에 감긴 털실이 팽팽해지기 시작했다. 털실은 끌어당길수록 단단해졌다. 털실을 팽팽하게 당기지 않고 뜨개질을 하면 나중에 편물이 헐렁해져 버렸다. 미순은 기껏 만든 편물이 잘못되길 원하지 않았다. 붉은 털실이 거의 끊어질 듯이 조여들었다. 이 정도면 됐다. 이제 뜨개질을 시작할 시간이었다.

미순은 실타래를 왼쪽 바늘에 둘렀다. 실과 실 사이로 동그랗게 틈새가 벌어졌다. 미순은 새가 먹이를 낚아채듯 오른쪽 바늘로 틈새를 찔렀다. 왼쪽 바늘에 감겨 있던 실이 오른쪽 바늘로 넘어왔다. 털실이 동그랗게 말리며 매듭을 만들었다. 뜨개질 교재에서는 이 매듭을 '코'라고 불렀다. 미순은 강한 매듭을, 온전한 코를 좋아했다. 코는 미순을 실망시키지 않았다. 쌓인 만큼의 성취감이 가슴속에 빠듯하게 들어찼다. 미순은 그동안 짠 마흔여섯 코짜리 편물을 주름진 손으로 매만졌다. 지금까지 틀린 매듭은 없었다.

처음 뜨개질에 입문했을 적에는 매듭을 자주 틀렸다. 특히 코의 개수를 헷갈리곤 했다. 열 코였던 것이 뜨개질을 마칠 때쯤엔 아홉 코가 되어 있기도 했다. 그러나 뜨개질은 매듭 하나가 잘못되면 모든 매듭을 풀어야만 했다. 단단히 조여 놓은 털실을 풀어 낼 때면 얼마나 허무한지 모른다. 툭, 툭, 털실이 풀리는 소리가 무언가 끊어지는 것처럼 들렸다. 진작에 잘하지, 왜 실수해 놓고서 바로잡지 않느냐는 타박 같은 소리였다.

미순은 완성된 편물을 펼쳐 보았다. 붉은색 카디건의 등이 될 부분이었다. 카디건은 니트나 목도리처럼 간단한 구조가 아니었기에, 여러 편물을 만들고 이어 주어야만 했다. 미순은 부지런히 바늘을 놀렸다. 바늘에 둘둘 감겨 있던 털실이 편물 끄트머리를 메웠다. 편물의 코를 막는 것이었다. 코가 점점 바늘에서 빠져나가고 있었다. 코를 다 막은 다음 남은 털실은 잘라서 매듭 안에 꼼꼼히 숨겨 주었다.

미순은 굽은 허리를 쭉 펴고 팔을 뻗어서 서랍을 열어젖혔다. 그곳엔 여태까지 만들어 놓은 카디건 조각들이 다소곳이 들어 있었다. 미순은 그것들을 전부 꺼내 품에 안아 올렸다. 이제 이어 붙이기만 하면 됐다. 띠링. 메시지 수신음이 들린 건 그 순간이었다. 미순이 대바늘을 내려놓고 핸드폰을 확인했다. 내심 아들에게서 온 연락이기를 바랐다. 아들과 연락하지 않은 지 두 달이 넘어가고 있었다.

─안녕하세요. 혹시 어느 정도 만드셨는지 여쭈어도 될까요? :)

미순은 메시지 옆에 뜬 당근 아이콘을 보았다. 메시지는 미순의 손님에게서 온 것이었다. 당근마켓에 올린 뜨개질 주문 제작 게시물에 흔쾌히 주문을 넣어 준 사람. 미순은 문장 끝에 쓰인 이모티콘을 쓰다듬었다. 이모티콘은 비뚤어져 있었다. 미순은 고개를 비스듬히 기울였다. 그제야 똑바른 미소가 보였다.

미순이 쓰고 있는 애플리케이션은 노인정에 봉사차 들른 청년이 소개해 준 것이었다. 주민센터 프로그램으로 알음알음 배우던 뜨개질이 공산품처럼 번듯해지던 차였다. 청년은 미순보다 유난을 떨며 미순의 핸드폰에 당근마켓을 설치해 주었다. 미순은 텅 빈 핸드폰 화면 구석을 차지하고 있는 당근 모양 아이콘을 좋아했다. 쓰는 방법은 아직도 헷갈렸지만, 가끔 이유 없이 앱에 접속하는 날이 많았다. 애플리케이션이 보여 주는 미순의 동네는 무척 살가웠다. 테니스 랠리를 같이 할 사람을 구하는 글, 지갑을 발견했으니 가져가라는 글, 함께 등산 다닐 사람을 찾는 글……. 미순은 같은 동네 사람이라는 것만으로 이렇게 시간을 보낼 수 있다는 사실을 동경했다. 한참을 동네 소식 게시판을 들여다보다가, 중고 거래에 눈독을 들이게 되었다.

창고 한쪽에 미순이 만든 뜨개옷이 쌓여 가던 때였다. 보관할 곳이 없어 곤란하던 차에 중고 거래가 떠올랐다. 긴가민가하는 심정으로 당근마켓 앱을 켰다. '이미순'이라고 적힌 닉네임 옆에 온도계 하나가 눈에 들어왔다. 온도계는 36.5도를 가리키고 있었다.

일주일이 지나자 손님에게서 연락이 왔다. 별 기대 없이 올린 뜨개옷 판매 게시물이었다.

—혹시 니트 구매할 수 있을까요?

미순은 갑작스럽게 온 메시지에 떨리는 마음을 감출 수 없었다. 미순에게 연락하는 사람이라고는 노인정 식구들이나 자원봉사자 청년들뿐이었다. 오랜만에 받은 연락이 중고 거래 메시지라니. 나쁘지만은 않았다. 미순의 뜨개옷의 가치를 알아봐 주는 것 같았다.

미순은 고집스럽게 창고에 묵혀 둔 뜨개옷을 그날 몽땅 꺼냈다. 원래 팔기로 했던 니트에 목도리 하나를 덤으로 넣어 상자를 포장했다. 첫 거래자는 무척 친절했다. 당근마켓 사용에 서투른 미순에게 사용법을 하나하나 가르쳐 주었다.

—거래 시작 버튼 누르시면 판매자님 계좌 정보랑 제 배송지 정보가 떠요.

그 말을 믿고 덥석 버튼을 눌렀다. 미순을 차근차근 도와주던 사람의 집 주소가 떴다. 목화빌라 402호. 미순은 401호에 살았다. 무심코 현관문 쪽을 쳐다보았다. 거래자는 같은 빌라에 사는 이웃이었다.

—마무리 작업 중입니다. 오늘 안에 보낼 수 있을 듯합니다.

오타가 나지 않도록 자판을 꾹꾹 눌렀다. 카디건은 형태가 복잡해서 만드는 데에 시간을 많이 들여야 했다. 구매자 입장에서는 얼마나 초조한 일인가. 정말 편물을 짜고 있는 건 맞는지, 그런 의구심도 들 것이다. 미순은 답장을 보내려다가 잠시 고민했다. 평소와 달리 문장이 어딘가 매정해 보였다. 미순은 손님처럼 웃는 이모티콘을 덧붙여 보았다.

—마무리 작업 중입니다. 오늘 안에 보낼 수 있을 듯합니다. :)

전송 버튼을 눌렀다. 미순이 보낸 문자 옆으로 숫자 1이 떴다.

미순은 회신을 기다리며 카디건을 이어 붙이기로 했다. 카디건 조각들은 전부 코가 막혀 있는데, 이어 붙일 부분은 다시 코를 주워야 했다. 미순은 바늘에 걸린 매듭의 개수를 셌다. 스물두 코다. 코의 개수가 달라지지 않게 조심하는 게 관건이었다.

뜨개질을 갓 시작했을 적에는 자주 그랬다. 잘못된 구멍에 바늘을 집어넣는 건 예사였고, 코 개수가 달라지기도 했다. 그때는 하나 틀렸다고 그때까지 뜬 것을 다 풀어야 한다는 것이 화가 났다. 믿기지 않았다. 서툰 손길로 4시간 동안 짠 편물인데 그게 다 허사였다니. 미순은 실수를 바로잡지 않고 꿋꿋이 이어 나갔다. 그렇게 만든 편물은 어딘가 엉성했다. 그게 미순의 첫 뜨개옷이었다.


이웃집 여자는 온라인에서 만났던 것처럼 살가운 사람이었다. 여자는 찾아가도 되냐고 짧게 물었고, 미순은 굳게 닫힌 현관문을 활짝 열었다. 미순은 이런 사람이 맞은편에 살고 있었다는 사실에 입을 다물지 못했다. 미순이 여자에게 거래하기로 했던 니트 포장 상자를 건넸다. 여자는 니트에 덤으로 넣은 목도리를 꺼내 얼른 목에 둘러 보았다.

—어르신, 정말 예뻐요.

여자가 미순에게 흰 봉투를 건넸다. 원래 주기로 한 것보다 만 원이 더 들어 있었다. 여자는 그저 물건의 가치만큼 값을 치르는 것뿐이라고 했다.

미순은 봉투를 받고 핸드폰을 꺼내 들었다. 작은 안내 문구가 떠 있었다. 거래가 완료되셨다면 버튼을 눌러 주세요. 미순이 그것을 따라 거래 완료 버튼을 눌렀다. 첫 거래를 축하한다며 화려한 효과음과 미션 달성 보상인 브로치가 떴다. 처음과는 달리 미순의 닉네임 옆의 온도계가 36.6도로 올라갔다.

—그건 매너 온도인데요. 브로치를 얻거나 거래 후기가 좋으면 온도가 올라가요. 제 온도는 40도예요.

미순은 여자에게 40도라는 온도가 무척이나 잘 어울린다고 생각했다. 여자는 그만큼 따뜻한 사람이었다.

미순과 여자는 현관문 밖에서 잠시 대화했다. 이웃집에 사는데도 대화를 해 본 건 이번이 처음이었다. 가끔 엘리베이터에서 마주치기도 하지만, 데면데면한 표정으로 대충 고개를 숙였다. 엘리베이터에서 내린 후에는 완전한 타인이었다. 여자는 항상 방어적인 얼굴이었다. 엘리베이터에 같이 탄 사람이 누구든 간에 쫓기는 것처럼 핸드폰만 들여다보았다. 그 탓에 미순은 여자가 차가운 사람이라고 생각했다. 아무래도 여자를 오해

한 것 같았다. 그 후로 여자와 마주칠 때마다 반갑게 인사를 나눴다. 미순이 우체국에 갔다 오면, 어르신, 이번엔 뭐 만드셨어요, 하고 여자가 말을 걸었다. 그럼 미순은 장갑을 만들었지, 하고 대답하는 것이다. 꽤 오랫동안 그랬다.

여자는 가끔 미순의 집에서 함께 뜨개질을 하기도 했다. 정확히는 미순이 여자를 가르쳐 주는 것에 가까웠다. 여자는 이제 막 뜨개질을 시작한 초보인데, 잘 짜인 편물과 자신의 것을 비교하면서 고쳐 나가고 싶어 뜨개옷을 샀다고 말했다. 미순은 충동적으로 여자를 도와주겠다고 대답했다. 여자는 다정하게 웃었다. 강의 시간은 매주 토요일로 정했다. 미순은 토요일마다 현관문 너머의 인기척에 귀 기울였다. 조금 기다리다 보면 조심스러운 노크 소리가 들렸다. 그러면 미순이 문을 열어 주고, 여자가 어색하게 들어와 소파에 걸터앉았다.

―그럼 이제 선생님이라고 불러야 하는 것 아니에요?

미순은 그러지 않아도 된다고 만류했지만, 여자는 꿋꿋이 미순을 선생님이라고 불렀다. 선생님이라는 호칭에 미순은 새삼 낯이 붉어졌다. 매일 집에 틀어박혀 뜨개질하던 자신의 시간이 보답받은 것 같았다. 여자가 뜨개질 가방을 열었다. 여자가 짠 편물이 모습을 드러냈다. 여자의 편물은 미순이 처음에 만들었던 것처럼 뭉그러지고 늘어졌다. 미순은 코가 팽팽히 조이도록 실을 잡아당겨 준 뒤 뜨개질을 도왔다.

―도중에 코를 잘못 꿰었다면 그 부분부터 다시 하는 게 좋

아. 그러지 않으면 엉성한 편물이 나오고 마니까.

여자는 고개를 끄덕였다.

그 길지도 짧지도 않은 뜨개질 강의 시간을 미순은 사랑했다. 조명을 켜 놓고 단둘이서 뜨개질을 하다 보면 세상에 둘뿐인 착각이 들었다. 무척이나 외로워 보이던 여자의 옆모습에도 예외 없이 웃음이 피어 있었다. 아무 말 하지 않아도 그 자체로 강의였다. 뜨개질은 외로운 것도, 강요하는 것도 아니었다. 미순은 뜨개질의 자유로움을 나누고 있는 셈이었다. 여자는 매번 미소를 지은 채 편하게 입을 열었다.

—뜨개질은 두 번째로 하고 싶었던 일이었어요. 벼르고 벼르던 걸 드디어 하게 됐고요.

미순은 좋은 청자였고, 가끔 되물었다.

—두 번째로? 그럼 첫 번째는 뭐였는데?

여자의 얼굴이 망설이듯 굳어졌다. 무언가를 입에 넣고 씹는 것처럼 연신 우물거리기도 했다.

—영화……, 영화를 만들고 싶었어요. 돈도 못 버는 영화요…….

여자의 얼굴은 엉킨 실타래처럼 찌푸려져 있었다. 미순은 더 이상 묻지 않았고, 여자도 얘기하지 않았다. 미순이 아는 것이라곤 여자의 학과가 연극영화과가 아닌 경영학과라는 것뿐이었다. 경영학을 배우다 보면 영화를 만들 줄 알게 되는 걸까. 미순은 그날 경영학에 관한 영화들을 몇 개 찾아보다가 잠들었다. 그리고, 다음 날이 되어서야 그게 말도 안 된다는 것을 깨달았다. 경영학은 카메라 잡는 데엔 도무지 도움이 될 것 같지 않았다.

어느새 미순은 카디건의 단추를 달고 있었다. 조각난 천 쪼가리에 불과했던 것들이 모이니 제법 카디건의 형태를 갖추었다. 미순은 마지막에도 실수하지 않도록 털실을 잡아당겨 가며 단춧구멍을 만들었다. 혹여 단추가 떨어졌을 때를 대비해 여분의 단추도 매달아 두었다. 실수로 단추가 없어지기라도 한다면 곤란할 테니까. 무언가가 자리를 비운 공허함을 미순은 알고 있었다. 옷을 제대로 여미지 못하는 것은 고사하고, 그 단추를 끼우려 무심코 헛손질할 것이다. 아주 작은 것이지만, 단추는 생각보다 일상의 많은 부분에 쓰이고 있었다.

미순은 완성된 카디건의 어깨 부분을 두 손으로 잡고 들어 올렸다. 미순이 입을 것은 아니지만, 몸에 맞는지 대 보기도 했다. 미순은 작업이 끝났음을 알리기 위해 핸드폰을 들었다. 손님에게서 회신이 와 있었다. 아마 뜨개질에 열중하느라 못 들은 모양이었다.

─네, 이제 거래 시작 버튼 눌러 주셔도 될 것 같아요.

미순이 답장 대신 거래 시작 버튼을 눌렀다. 원래 주문 제작은 선불로 한다는데, 미순은 달랐다. 애초에 돈을 바라고 시작한 일이 아니었다. 그러니 구매자도 마음 편히 기다려 주길 원했다. 돈을 낸 상태로 오랜 시간을 기다리다 보면 지치고 조급해질 것이다. 대체 물건은 언제쯤 완성될까, 마음에 안 들면 어떡하지, 하는 걱정도 들기 마련이었다. 미순에게는 그런 마음마저 부담스러웠다. 미순은 좋은 판매자라기보다는 좋은 이웃에 불과했다. 틈만 나면 물건을 사 간 사람들의 후기를 보고, 40도를 넘어선 매너 온도를 확인하는 사람이었다.

미순은 손님의 거주지 정보를 훑어보았다. 이곳에서 멀지 않은 근처 아파트였다. 미순의 집에서 걸어서 15분 정도밖에 걸리지 않았다. 가까운 거리니 직거래가 낫겠다 싶었다. 미순이 이용하는 당근마켓은 같은 동이나 시에 사는 사람과만 교류할 수 있었다. 가끔은 아는 사람을 만나기도 했다. 직거래 구매자라면 서로 얼굴을 알아서, 손 흔들어 인사한 기억도 있다. 뜨개옷을 건네고 돈을 받는 순간보다 언젠가 마주칠 때가 더 기대되기도 했다. 어, 혹시 저번에 뜨개옷……. 여기서 다 뵙네요. 어색하게 미소 짓고 고개 숙이는 과정이 무척 우스울 것이었다.

—근데 집이 가깝습니다. 전 목화빌라에 삽니다. 직거래도 괜찮지 않을까요?

—목화빌라면 되게 가깝네요. 전 언제든 괜찮습니다. 초등학교 앞 어떠신가요?

미순은 할 일이 밀려 있었다. 우체국에 가서 보내야 할 것도 있고, 만들어야 할 것도 산더미였다. 아무래도 직거래 후에는 우체국도 들르는 게 좋을 것 같았다. 미순이 포장 상자들을 챙기며 답장을 보냈다.

—초등학교 앞 좋습니다. 30분 뒤에 거기서 만납시다.

이웃집 여자와 거래했을 때는, 선물 받은 사과 상자를 비우고 물건을 넣었다. 옷을 포장할 상자가 마땅찮았기 때문이었다. 그러나 점점 뜨개옷 주문이 늘어나고, 규모가 커지자 포장 상자를 따로 구매해 두게 됐다. 미순이 카디건을 반듯이 개어 비닐에 넣었다. 그러고는 서랍에서 포스트잇 한 장을 꺼내 볼펜으로 문구를 적어 나갔다.

—구매해 주셔서 감사합니다. 이 카디건을 입은 분이 올해도 따뜻하게 보내시길 바랍니다.

포스트잇은 카디건이 담긴 비닐에 잘 붙였다. 혹여 떨어질까, 테이프를 덧붙였다. 반드시 쓰지 않아도 되지만, 미순은 잊지 않고 써서 보냈다. 그런 미순의 작은 성의를 좋아하는 사람들도 있었다. 별점 다섯 개로 가득한 거래 후기들은 하나같이 다 섬세했다. 언뜻 보면 미순에게 보내는 장문의 편지처럼 느껴지기도 했다. 판매자님 심성이 고우셔서 목도리 결이 이렇게나 고운가 봐요. 덕분에 겨울을 춥게 보낼 걱정은 없겠어요. 미순은 글을 읽을 때마다 난로 앞에 앉아 꿀차를 마시는 듯했다.

미순은 카디건이 담긴 비닐을 상자에 넣었다. 미순이 짠 카디건도 수취인에게는 다정한 꿀차로 다가오길 바랐다.


여자는 어느 순간 사라졌다. 뜨개질 강의가 한 달째 이어지던 무렵이었다. 어딘가 불안해 보이던 여자는 그날따라 결연한 얼굴을 하고 있었다.

—선생님, 저 내일 뉴욕에 가요.

—어딜 간다고?

—뉴욕이요.

미순은 바쁘게 뜨던 뜨개질을 잠시 멈췄다. 여자는 태평하게 뜨개질을 이어 나가고 있었다. 왜 가는데? 미순은 한숨을 삼키고 이유를 물었다. 뉴욕에 가지 말라고 말하기에는 미순은 여자에 대해 아는 게 별로 없었다. 미순의 되물음이 불편하지 않았는지, 여자가 미순을 마주 보았다.

—아직 잘 모르겠어요. 그냥 계약직에서 정규직이 되지 못했을 뿐이거든요. 그다지 큰 실패도 아닌데요. 문득 가야 한다는 생각이 들었어요. 아무도 저를 모르는 곳으로 가 버려야겠다, 지금이 아니면 영영 못 갈 것 같다…….

그러곤 다시 묵묵히 뜨개질을 시작했다. 바늘이 부딪치는 소리가 났다. 미순은 오랫동안 입을 열지 않았다. 여자의 결정에 대해서 무어라 할 말이 없었다. 여자는 미순이 생각한 것보다 더 오래 고민했을 것이다. 이곳을 떠나는 것에 관해서. 미순은 결국 끝까지 아무 말도 하지 않았다. 그저 여자가 미순의 집 현관문을 나설 때 한마디 보탰을 뿐이었다.

—잘 가.

여자는 평소와 달리 들은 척도 않은 채 집을 나갔다. 그게 정말로 끝이었다. 그날 이후로 여자를 본 적이 없다. 미순은 이웃 집 현관문을 흘겨보다가, 여자의 뉴욕행이 어떤 영화의 시작점과 닮았다고 여겼다. 생판 타지로 떠나는 주인공과 그곳에서 벌어지는 따사롭고 우스운 사건들이 미순의 머릿속에서 펼쳐졌다.

미순은 안방으로 걸음을 옮겼다. 안방 장롱에는 아들에게 주려고 보관해 둔 뜨개옷이 있었다. 늘 그랬듯 우체국에 가서 아들에게 소포를 부칠 예정이었다. 뜨개옷을 직접 가져다줄 수 있는 거리에 있다면 좋았겠지만, 아들은 아주 먼 곳으로 떠났다.

아들 내외는 미국으로 갔다. 갑작스럽게 걸려 온 전화는 아들의 것이었는데, 대뜸 돈이 필요하다고 했다. 미순은 노발대발 화를 냈다. 몇 년 만의 연락인데 너는 어쩜 그리 매정하냐고. 너희 아버지가 죽고 혼자 남았을 때도 눈길 한번 주지 않더니 말이 되냐고. 그런데도 아들은 사과는커녕 미안해하지도 않았다. 차분한 어조로, 어머니도 그러셨잖아요, 하고 대답한 게 끝이었다. 미순은 아들의 말대꾸에 머리가 멍해졌다.

미순은 아들에게 희생적으로 살았다. 일 때문에 집에 자주 들어오지 못하는 남편 대신에 온갖 정을 쏟았다. 아들은 미순이 번 돈으로 학원에 다녔고, 대학에 들어갔다. 그 노력에 보답하듯 아들은 늘 좋은 성적을 가져왔다. 언젠가 아들이 자립하게 되었을 때도 미순이 집을 구해 주었다. 스스로 밥도 못 해

먹을 게 분명해 가끔 반찬도 가져다주었다. 그런데도 아들은 미순이 매정하다 말하고 있었다.

아들은 항상 수동적인 아이였다. 뚜렷하게 좋아하는 것도, 싫어하는 것도 없었다. 미순은 그런 아들에게 최대한 맞춰 준 것이었다. 좋아하는 것이 없다 하니 일단 공부를 시켰다. 이왕이면 잘할 수 있도록 여러 학원에 보냈다. 가끔 돈도 못 버는 직업을 장래 희망에 써서 내겠다 하면 자신이 바로잡아 주었다. 그러지 않았으면 생활기록부에 흠이 남았을지도 몰랐다.

미순은 정말이지 이해할 수 없었다. 대체 자신의 어느 구석이 매정했단 말일까? 미순이 예전부터 긁어모아 아들에게 쏟아 부은 돈을 합치면 못해도 수억은 족히 나올 텐데. 그래도 자신이 매정한 부모인가? 아마 남편이 살아 있었다면 몇 번이고 물어봤을 것이다. 내가 매정하다고 생각해요? 당신도 그렇게 생각해요? 남편은 미순이 뭐라고 지껄이든 무심한 데다가 일밖에 몰랐다. 그러므로 돌아올 대답도 무척 싱거웠을 터였다. 글쎄. 그럴 수도 있고, 아닐 수도 있고.

그래도 미순은 아들 내외를 위해 꾸준히 소포를 보냈다. 미순의 연락을 귀찮아하는 아들을 재촉해서 주소를 얻어 냈다. 인터넷 검색창에 낯선 영어 주소를 떠듬떠듬 검색해 보았다. 아들이 얻은 아파트는 유명 어학연수 캠퍼스 근처에 자리 잡고 있었다. 아들에게는 열 살짜리 딸이 있으니, 아마 유학을 위한 이민이겠거니 싶었다. 일리노이라고 하니 춥지는 않으려나.

며느리는 낯선 장소에 적응하지 못하는 성격이었는데 괜찮으려나. 향수병에 걸리면 어떡하지. 드문드문 아들 걱정이 치밀어 오를 때면 뜨개질을 했다. 집 안의 불을 온통 켜 두고, TV와 핸드폰은 완전히 꺼 둔 채로. 그렇게 하면 조용한 집 안에서 미순이 뜨개질하는 소리만 간간이 들려왔다. 대바늘이 서로 얽혀 튕기는 소리, 모자란 실을 슥슥 풀어 내는 소리, 허리가 아파 불현듯 뒤척이는 소리……. 미순은 그 시간을 뜨개질에 갇힌 순간이라고 불렀다. 외부와 단절되어 오로지 뜨개질에만 집중하는 순간. 뜨개질에 갇혀 있을 때면 아무 생각도 들지 않았다. 손은 차가워졌고 입은 자꾸만 말랐다. 그러나 아들 생각조차 나지 않는다는 것 하나는 마음에 들었다.

이번에 뜬 건 손녀를 위한 작은 목도리였다. 아무리 일리노이라도 추운 날은 있을 테니, 손녀의 볼이 붉게 달아오를 때 두르길 바랐다. 미순은 뜨개 목도리를 포장하면서 아들을 떠올렸다. 그리운 얼굴이지만 짜증이 치밀었다. 여태 보낸 소포가 몇 갠데 매정한 아이는 연락도 하지 않았다. 그 많은 뜨개옷을 받아 놓고도 입을 꾹 다물다니. 미련하기로는 제 아빠를 닮은 아이였다.

미순은 소포 두 개를 현관문 앞에 내려놓았다. 현관문 틈새로 추운 공기가 스며들었다. 날씨는 따뜻해지다가도 변덕스레 추워지곤 했다. 봄이 다 되었는데도 아직도 추위는 가시지 않고 있다. 미순은 안방으로 들어가 겉옷을 가져왔다. 오래전에

남편과 갔던 백화점에서 산 점퍼였다. 낡았지만 못 입을 정도
는 아니었다. 점퍼 안쪽을 가득 채운 오리털이 남편의 손처럼
큼직하고 따뜻했다. 미순은 소포 두 개를 품에 안았다. 그대로
현관문을 나서니 찬 공기가 볼을 간질였다.

　엘리베이터는 금방 왔다. 미순은 1층에서 내려 환한 복도를
걸어갔다. 오른쪽에 줄지어 늘어서 있는 우편함이 보였다. 미순
은 무심코 우편함에서 402호를 곁눈질했다. 누가 보낸 건지 모
를 우편물들이 여자의 우편함에 억지로 쑤셔 박혀 있었다. 정
작 우편물 주인은 저 멀리 떠나 버렸는데 말이다.

　미순은 우편물 뭉텅이를 빼내어 발신인을 확인했다. 몇 개는
공공기관에서 온 우편물이거나 광고지에 불과했다. 그러나 편
지는 대부분은 같은 사람에게서 온 것이었다. 투박한 글씨체로
쓰인 '이영숙'이라는 이름이 눈에 들어왔다. 뉴욕으로 간다던
이웃집 여자에게 온 것이었다. 이 사람은 누구길래 여자에게
꾸준히 우편물을 보낼까. 사실 이 우편물이 전해지기는커녕 반
송되고 있다는 걸 알기나 할까. 미순은 우편물들을 몽땅 반송
함에 집어넣어 버렸다. 이웃집 여자의 집에 새로 입주한 사람
은 우편함을 신경 쓰지 않는 모양이었다. 애초에 사람이 들어
오기는 한 걸까? 이전에도 주인 없이 방치된 우편물을 미순이
반송함에 넣어 준 적이 있었다. 모두 이영숙이라는 사람에게서
온 것이었다. 처음에는 여자가 실수로 이사 갔다는 소식을 전
하지 않았겠거니 싶었다. 하지만 우편물은 시간이 지나도 여전

히 오고 있었다. 이게 이영숙이 여자에게 연락할 수 있는 최후의 수단인 모양이었다.

　미순은 이영숙이 어떻게 생겼을까 문득 궁금해졌다. 한 가지에 이렇게나 목매는 사람이라면 입술은 일자로 굳게 다물어진 데다, 강단 있어 보이는 오똑한 코에, 한 고집 할 것 같은 두꺼운 눈썹을 가지고 있을 게 분명했다.


　─도착했습니다. 남색 점퍼에 분홍색 스포츠 바지입니다.
　초등학교까지는 10분밖에 걸리지 않았다. 미순은 빨개진 손끝을 소포에 문지르며 손님이 오기를 기다렸다. 먼저 도착했으니 그가 자신을 알아볼 수 있도록 메시지를 보내 놓았다. 그러지 않으면 초등학교 앞을 지나가는 다른 사람을 보고 미순으로 오해하는 불상사가 생길지도 몰랐다. 깜짝 카메라라도 하는 것처럼, 아니면 운명의 짝이라도 만난 것처럼 조심스레 다가가 '혹시…… 카디건……' 하는 것이다. 미순이 아니라, 지나가는 행인한테 말이다. 그런 소소한 얘기를 여자와 함께 나눴던 기억이 있다. 뜨개질의 반복 작업 구간이 지칠 때면, 여자는 입을 열고 미주알고주알 이야기를 풀어놓았다.
　─저기…… 혹시…….
　─붉은 카디건 맞아요?
　─네, 붉은 카디건이요.
　미순에게 말을 건 사람은 검은 후드티를 걸친 아들뻘의 남자였다. 그는 카디건에 어울리지 않게 몹시 큰 덩치에, 다리도 길었다. 미순은 소포를 건네주면서도 남자를 구석구석 훑어보았다. 그가 채팅으로 말해 준 치수는 여자 것이었다. 설마하니 자신의 치수를 몰라서 대충 말해 준 것일까? 남자가 미순에게 흰 우편 봉투를 건넸다. 봉투 입구를 살며시 벌려 보니 예정했던 금액이 맞았다.

　—만들어 주셔서 감사합니다. 곧 어머니가 환갑이 되셔서요. 몸이 찬 분이라 환갑 따뜻이 보내시라고 주문했어요.

　남자가 슬그머니 웃으며 고개 숙였다. 미순이 할 말은 정해져 있었다. 흰 봉투를 주머니에 대충 찔러 넣고 허리를 굽혔다.

　—어머니 마음에 드셨으면 좋겠네요. 저야말로 거래해 주셔서 감사합니다.

　포스트잇에 이미 쓴 문구를 다시 한번 말했다. 남자가 어색한 표정으로 뒤로 돌아도 미순은 그 자리에 동상처럼 서 있었다. 점점 작아지는 남자의 뒷모습이 이내 골목길 사이로 사라져 버렸다. 코를 좀 더 조이면서 촘촘히 만들어 줄걸, 그래야 어머니도 기뻐하고 손님도 기뻐할 텐데. 미순은 남자의 어머니가 카디건을 선물 받을 순간을 떠올렸다. 남자는 제 어머니가 붉은색을 좋아하고, 몸이 찬 편이라는 사실을 알고 있었다. 그러니 어머니도 싫어할 구석이 어디 있겠는가. 그저 흐뭇한 표정으로 미소 지은 채 고맙다, 정말 고맙다, 할 것이었다.

　미순은 걸어가는 남자의 등을 바라보며 괜히 서운한 마음을 느꼈었다. 미순의 아들은 그런 것도 몰랐다, 아니 알았던가? 미순은 늘 자신의 생일엔 호텔 레스토랑과 리조트를 고집했었다. 생활비로 빠져나가는 돈을 빼면 아무것도 남지 않기 일쑤였으므로, 생일날엔 좋은 것만 원했다. 그러니까 아들이 직접 만든 미역국 따위는 생일 다음 날의 잔반이 되곤 했다. 국간장을 너무 많이 넣었으니까. 쇠고기 핏기가 국물에 남아 있었으니까. 마늘이 부족했으니까. 평생 부엌엔 발도 못 들이게 한 아들이 만든 미역국은 너무 서툴렀다.

그런 애가 무슨 요리사가 되겠다고. 간도 볼 줄 모르는 애가 요리를 하고 싶다고.

돈 한 푼 못 버는…….

정말 한 푼도…….

미순은 떨어지지 않는 발걸음을 우체국 쪽으로 옮겼다. 초등학교에서 몇 미터만 더 가면 우체국이 있으니 산책을 겸하며 여유롭게 걸어가기로 했다. 생각해 보니 그랬다. 아들이 몰래 부엌에 들어가 미역국을 해 왔을 땐 그렇게 화가 났다. 부엌은 미순의 영역이었고, 이 집 남자들은 손도 못 대야 했다. 그래야만 했다. 그런데 허락도 받지 않고서 제자리에 놓여 있는 조리 기구를 어지르고 식재료를 마음대로 꺼내 썼다. 웃기지도 않은 미역국을 내놓았다. 미순은 그날 아들을 불러 요리사 놀이는 그만하라고 했다. 항상 순종적이었던 아이가 반발한 것도 그때가 처음이었다.

―놀이가 아니에요.

고개를 빳빳이 들고선 톡 쏘아붙이는 모습에 짜증이 치밀어 올랐다. 오늘따라 얘가 왜 이러지. 미순이 아들을 혼낼 때, 아들은 시선을 바닥으로 떨군 채 모든 말에 그렇게 하겠다고 대답하는 게 보통이었다.

―요리하고 싶다고요.

애가 어리고 뭘 몰라서 그런 게 틀림없었다. 기껏 아들로 낳아 놨더니. 정말 최악의 생일날이었다. 그날 이후로 아들이 미순에게 선물을 주는 일은 없었고, 음식을 만드는 일도 없었다.

미순은 아들의 탈선을 몸소 막은 사람이었다. 장래 희망 칸에는 판사로 써서 냈다. 판사가 안 된다면 변호사라도 좋았다. 어느 국회의원은 처음엔 작은 사무소의 변호사로 시작했다는 얘기를 들은 적이 있었다. 다른 애 엄마들이 아들의 꿈이 뭐냐고 물으면 판사라고 답했다. 그때 그들의 눈빛에 떠오르는 시기와 질투에 우쭐했다. 아들이 참 공부를 잘하니 좋겠어. 사람들 사이에서 그런 말이 들릴 때마다 미순의 어깨는 높아져만 갔다.

우체국에 들어서자마자 송장이 놓인 곳으로 갔다. 일반 소포 송장들 사이에 국제 소포 발송용 송장이 눈에 들어왔다. 미순이 송장 한 장을 냉큼 집어 들었다. 아들의 주소는 이미 외운 지 오래다. 영문 주소를 적기 위해 종일 알파벳 쓰는 연습을 하기도 했다. 미순은 영어를 배우지 못했다. 그 사실이 너무나 사무쳐서, 결혼하고 나면 꼭 배우겠다고 다짐했던 때도 있었다. 그래서 아들 학원은 영어 학원부터 등록했다. 적어도 아들은 똑똑하고 번듯한 사람으로 키워야 했다. 덕분에 아들이 좋은 대학을 가고 마침내 좋은 직업을 가질 수 있었다. 변호사 말이다. 아들은 변호사였다. 유명한 변호사 회사에 취직해 해외 출장을 여러 번 간, 경력 있는 변호사.

　미순은 다 쓴 송장을 들고 번호표를 뽑았다. 미순의 앞에 대기 인원은 두 명밖에 없었으니 조금만 기다리면 될 것이었다. 미순은 의자에 걸터앉았다. 해외 소포 보내는 법을 잘 모르는 노인 한 명 때문에 접수원이 애를 먹고 있었다. 미순도 처음엔 알지 못했으나 곧 익숙해졌다. 아들에겐 꼭 소포를 보내 주고 싶었다. 익숙하지도 않은 인터넷을 꼼꼼히 뒤져서 알아볼 정도였다. 그렇게 며칠씩이나 알아본 뒤 소포를 보냈을 땐 묘한 성취감이 들었다. 접수원이 준 영수증 한 장을 몇 번이고 다시 봤다. 머나먼 타지의 아들과도 일방적으로나마 소통할 수 있다는 사실이 좋았다.

　―68번 고객님, 창구로 와 주세요.

　미순이 자리에서 일어났다. 무슨 일로 오셨어요? 지극히 사무적인 말투로 접수원이 물었다. 미순이 매일같이 방문해 어느 정도 친숙해진 얼굴이었다. 아무래도 접수원 아가씨는 하루 동안 몇백 명의 사람들을 응대해야 하니 미순을 모를 것이다. 안다고 해도 살갑게 말을 붙일 정도는 아닌 모양이다. 미순은 소포를 저울에 올리면서 접수원의 얼굴을 살펴보았다. 눈 밑엔 짙게 그늘이 내려앉아 있고 젊은 나이임에도 잔주름이 심했다. 매일 엘리베이터에서 핸드폰 보던…… 이웃집 여자처럼.

—해외 소포 보내려고 하는데요. 송장은 다 적어 놨어요.

접수원에게 송장을 건넸다. 접수원은 신경질적인 표정으로 송장에 빠진 곳이 없나 확인하더니 이내 주소를 키보드로 옮겨 적기 시작했다.

—안에 뭐 들었어요?

—옷이요. 의류.

—네, 국제 소포로 보내시는 것 맞죠? 항공편으로 보낼까요, 선편으로 보낼까요?

—선편으로요.

—선편은 배송 기간도 오래 걸리고 조회도 안 돼요. 분실 위험이 있는데 괜찮으시겠어요?

몇 번이나 들었던 안내에 미순은 고개를 끄덕였다. 기껏 보낸 소포를 잃어버리는 건 싫었지만, 좀 안전하고 빠르다 싶은 것들은 배송비가 비쌌다. 한 번에 3만 원이나 하니, 세 번 보내면 벌써 9만 원이다. 반면에 선편 국제 소포는 만 5천 원밖에 하지 않았다. 훨씬 저렴한 가격이었다.

—접수되었어요.

미순은 그 말을 듣자마자 우체국을 빠져나왔다. 접수원이 건

네준 영수증이 미순의 손에 들려 있었다. 수취인 항목엔 아들의 이름 석 자가 쓰여 있다. 미순은 집으로 걸음을 옮기면서 아들의 이름을 하염없이 바라보았다. 아들은 여전할 것이다. 예전엔 늘 춥게 입고 다니다가 감기에 걸리곤 했으니, 일리노이에서도 그럴 것이다. 그냥 재채기라고 여기다가 언젠가 코가 꽉 막히고 말 것이다. 올해의 봄은 추웠다. 오한이 든 아들의 몸을 덥혀 줄 옷으론 미순의 뜨개옷이 제격이었다. 목도리를 꽉 동여매고, 두꺼운 장갑을 끼우면 되겠지. 아들이 아주 어릴 때도 그랬다. 자신보다 큰 목도리를 온몸에 감은 어린 아들은 움직이기는커녕 일어서지도 못했다.

미순이 빌라로 들어서자 가장 먼저 우편함이 눈에 들어왔다. 반송함에 쌓여 있던 우편물들이 전부 사라졌다. 그새 집배원이 다녀간 모양이었다. 여자가 정말 떠났구나, 그런 생각이 들었다. 이상하게 그것이 서운하거나 답답하지는 않았다. 여자는 떠남으로써 완벽해진 것 같았다. 뉴욕이 마치 여자의 고향인 것처럼……, 원래 그곳에서 태어난 것처럼.

엘리베이터 문이 열렸다. 이웃집 현관문에 누군가가 딱 붙어 있었다. 그녀는 안쪽을 들여다보려는 듯이 바짝 서서, 집요하게 현관문을 두드렸다. 현관문은 그녀의 움직임에 따라 무력하게 흔들렸다. 쿵쿵, 희주야, 쿵쿵. 미순은 처음에 그녀가 세입자인 줄 알았다. 그동안 본 적 없는 새로 이사 온 사람. 문이 도통 열리지 않아서 문고리를 흔들고 있는 줄 알았다. 그런데 그녀는 이름을 부르고 있었다. 희주야! 이웃집 여자의 이름이었다. 미순이 문을 두드리는 그녀를 살펴보았다. 미순은 그녀의 뒷모습에서 눈을 떼지 못했다. 그녀의 허리는 무언가를 지고 다녔던 사람처럼 굽어 있었다. 이미 둥그렇게 굽은 척추는 다시 돌아오지 못할 것 같았다. 그녀가 두드리는 걸 멈추고 뒤돌았다. 그녀는 엘리베이터 앞에 석상처럼 굳어 있는 미순을 똑바로 바라보았다.

—이 집 어디 갔어요? 여기 살던 사람인데⋯⋯, 여자요. 희주라고.

그녀의 목소리는 마치 오래된 주크박스에서 나오는 소리 같았다. 노이즈가 잔뜩 낀 나머지 발음조차 불분명했다. 미순은 자신의 목소리도 다른 사람의 귀엔 저렇게 들릴까 봐 문득 두려워졌다. 저런 못돼먹은 목소리로⋯⋯. 미순은 의식적으로 목을 가다듬었다. 미순이 젊었을 적엔 종일 아들에게 소리치느라고 목이 다 쉬기도 했었다. 지금 생각해 보면 이유는 기억나지도 않았다. 대체 왜 아들에게 소리쳤던 걸까. 전원을 끄지 않은 주크박스같이 온종일.

—희주 씨는 이사 갔어요.

—뭐라고요?

—이사 갔다고요! 가 버렸어요. 멀리 가 버렸어.

그녀는 믿을 수 없다는 표정으로 계속해서 문을 두드렸다.

그럴 리가요. 그럴 리가. 그렇게 웅얼거리는 그녀의 손에는 우편물 뭉치가 들려 있었다. 미순이 반송함에 넣었던 우편물이었다. 이영숙이 보낸 전해지지 못한 우편물들. 떠나 버린 여자에게 끈질기게도 보냈던 것이었다.

—왜 희주 씨를 찾으시는데요?

—내가 그 애 엄마니까요. 전화도 안 받고 우편물도 틈만 나면 반송되는데 걱정이 안 될 리가 있나요.

이미 독립한 아이한테 그렇게 짓궂게 굴기도 쉽지 않을 텐데. 오죽하면 여자가 고국을 떠나 버리고 싶다고 했겠는가. 미순의 아들은 적어도 어디에 사는지는 알려 줬으니 미순의 형편이 그녀보단 나았다. 연락망이라도 있다는 사실이 이토록 다행스러웠던 건 처음이었다. 누군가에게 전화가 오면 울 것 같은 표정으로 전화벨이 끊길 때까지 기다리곤 하던 여자가 떠올랐다. 누구냐고 물어보니 엄마라고 답하던 여자의 얼굴은 잔뜩 일그러져 있었다.

—얘가 얼마 전에 회사에서 잘렸거든요. 거기가 얼마나 큰 대기업인데요. 조금만 더 잘했으면! 잠을 줄여서라도 노력했으면 대기업 사원으로 이름을 날렸을 텐데요. 다른 엄마들은 제 자식이 대기업에 다닌다고 얼마나 자랑하는지 알아요? 근데 얘는 내가 돈 들여서 경영학과에 보내 줬더니, 웬 영화를 만든다고 하질 않나.

그녀는 말을 마치자마자 엘리베이터에 올라탔다. 빌라 관리원에게 여자에 관해 물으러 가는 모양이었다. 화살표가 아래를 향하고, 엘리베이터의 문이 닫혔다. 작별 인사는 없었다. 미순은 잔상으로 남은 그녀의 등을 떠올렸다. 등허리가 바닥을 향해 한없이 굽어 있었다. 뜨개질에 한껏 몰두한 미순의 등을 닮았다. 허리가 굽은 줄도 모르고 줄곧 뜨개질만 이어 나가는 미순을. 둥그렇게 굽은 척추의 끄트머리는 분명히 무언가를 맹목적으로 좇는 것처럼 보였다.

미순은 도망치듯 자기 집으로 향했다. 성급히 도어락을 누르는 미순의 발끝에 뭔가가 채였다. 서두르느라 보지 못한 택배였다. 잔뜩 찌그러지고 구겨진 택배 위엔 큰 글씨로 '수취인 부재로 반송'이라는 문구가 쓰여 있었다.

분명 미순이 보낸 택배였다. 우체국 택배 상자에 붙인 웃는 얼굴 스티커를 보면 틀림없었다.

그것도 일리노이로 보낸 첫 택배.

어렵사리 국제 소포 보내는 법을 찾아 설레는 마음으로 보냈던 서투른 뜨개옷이었다. 미순은 상자를 들고 집으로 들어갔다. 떨리는 손으로 상자에 덕지덕지 붙은 테이프를 하나씩 뜯었지만 잘 뜯기지 않았다. 무디게 깎은 손톱 탓에 자꾸만 손이 미끄러졌다. 이마에는 식은땀이 송골송골 맺혔다. 간신히 테이프를 잡아 뜯어내자 운송장도 함께 찢어졌다. 과감하게 펼친 상자 안엔 빨간 장갑이 있었다. 아들의 손에도, 며느리의 손에도, 손녀의 손에도 맞지 않을 애매한 크기의 장갑이었다.

편물은 어딘가 듬성듬성 비어 있고 흐물거려서, 금방이라도 실이 풀려 버릴 듯한 느낌을 주었다.

　미순은 장갑을 억세게 손에 쥐었다. 장갑이 미순의 손에서 뭉개졌다. 늘 착하던 아들이 왜 택배를 반송했는지 알 수 없었다. 변호사 일로 집을 오래 비운 걸까? 아니면 미순이 보낸 택배라고 생각지 못했던 걸까? 미순은 핸드폰의 1번 단축키를 눌렀다. 아들이 알려 준 해외 전화번호였다. 연락을 안 한 지 오래지만, 전화를 걸면 기쁘게 받을지도 몰랐다. 미순은 땀 때문에 자꾸 미끄러지는 손을 추슬렀다. 그러나 통화 대기음은 나오지 않았다. 아들의 목소리가 나온 것도 아니었다. 미순의 귀를 찌르는 것은 아들의 번호가 '없는 번호'라는 안내였다. 아무리 아들의 번호를 반복해서 눌러도 같은 말만 반복됐다. 미순은 친절한 안내 음성에 연신 고개를 흔들었다. 비록 멀리 떠나기는 했어도 만날 수 있으리라 믿어 의심치 않았는데. 아들과 자신을 연결하던 실이 끊어진 기분이었다.

　미순은 소파에 풀썩 주저앉았다. 마지막으로 아들을 언제 보았는지 떠올려 보았다. 출국할 때도 아들은 무심한 전화 한 통뿐이었다. 저 오늘 미국에 가요. 미순은 그때도 무작정 목소리를 높였다. 기억 속 아들의 얼굴은 점점 흐릿해져만 갔다. 미순의 머릿속에는 어린 아들이 직접 끓인 미역국을 혼자 먹던 모습만 떠오를 뿐이었다. 어설픈 미역국 한 대접을 꾸역꾸역, 혼자서 해치우던 옆모습이.

미순은 뜨개 장갑을 자신의 손에 끼워 보았다. 그것은 처음부터 맞춤 제작인 것처럼 미순의 손에 꼭 맞았다. 미순은 이제 아들의 어느 것도 확신할 수 없게 되었다. 아들이 정말 일리노이에서 변호사로 일하고 있는지, 손녀의 유학으로 일리노이 이민을 결정한 건 맞는지. 미순은 곰곰이 생각하다가 이내 고개를 떨구었다. 뜨개 장갑은 형태를 유지하지 못하고 흘러내리기 시작했다. 제대로 조이지 않은 실이 점점 풀리고 있었다.

첫 코부터 잘못 뜬 것 같았다.

# 『전태일평전』독서 감상문

살아가면서 잊히지 않는 이름이 있고 잊어서는 안 되는 이름이 있다고 생각합니다. 이 책을 읽고 나서는 그 이름이 이 책의 주인공이라는 사실을 알게 되었습니다. 전태일이라는 이름을 들어 본 것은 아주 오래전 일입니다. 사람들이 이 이름을 부를 때 왜 가슴이 먹먹해졌는지 몰랐으나, 그 이름을 잊지 못하는지 몰랐으나 이제 알 것 같습니다. 역사에 남는 이름 석 자는 남겨질 만한 가치가 있을 때 차지할 수 있는 자리라는 것을요.

이 책에서 그려지는 전태일의 삶에서 가장 중요하다고 여겨지는 건 아마도 그의 어린 시절인 것 같습니다. 사람은 어린 시절의 삶을 바탕으로 살아갈 구실과 이유를 찾아간다고 생각하였는데, 그에게도 어린 시절의 배경과 치열했던 삶이 그를 횃불처럼 단단하고 빛나게 만들지 않았나 하는 생각이 듭니다. 어린 시절 그는 남대문초등공민학교를 다닐 때 공부를 하는 것이 시간이 빨리 간다고 느껴질 정도로 아주 좋았다고 이야기합니다. 그가 즐거웠던 것은 하고 싶은 공부를 하는 것에도 있지만 아마도 그 나이 때에 가장 온전히 할 수 있는 일을 한 것이라는 생각에 즐거워했던 것 같아서, 그때 그 시절을 붙잡고 싶다는 생각을 하지 않았을까,라는 생각이 들었습니다. 또 부산에서 열차를 타고 대구에 도착했을 때 그가 삶에서 밀려나지 않으려고 했던 모든 행동들을 보고 저 자신까지 가슴이 떨렸습니다. 그 시대에 저는 존재하지 않았지만, 공부도 돈도 가족도 그를 힘들게 하며 가만두지 않았다는 생각이 들었습니다. 자신은 공부를 하지 못하였지만 동생을 서울에 데리고 와서 박스 밑에서 자면서까지 동생을 공부시키려고 한 그의 이야기를 읽으며, 그가 세상에 의해 너무 일찍 어른이 되어 버린 것은 아닐까라는 생각이 들어 가슴이 먹먹해졌습니다.

그의 가장 치열했던 시절은 바로 평화시장에서 재단사로 일하던 시절이었는데요. 아마도 이곳에서 그가 보여 준 행동들이 청춘이라는 이름을 가진 가장 빛나던 순간이었던 것 같습니다. 사실 아직도 전태일이라는 인물이 교과서에서 불리고 쓰이고 기억되는 건 말로만 다하지 않은 그의 모습 때문이었을 것입니다. 그는 바보회를 조직하여 노동 환경 실태 조사도 하고 의견도 함께 모아 노동청에 진정서를 제출하기도 했지만, 아무도 그의 이야기를 들어주지 않았습니다. 조금 더 나은 환경에서 정당하게 보상받고자 하는 것은 요구가 가능한 행위가 아니라 선을 넘는 행위로 치부돼 버렸습니다. 하루에 아침 8시부터 밤 10시, 11시까지 일을 하는 행위에 대한 답과 아픈 곳에 대한 것, 노동청에 진정서를 제출한 것, 이 모든 것들이 마음이 아팠지만 가장 슬펐던 건 근로감독관과 대통령에게 보낸 편지였습니다. 편지에 써 있는 글자들이 글자 그 자체로 존재하는 것이 아니라 살아 움직이듯 마음속에 하나둘 꽂혔지만 그러한 간절한 편지를 보고도 모른 척하고 자신들만을 생각한 것으로 보아 시대의 공기와 흐름이 사람들에게 얼마나 가혹했는지를 잘 느낄 수 있었습니다. 그는 나중에 평화시장에서 노동운동을 이끄는 선도자라는 이유 하나만으로 평화시장 어느 곳에서도 받아 주지를 않아 공사장에서 일하다가 다시 돌아와서 재단사로 일하였는데, 또 해고당하고 노동운동의 자금 문제와 앞으로의 방안에 대한 답답한 생각으로 힘들어합니다. 이후 목숨을 바쳐서라도 바로잡아야겠다는 생각을 아주 오랫동안 하는 모습, 그가 노동운동을 하고 사회를 더 나은 모습으로 바꾸기 위한 노력을 뚝심 있게 한 것은 너무나도 존경스러웠습니다. 그리고 그가 마지막이라고 생각한 날 잘 차려입고 여동생에게 인사를 건네고 나와 노동운동에 참여하려 하자 형사에게 붙잡히고, 결심했던 대로 몸에 기름을 부어 불을 붙였을 때 다 알면서도, 알고 싶어 하지 않으면서 침묵하는 세상에 대한 분노가 터져 나오는 것 같아 그의 인생을 읽으면서 순간순간 웅덩이에 빗물이 차오르듯 감당이 되지 않을 정도로 마음에 슬픔이 차올랐습니다. 그리고 그가 근로기준법을 준수하라,라고 외치는 순간에는 사용되지도 못한 채 겉핥기식으로 이름만 가지고 있던 법이 힘을 얻게 되어서 학생들이라면 반드시 배우게 된 근로기준법이 세상에 나와 빛나게 된 것은 알아주는 사람을 만났기 때문이라는 생각이 듭니다. 법이 법으로서 온전해진 것 같아 그 대사가 잊히지 않습니다.

이 책을 다 읽은 후 생각한 것이 있다면, 나중에 그가 세상이 조금이라도 나아졌는지 물어본다면 그에게 떳떳하게 이야기할 수는 없을 것 같다는 것입니다. 세상은 여전히 안 보이는 곳에서의 치열함은 그저 한곳에 묻어 둘 뿐이니까요. 그래도 한 가지 이야기할 수 있는 건 그가 자신의 희생으로 다른 사람들은 행복했으면 한 것, 인간다운 삶을 보장해 주려는 것에서 그래도 세상이 조금은 그의 시선에서 바라봐 주고 있다는 것에 여전히 감사해하고 있다는 그 사실, 그것은 확실히 전하고 싶은 말입니다. 이 책은 한 사람의 역사이자 인간다운 삶을 보장받기 위해 세상의 시선을 바로잡은 치열한 사람들의 역사이기도 하여 감동적이었습니다. 너무나도 가혹했던 시절에 이 모든 게 실제라고는 믿을 수가 없을 정도였습니다.

마지막으로 이 책의 가장 큰 장점은 세상의 현실에 맞서고 싶지 않은 사람들, 아들을 노동운동으로 보낼 수 없는 부모님, 아직 어른의 도움이 필요한 여동생까지 어떤 사람의 심정도 놓치지 않고 현실적인 관점에서 잘 녹여 내려고 하였다는 것입니다. 그 때문에 이 책을 모든 부분에 대해 인상 깊고 여운이 남게 끝까지 읽을 수 있었습니다.

그것은 자신을 보고 바보라고 부르는 세상의 거꾸로 된 가치관에 대한 도전이었고, 자신이 가려고 하는 길이 절대로 그릇된 길이 아니라고 하는 강렬한 자기 확신의 표현이었다. ─『전태일평전』에서

## 옥탑의 난시

좁고 가파른 계단에서는
안경을 고쳐 쓸 수밖에 없다
계단이 자꾸만 건반처럼 보여서

지붕을 밟고 살게 되는 옥탑방
건너편에도 옥탑방이 있다
안경알이 두 개인 것처럼

안경을 벗으면 눈이 커지는데
시야는 한없이 좁아지게 되고
콧등에 남은 그림자가 짙어질 때쯤
나는 피아노 뚜껑을 덮는다
집은 옮겼지만 피아노까지 옮길 순 없어서

더 멀리 보기 위해 남는 안경 자국
밤보다 낮이 더 어두운 동네

어둠에 무감각해질 때
안경보다는 빛을 찾게 되듯이

나는 거리에 남겨 놓고 온 피아노를 떠올린다
가로등 불빛이 건반을 누르는 사이
골목에 울려 퍼지는 실내악

깨진 안경처럼 놓인 집을
유일하게 들여다봐 주던 해가 지면
동네의 낡은 어둠만이
계단을 건반처럼 오르겠지

나는 손에 남은 온기를
조금씩 눌러 본다

# 출입 금지

입구에 스티커가 붙어 있었다
금지 표시 안에 갇혀 있는 개
자동문이 완전히 열리기도 전에
알아볼 수 있었다

키즈카페에 맡겨진 아이들
알바생이 혼이 빠진 것처럼 졸고 있었다
아이들을 보는 사람은 아무도 없었다

개가 허공을 보고 짖으면 그곳에 귀신이 있는 거래
어느 구멍으로 들어온 것인지도 모를 개가
허공을 향해 짖고 있었다

아이들은 무엇 위에 서 있는지도 모르고
웃으면서 뛰어다녔다
그중에서 한 아이가 허공만 바라보고 있었다

트램펄린을 밟을 때마다
땅속으로 끌어당겨지는 기분

누가 나를 지하로 데려가려고 하는 걸까
창가에 오랫동안 놓여 있던 식물이
더 온전히 서 있을 수 있도록 물을 부었다

아이들이 바닥을 보기 전에
갇혀 있던 개가 탈출하기 전에

버튼을 누르지도 않았는데
자동문이 열렸다
물을 많이 줘도 식물이 죽는 것처럼

## 어항 속 열대

탁자에 놓인 어항 속
열대어 한 마리가 뻐끔거린다


열대어에게서 새어 나오는 기포
수면에 다다를 때
조용히 터지는 외로움이 있다


한 마리로 가득 찬 어항을 들여다보면
표면에 비치는 빈 소파가 유독 넓어 보인다
겨울이 깊어질수록 천장이 낮아지는 집


어항 속 여름과 달리 밖에선 눈이 내리고
나 대신 벽지가 젖기 시작한다
얼룩만큼 작아지고 있던 내가
겨울 안에서 홀로 서 있다


창문 밖의 소리만이 집 안을 채울 때면
나는 창밖을 보곤 한다
말을 오랫동안 하지 않아서

입 안에 고인 침을 삼키려 했는데

열대어를 삼켰다
입 안의 여름을 남겨 두고 싶어서
어항에 물을 붓자 높아지는 여름의 천장

헤엄도 치지 않는 열대어와
눈이 마주칠 때 허공에 대고 입을 열면
말 대신 나오는 입김

좁은 어항만큼 넓어진 집 안에서
나는 숨을 쉴 수 없다
어느 곳에도 닿지 못한 채
부유하고 있다

# 회색빛을 내는 바다

\*

파도 하나의 여운이 가시기 전에 더 큰 파도가 쳤다. 열린 창문으로 들어온 짠 바다 냄새가 운전석을 맴돌았다. 가온은 창틀에 기댄 팔로 턱을 괸 채 바람을 맞으며 달렸다. 음악 소리는 들리지 않았지만 몸을 들썩였다. 공장에 들어와 하는 일 중 선배들의 심부름이 절반을 차지했다. 하지만 트럭을 끌고 도로를 달릴 때만큼은 달랐다. 방지 턱을 넘을 때 트렁크에 가득 쌓인 제품들이 이리저리 부딪쳤다. 그럴 때마다 가온도 운전석 천장에 머리를 세게 박았지만 바보처럼 실실 웃기만 했다. 선배들의 심부름을 할 때보다 훨씬 밝은 표정이었다. 환한 얼굴 옆으로 바다가 반짝거렸다. 태양 빛이 금빛 가루를 뿌린 듯했다. 유난히 컸던 파도 소리는 공장에 가까워질수록 점점 작아졌다. 파랗던 바다는 채도가 점점 낮아져 회색빛을 냈다.

회색 바다 앞에는 회색 공장이 보였다. 항상 크게 들리던 기계 소리가 들리지 않았다. 시끄러운 소음 대신에 가온의 흥얼

거리는 노랫소리가 멀리 퍼졌다. 그는 평소와 같이 작업복을 챙겨 탈의실에 들어갔다. 칙칙한 남색 옷을 입으면 얼굴색도 칙칙해지는 기분이었다. 밝은 표정을 지어 보며 지퍼를 올리는데 멀리서 호통치는 소리가 들렸다. 가온은 어깨를 크게 들썩였다. 그러곤 작게 신음을 내며 얼얼한 손가락을 내려다보았다. 지퍼에 살이 집혀 피가 뚝뚝 흘렀다. 놀란 심장이 가슴과 손가락 두 곳에서 뛰는 것 같았다. 탈의실 문을 조심스레 열고 밖으로 나섰다. 한쪽에 모여 있는 직원들이 보였다. 모두가 똑같은 작업복을 입고 줄 맞춰 서서 앞으로 두 손을 모은 채 고개를 숙이고 있었다. 그 분위기는 끈을 꽉 맨 작업 신발처럼 답답했다. 가온도 서둘러 대열 끝에 합류했다. 목이 터져라 소리치던 공장장은 들고 있던 사진들을 구겨 앞쪽으로 세게 내던졌다. 구겨진 사진들을 피하며 직원들은 앞사람 뒤에 바짝 붙어 머리를 숨겼다. 미처 피하지 못한 가온의 이마에 부딪힌 사진들이 발밑으로 떨어졌다. 가온은 허리를 숙여 그것을 주워 들었다. 해변에 죽은 채로 떠밀려 온 물고기들이었다. 그것들은 하나같이 배를 보이고 축 늘어져 있었다. 반짝이던 비늘이 눈에 띄게 탁해진 모습이었다. 초점 없는 눈알을 손바닥으로 쓸었다. 굳은 피딱지 사이로 뜨거운 피가 흘러나와 사진에 스며들었다.

가온은 소리가 나지 않도록 조심스럽게 사진을 폈다. 죽은 물고기의 배를 새가 부리로 쪼아 먹고 있는 사진이었다. 그 사이로 내장이 흘러나오고 있었다. 분홍빛이어야 할 내장에는 초록색 이물질들이 섞여 있었다. 죽은 물고기들과 공장 제품들이 뒤엉킨 모습이 눈에 띄었다. 다른 사진에선 물고기 한 마리 한 마리가 자세히 보였다. 배가 터진 채 죽어 있었다. 터진 배 사이로 이물질들이 흘러나왔다. 이외에도 입에 텀블러 뚜껑을 물고 죽었거나, 친환경 빨대가 눈을 뚫고 나와 눈알이 보이지 않는 사체들도 많았다. 심지어는 찢어진 에코백이 몸에 엉켜 아가미를 열지 못해 죽은 물고기도 보였다. 물고기 열에 아홉은 모두 가온이 일하는 공장의 제품과 엉겨 있었다. 마지막 사진에는 셀 수 없는 양의 물고기들이 물 위에 둥둥 떠 있었다. 공장장은 침방울을 튀기며 물고기를 회수하라고 말했다. 얼굴이 새빨개진 채로 외부에 절대 퍼져 나가서는 안 된다고 경고했다. 특히 과장에게는 일이 잘못될 경우 모든 일을 책임지게 하겠다는 협박까지 뱉었다. 공장장이 나가자 직원들은 조급해졌다. 과장은 직원들을 모았다. 모두 그의 눈을 피하기 바빴다. 사진만 봐도 더럽고 냄새나는 일이 분명했기에 누구 하나 말을 꺼내지 않았다. 과장은 두툼한 손바닥으로 가슴을 치며 답답하다는 듯이 얼굴을 찡그렸다. 그러면서 자신도 함께 가겠다고 말했다. 눈알을 굴리며 해변에 갈 사람을 추려 냈다. 뽑힌 직원들은 쉽게 고개를 끄덕이지 못했다. 과장의 목소리가 커질수록 어깨를 움츠렸다. 고개를 들지 못하는 사람들 머리 위로 과장의 어두운 그림자가 덮였다. 마지못해 작은 소리로 대답했다. 과장이 직원들의 어깨를 두드리며 차로 데려가기 전까지는 숨소리조차 내지 못하고 얼어 있었다.

결국 다 함께 차를 타고 해안가로 나섰다. 가온은 트럭을 운전해 그 차를 따라갔다. 궂은일은 막내 가온의 몫이었다. 회색 차에 붙은 스티커가 눈에 들어왔다. 초록색 거북이 한 마리가 지구를 들고 있었다. 눈을 동그랗게 뜨고 입만 활짝 웃는 얼굴이었다. 가온은 까만 눈을 빤히 쳐다보았다. 거북이의 입꼬리가 점점 내려가는 것처럼 느껴졌다. 도착한 해변의 모습은 처참했다. 물고기 사체들은 생각보다 많았고, 악취는 상상할 수 없을 만큼 심했다. 선배 중 한 명이 헛구역질을 하기도 했다. 아침과 달리 태양은 어두운 구름 뒤로 숨어 버렸다. 푸른 바다가 회색빛을 냈다. 바다는 도와 달라는 듯이 끈적하고 느리게 다가와 힘겹게 그들의 발끝을 적셨다. 그러고선 빠르게 멀어졌다. 하지만 누구 하나 먼저 나서는 사람이 없었다. 저절로 눈살을 찌푸리게 하는 사체들 때문에 넋이 빠진 채 바라만 볼 뿐이었다.

"야, 구경하러 왔어? 빨리 치워야 여러모로 편하지 않겠냐."

항상 직원들을 가리키던 과장의 손끝이 바다를 향했다. 그는 비닐장갑 두세 장을 대충 뽑아 들고 위쪽으로 올라갔다. 가온은 가장 더러운 곳 앞에 섰다. 그래도 형태를 유지하고 있는 위쪽과 달리 그의 앞엔 배가 터지고 몸이 잘려 여기저기 흩어진 물고기들만 보였다. 잘린 물고기 몸통을 하나 집었다. 물기를 가득 머금은 빨래처럼 축 늘어졌다. 죽은 물고기는 미지근했다. 얇은 비닐장갑을 뚫고 느껴지는 물컹한 촉감 때문에 몸을 떨었다. 미간을 좁힌 채로 굳어 있는 가온에게 여자가 무언가를 내밀었다. 한 갈래로 꽉 묶은 검은 머리가 눈에 들어왔다. 세희였다. 그녀는 사무실에 들어가면 늘 밝은 표정과 목소리로 반겨 주었다. 항상 초롱초롱한 눈에 열정이 가득했다. 공장장이나 과장이 커피 심부름을 시킬 때면 요즘 그런 일 시키시면 큰일 나요,라고 웃으며 말했다. 그 미소는 왠지 모르게 강해 보였다. 승진을 위해 적당히 상사의 비위를 맞추기는 했지만 자신을 낮추지는 않았다. 휘어질 줄 아는 나뭇가지 같았다. 본인의 심지가 강해 유연하지만 부러지지 않았다.

언젠가 다른 사람의 잘못으로 가온이 혼나고 있을 때였다. 어깨를 잔뜩 움츠리고 고개를 푹 숙인 채 과장의 화를 받아 냈다. 크고 흥분한 목소리 때문에 직원 모두가 눈치만 보고 있었다. 그때 오해를 풀어 준 사람의 이름표를 봤다. 그 이름은 세희였다.

세희가 내민 것은 고무장갑이었다. 눈만 깜박이자, 그녀가 투박한 고무장갑을 끼워 주었다. 손에 닿는 물컹거리는 촉감이 덜 느껴져 한결 나았다. 덕분에 서둘러 일을 시작했다. 널린 물고기들이 거의 정리될 즘이었다.

"언젠가 이렇게 될 줄 알았어요."

세희는 허리를 펴고 푸른빛을 잃은 바다를 보며 말했다. 가온은 그녀를 바라보다 허리를 두드리며 먼 수평선으로 시선을 옮겼다. 세희는 작업복 안주머니에서 여러 장의 종이를 꺼내 가온에게 건넸다. 그는 얼떨결에 받은 종이들을 찬찬히 살폈다. 사진과 글자가 빼곡했다. 제법 진지한 표정을 보고 그녀가 다시 입을 열었다.

"그 종이, 김 선배 자리에 있었어요. 전달해 드릴 서류가 있어서 갔는데, 아무래도 작은 일은 아닌 것 같아서 복사한 거예요. 다음 장도 읽어 봐요."

세희는 언젠가 자신에게 일어날지 모를 불길한 일에 도움이 될 것 같아서 가지고 있었다. 혹시 누가 보기라도 할까 회사에서는 절대 꺼내지도 않았다. 언젠가 세희가 그 서류를 들여다보자, 선배가 잽싸게 종이를 뺏어 버렸다. 종이를 뺏길 때 엄지손가락을 베여 피가 맺혔다. 선배는 가장자리가 붉게 젖은 종이를 파쇄기에 갈려다가 그것마저 불안했는지 밖으로 가지고 나갔다. 하얀 종이는 창문 밖에서 검게 타들어 갔다. 그는 까만 재로 변해 버린 종이를 발로 밟아 문질렀다. 돌아가는 그의 뒤로 까만 발자국이 따라왔다. 그때와 마찬가지로 지금 세희의 눈동자에는 많은 생각들이 담겨 있었다. 가온이 든 종이의 사진 아래에 더 이상 이곳에 폐기물을 버리지 말라는 경고문이 보였다. 다른 곳을 찾아보라는 내용도 함께였다. 가온은 알아서는 안 될 일을 알아 버린 것처럼 심장이 벌렁거렸다. 심장 소리가 점점 커져 섬 전체에 북처럼 울릴 것 같았다. 그런 가온의 마음을 아는지 심장 소리보다 크게 파도 치는 소리가 들렸다. 언제든지 섬을 덮칠 준비가 된 것처럼 말이다. 어느새 회색빛이 된 바다는 플라스틱 조각들을 잔뜩 머금고 있었다. 그 조각들이 바다를 조종이라도 하는 것 같았다. 그는 떨리는 손을 숨기려 애썼다. 침착하게 침을 삼켰다. 그 소리는 파도 소리만큼 컸다. 세희는 눈썹을 치켜올리고 미소를 지으며 말했다. "와, 이러다가 우리 다 잠겨 죽겠네." 그 말이 계속 가온의 귀에 맴돌았다.

"혹시 잘리면 써먹으려고 남겨 뒀는데, 오늘 보니까 그러면 안 될 것 같아서. 회사에서 사고 치면 우리가 어디 일러 버려요. 비정규직들끼리 뭐 하나 해 봅시다."

가온은 대답 없이 고개만 살짝 끄덕였다. 잠긴 목을 풀려고 헛기침을 하자 과장의 목소리가 들렸다. 그녀는 급하게 가온이 들고 있던 종이들을 챙겼다. 그중 종이 한 장이 그의 발등 위로 떨어졌다. 거뭇거뭇한 사진이 힐끗 보였다. 세희는 가온의 손이 종이에 닿기 전에 재빨리 주워 사람들이 모인 쪽으로 달려갔다. 언뜻 스친 사진 하나가 가온의 머릿속에서 떠나지 않았다.

*

직원들이 커다랗고 깊은 구덩이 주위에 둘러섰다. 텅 빈 구덩이로 떨어진 돌멩이가 한참 뒤에야 소리를 냈다. 그 속으로 사체들을 쓸어 넣었다. 까만 구덩이에 까만 사체들이 쌓여도 채워지는 티가 나지 않았다. 비늘끼리 부딪히며 퍼덕이는 소리가 났다. 죽은 물고기들이 자꾸 살아 있는 흉내를 냈다. 사진에서 본 검은 눈동자와 자꾸 눈이 마주쳤다. 끝없이 쏟아져 내리는 눈들을 피할 수 없었다. 구덩이가 가득 차자 과장이 기름을 퍼부었다. 표정 하나 변하지 않고 구덩이 주위를 돌며 구석구석 힘을 주어 뿌렸다. 발을 헛디뎌 조금만 체중이 앞으로 쏠리면 기름통과 함께 구덩이 속으로 빠질 것 같았다. 부들거리며 기름통을 기울이자 기름이 더 콸콸 쏟아져 나왔다. 물고기들은 물이 아닌 기름에 잠겼다. 꼭대기에 쌓인 물고기 중 한 마리가 입을 뻐끔거렸다. 가온이 움찔했다. 하지만 그 움직임은 오래가지 못했다. 과장은 겉옷 안주머니에서 라이터를 꺼내 불을 붙였다. 불은 무서운 속도로 물고기 더미를 삼켰다. 턱까지 올라오는 불꽃은 화난 사람의 얼굴색과 같았다. 점점 커지는 불길은 그들의 머리 위까지 올라왔다. 사람들은 멍하니 그 모습을 바라봤다. 타닥타닥 비늘이 타는 소리가 들렸다. 직원들의 표정은 왠지 모두 닮아 있었다. 뜨거운 불기운 때문에 구덩이 주위가 일렁거렸다. 커다란 불구덩이 너머로 김 선배의 얼굴이 보였다. 연기 때문에 흐려진 선배의 얼굴도 일렁였다.

그때였다. 맑은 알림 소리 여러 개가 겹쳐 울렸다. 사람들이 너도나도 핸드폰을 꺼냈다. 가온의 핸드폰이 뒤늦게 소리를 냈다. 작은 화면을 켠 직원들의 표정이 구덩이 안을 바라볼 때보다 훨씬 어두워졌다. 단체 문자는 내용 없이 덩그러니 기사 링

크 하나만 전송됐다. 가온이 링크를 누름과 동시에 화면이 까매졌다. 배터리 경고 없이 꺼져 버린 핸드폰에 그의 얼굴이 비쳤다. 당황한 기색이 역력했다. 세희가 자신의 핸드폰을 그에게 던져 주었다. 기사에는 사체들이 흩어진 해변 사진이 실려 있었다. 스크롤을 조금 내리자 대표의 입장문이 보였다.

쓰레기 무단 투기와 관련된 이슈는 사실이 아님을 알립니다. 각 공장에 확인해 본 결과, 불량품들은 안전하고 정직한 방법으로 폐기되고 있으니 부디 억측을 멈추어 주시기 바랍니다. 환경과 관련된 일에 휘말리게 되어 죄송합니다. 앞으로 저희 기업은 환경 보호를 위해 더 노력하겠습니다.

글에서 사체 썩는 지독한 냄새가 풍겼다. 탄내와 섞여 기침이 났다. 과장은 헛웃음을 치며 구덩이 안으로 침을 뱉었다. 뒷정리하고 가자. 짜증이 가득한 목소리였다. 선배들은 가온의 어깨를 두드리고는 모두 차에 올라탔다. 구덩이 주위에는 가온과 세희만 남았다. 삽으로 모래를 뿌리며 가온이 물었다.

"왜 하필 나예요? 나를 믿어요?"

"믿음이 가는 얼굴이야."

그녀를 쳐다보았다. 살짝 웃고 있었다. 눈이 마주치자 세희가 다시 입을 열었다.

"회사가 외면하는 사람들이 큰일 하는 거, 재미있잖아요. 이번에도 우리 둘만 정규직 못 될걸요. 안 봐도 뻔하지."

　돌아가는 차 안은 삭막했다. 누구 하나 먼저 소리 내지 않았다. 가온은 애써 푸른 하늘을 바라봤다. 김 선배의 얼굴이 자꾸 떠올랐다. 정규직 채용 기간만 되면 눈을 피하던 공장장의 얼굴이 생각났다. 그 기간에는 세희의 웃음도 씁쓸해 보였다. 길게 한숨을 내뱉었다. 회사에 취직한 후 날아다닐 것만 같던 시간들이 허무하게 느껴졌다. 그때만 해도 떼죽음 당한 물고기를 땅에 묻을 것이라고는 생각조차 하지 못했다. 이런 회사의 정규직은 원하지 않았다. 그렇다고 해서 평생 비정규직으로 살 수는 없었다. 통장 잔고를 보다가 들고 있던 숟가락을 내려놓은 게 바로 어제였다. 하늘이 점점 어두워졌다. 회색 구름이 푸른색을 잡아먹었다.

　어느새 비가 내리기 시작했다. 긴 와이퍼가 누웠다가 일어서기를 반복하며 물방울들을 쓸어 냈다. 그 속도가 점점 빨라졌다. 도로의 양 끝에 물웅덩이가 생겼다. 가온은 생각했다. 처음은 산, 두 번째는 바다. 그다음은 저 하늘일까. 조금 전에 죽은 눈동자들을 보고도 직원들은 태연해 보였다. 꼭 남의 일처럼 느끼는 듯했다. 불안한 생각들이 머릿속을 떠나지 않는 가온과 다르게 나머지 사람들은 그냥 피곤한 얼굴이었다. 떨어지는 빗방울에도 플라스틱 조각이 섞여 있지는 않은지 빤히 쳐다보았다. 바다에서 밀려오고, 하늘에서까지 떨어진다면 섬은 플라스틱 더미가 되어 버릴 것이다. 건물보다 높게 쌓인 플라스틱 더미에서 허우적대는 자신을 상상했다. 빠져나오려 버둥댈수록 점점 더 속으로 들어갔다. 입과 코로 플라스틱 조각들이 잔뜩 들어와 숨을 쉴 수 없었다. 헉, 하는 소리와 함께 가온이 정신을 차렸다. 물방울이 부딪히는 소리가 불안해서 창문을 바라봤다. 그곳에 붙은 거북이가 보였다. 깔끔한 바깥쪽과는 달리 차 안에서 본 스티커 뒷면은 먼지와 머리카락들이 뒤엉켜 있었다. 먼지 주위로 기포가 들어가 울퉁불퉁했다. 둥글게 말린 머리카락과 그 안에 갇힌 먼지들이 섬과 사람들을 떠올리게 만들었다. 비를 맞아 거북이의 얼굴이 축축했다. 바람과 비 때문에 너덜너덜해진 거북이 위로 공장의 그림자가 드리웠다. 더 이상 거북이의 표정이 보이지 않았다. 가온은 지구 주위를 도는 위성들 사이에서 웃고 있는 거북이들을 상상했다. 그곳에서도 이리저리 치이는 중이었다.

*

공장에 돌아온 사람들은 샤워실로 모였다. 샤워기에서 쏟아지는 물소리가 파도를 떠올리게 했다. 물을 맞으며 가만히 서 있는 가온을 보고 멀리서 김 선배가 기웃거렸다. 할 말이 있는 듯이 입을 몇 번 열었다 다물었다. 마른 입술에 침을 한 번 바르더니 가온에게 다가왔다. 가온은 쏟아지는 물소리 때문에 그가 오는 소리를 듣지 못했다. 그는 손등으로 가온의 팔뚝을 툭 툭 쳤다. 흘러내리는 물이 사방으로 튀었다. 가온은 어깨를 크게 들썩이고 뒤를 돌아봤다. 김 선배의 얼굴을 보고 한 번 더 움찔했다. 물을 잠글 생각도 하지 못했다. 가온은 이마를 덮은 젖은 머리를 넘기고 그의 얼굴을 쳐다봤다.

"야, 그, 내가 예전에 시킨 일 있잖아. 과장이 자르겠다고 협박까지 하는데 안 할 수가 없었어. 내가 잘리면 우리 가족들은 누가 먹여 살리겠어. 그러니까 잊어 주라. 부탁할게."

가온은 대답 없이 고개를 꾸벅 숙였다. 그러자 김 선배는 미소를 지으며 가온의 머리를 털어 주었다. 하지만 가온의 복잡한 생각은 오랜 시간 굳어 버린 갯벌의 진흙처럼 씻겨 내려가지 않았다. 힘을 주어 샤워볼을 문질렀다. 그 소리가 샤워실 전체에 울려 퍼졌다. 선배들은 야, 화났냐?라며 장난을 쳤다. 숨을 들이쉴 때마다 비린내가 진동했다. 몸에서 나는 냄새인지 마음에서 나는 냄새인지 알 수 없었다. 가온은 말없이, 멈추지 않고 계속해서 문질렀다. 강한 비누 향도 그의 몸에서 나는 냄새를 덮지 못했다. 오히려 향기로운 냄새와 섞여 더 괴로웠다. 냄새는 지워지지도 덮어지지도 않았다. 하얀 거품이 물에 씻겨 내려갔다. 피부에서 거품이 미끄러질 때마다 따끔거렸다. 피부가 누구에게 맞은 것처럼 빨개졌다. 물이 들어간 눈을 꽉 감았다. 밝았던 조명이 꺼지고 순식간에 어두워졌다. 가온은 홀로 남았다. 얼굴 위로 물이 흘렀다. 빨개진 눈가에 힘을 주었다. 바로 옆 탈의실에서 대화하는 소리가 어렴풋이 들려오는 가운데 샤워실엔 샤워기에서 떨어지는 물소리만 울렸다. 가온은 소리가 입에서 새어 나가지 않게 아랫입술을 꽉 깨물었다. 힘을 주어 쥔 주먹이 빨개졌다. 세희의 말이 자꾸 머릿속을 맴돌았다. 벽에 머리를 반복해서 박았다. 통통거리는 소리는 그의 귀에만 들리지 않았다.

[우리, 옳은 일 합시다.]

가온은 전송 버튼을 누르고 핸드폰을 껐다. 비가 그친 뒤 촉촉해진 땅을 밟았다. 나뭇잎에 고여 있던 물방울이 떨어져 그의 정수리를 적셨다. 아직 마르지 않은 머리카락이 시원한 공기를 끌어들였다. 순식간에 머리가 차가워졌다. 바삐 생각하느라 뜨거워졌던 뇌가 다시 정상 온도를 찾았다. 복잡한 생각들을 떨쳐내듯이 젖은 머리카락을 한 번 털었다. 가온이 퇴근할 시간이면 항상 조용하던 길거리가 어수선했다. 사람들은 모두 마당에 나와 젖은 양말을 너는 중이었다. 단체로 양말 빨래라도 한 것처럼. 갑자기 내린 비를 피하지 못했을까. 커다란 물웅덩이를 밟았을 수도, 차가 도로에서 물을 튀겨 신발과 함께 쫄딱 젖기라도 했을까? 낮에 다친 손가락을 만지작거렸다. 아물어 가던 상처가 다시 찢어져 밴드 사이로 피가 배어 나왔다. 때문에 그는 집을 향해 달렸다. 현관문이 보였다. 노란 문은 그를 따뜻하게 환영했다. 기다란 문고리를 내렸다. 오래된 소리를 내며 문이 열렸다. 바닥에 깔린 갈색 나무 무늬 시트지가 물기를 머금고 있었다.

서둘러 신발을 벗고 집 안으로 들어갔다. 한 발 내딛자 장판이 품고 있던 물을 내뿜었다. 그의 양말이 발꿈치부터 천천히 젖기 시작했다. 두꺼운 작업용 양말이 물을 가득 먹었다. 발을 내딛을 때마다 젖은 신문지를 밟는 기분이었다. 그는 불을 켤 생각조차 하지 못한 채 집 안을 살펴보았다. 집 안 가득 차 있는 물 위로 아무렇게나 벗어 놓은 옷들이 둥둥 떠다녔다. 바닥에 뒹구는 옷가지들을 들었다. 옷이 사람처럼 축 늘어져 손을 덮었다. 옷에서 익숙한 냄새가 올라왔다. 순식간에 짠 내음이 가득 퍼졌다. 집 안이 해변과 같은 냄새를 풍겼다. 가온은 코를 들이댔다. 바다 냄새였다. 매일 출근하며 맡았던 그 냄새였다. 소파에 옷들을 던져 놓고 TV부터 옮겼다. 물이 닿지 않는 높은 선반 위로 올렸다. 살짝 젖은 코드를 옷으로 문질러 물기를 없앴다. 혹시 몰라 빈 콘센트를 마른 수건으로 몇 번이고 닦았다. 콘센트에 코드를 갖다 대자 치직 소리가 났다. 심장이 터질 것 같아 가슴을 손으로 눌렀다. 다시 한번 심호흡을 하고 코드를 꽂았다. 눈을 질끈 감았다가 살살 떴다. 아무 일도 일어나지 않았다. 가슴을 한 번 쓸어내리고 조심스레 TV 전원 버튼을 눌렀다. 밝은 빛을 한 번 내더니 지지직거렸다. 양손으로 잡고 흔들기도 하고 때려 보기도 했다. 겨우 화면이 보이고 작게나마 소리도 들렸다. 끊기는 말을 견디며 뉴스 속보를 들어 보려 귀를 기울였다. 기자는 해수면이 높아져 바닷물이 마을까지 들어왔다는 소식을 전했다. 순식간에 머리가 멍해져 온몸에 힘이 빠지려는 찰나 익숙한 상황이 송곳처럼 귀를 찔렀다.

"다음 소식입니다. 오늘 저녁 7시경, 모래 구덩이에서 물고기 사체 더미를 발견했다는 주민의 신고를 받고 경찰이 출동했습니다. 주민들과 경찰들이 힘을 합쳐 그곳을 파 보자 많은 물고기들이 탄 채로 죽어 있었습니다. 그런데 이런 구덩이가 발견된 건 처음이 아닙니다. 해변 여러 곳에서 이보다 크거나 작은 구덩이들이 자주 생기는 것으로 보아, 한 기업의 소행은 아닐 것으로 예상됩니다."

뉴스를 다 듣지 못하고 떨리는 손으로 과장에게 전화를 걸었다. 신호음만 길게 늘어질 뿐이었다. 정확한 상황을 알기 위해 다시 화면으로 시선을 옮겼다. 하지만 툭 하고 꺼져 버렸다. 전원을 여러 번 눌러도 보고 코드를 다시 연결하기도 했지만 TV는 무거운 고철 덩어리가 되어 버렸다. 가온은 손톱을 물어뜯다 세희의 전화번호를 눌렀다. 그녀는 아직 그의 메시지에 답장을 하지 않았다. 한참 만에야 그녀의 목소리가 흘러나왔다. 집에 도착하고도 남을 시간인데 주위가 시끄러웠다.

[……세요. 가……. 뭐……는 지 ……도 안들……요!]

연결 상태가 불안정하다는 경고음이 울렸다. 가온은 소리를 지르지도 못하고 끙끙거리다 현관문을 열었다. 파도 소리가 들렸다. 소리가 나는 쪽을 유심히 바라보니 물이 들어오면 안 될 곳에서 파도가 쳤다. 지대가 낮은 곳에 지어진 주택들은 이미 물에 잠겨 보이지 않았다. 사람들은 패닉 상태가 되어 있었다. 소리를 지르며 가족들을 부르는 사람들과 물이 들어오는 쪽을 멍하니 바라보는 이들이 동시에 보였다. 이미 물이 찬 집들은 아무것도 챙기지 못한 채 지붕 위로 올라가 벌벌 떨 수밖에 없었다. 간신히 정신줄을 붙잡고 있는 이들은 최소한의 물건을 챙겨 섬의 중심으로 도망갈 준비를 했다. 그곳에 높은 건물이 하나 있었다. 한 개의 단지로 이루어진 '마린 타워'였다. 평수가 넓고, 건물이 높았다. 그곳 사람들은 굳이 밖으로 나오지 않아도 모든 일을 단지 안에서 해결했다. 가온의 동네에선 넓게 퍼져 있는 편의시설과 문화시설을 엘리베이터 버튼 하나만 누르면 모두 즐길 수 있었다. 분명 많은 사람들이 들어갈 수 있을 것이다. 핸드폰 신호가 안정되고 다급히 가온을 부르는 목소리가 들렸다. 그는 세희의 말을 다 듣지도 않고 소리쳤다.

"선배! 집이 온통 물바다예요! 옆집도 앞집도 전부!"

세희의 대답을 듣기 전에 전화가 끊겼다. 가온은 귀 옆에 핸드폰을 붙인 채로 지붕 위 사람들을 바라보기만 했다. 많은 사람이 한꺼번에 움직이는 소리를 듣고 나서야 정신을 차렸다. 옷이 젖을 것을 대비해 멀쩡한 옷가지들을 가방에 쑤셔 넣었다. 밖으로 나오자 수많은 주민들이 우왕좌왕하고 있었다. 가온은 숨을 한 번 크게 들이쉰 후 여러분! 하고 소리쳤다. 순식간에 많은 사람들이 그에게 집중했다. 흔들리는 동공을 애써 진정시킨 뒤 말을 이었다. 섬의 중심에는 마린 타워가 우뚝 서 있었다. 어느 곳에서나 그 건물이 보였다. 푸른 산들보다도 더 높았다. 그곳에 사는 사람들은 소수의 돈 많은 사람들이었다. 그러니 그 건물에는 이곳 사람들이 모두 들어갈 수 있을 것이라고 생각했다. 게다가 넓은 옥상까지 있으니 사람들 모두가 대피하기에 딱 좋은 건물이었다. 가온의 말을 들은 사람들의 표정이 밝아졌다.

가온이 앞장서서 타워를 향해 걸었다. 공장 일을 하며 항상 맨 뒤에서 걷던 자신의 모습이 떠올랐다. 섬이 어두워질수록 마린 타워의 조명은 더욱 반짝거렸다. 반짝거리다 못해 별빛도 삼켜 버렸다. 사람들은 어두운 동굴에서 작은 빛을 좇아가듯 희망을 안고 함께 걸었다. 도로를 밝히던 가로등이 깜빡거렸다. 가온이 지나가자 완전히 툭 하고 꺼져 버렸다. 순식간에 앞이 보이지 않았다. 달빛도 구름에 가려 그들을 도와주지 않았다. 사람들의 말소리 중간중간에 파도 소리가 섞였다. 물이 점점 더 차오르는 게 느껴졌다. 소금기를 머금은 바람이 불었다. 뒤쪽에서 걷던 사람들이 소리를 질렀다. 끈적한 바닷물이 그들의 신발을 빼앗아 갔다. 곧 발목까지 잠길 것 같았다. 뒤쪽 사람들은 겁을 먹고 앞쪽으로 달렸다. 미처 상황을 알지 못했던 앞쪽 사람들과 세게 부딪혔다. 뒤엉킨 사람들 사이에서 싸움이라도 일어날 듯했다. 누군가가 큰 소리로 말했다.

"억울하면 좋은 집 사지 그랬냐!"

"지는 얼마나 더 좋은 집에 사는데 그래?"

앞쪽에서 걷던 사람들은 좀 더 높은 지대에 살던 이들이었다. 파도가 가까워지는 와중에도 자존심을 부렸다. 각자 한마디씩 거들며 불을 붙였다. 얼굴은 보이지 않고 목소리만 머리 위를 날아다녔다. 그 소리의 무게는 젖은 짐처럼 무거웠다. 가만히 있는 사람들까지 찔리고 긁혔다. 결국 주먹질이 오갔다. 그 후 여러 개가 날아다니는 것은 순식간이었다. 발목이 젖는 것도 눈치채지 못하고 엎치락뒤치락거렸다. 가온이 겨우 떨어뜨려 놓은 사람들이 젖은 머리를 털었다. 물방울과 함께 플라스틱 조각들도 떨어졌다. 사람들은 그제야 주위를 둘러보았다. 까만 바다가 반짝거리는 조각들을 가득 머금고 그들에게 다가오고 있었다. 물은 점점 끈적끈적해졌다. 이제는 짠 냄새가 아닌 악취가 풍겼다. 파도가 한 번 세게 치자, 그들의 목소리가 물에 잠긴 것처럼 웅웅거렸다. 오르막길과 내리막길을 세 번 더 지났을 때야 멀리 마린 타워가 보였다. 그들이 겨우 넘어온 곳과는 다르게 밝고 평화로웠다. 하늘로 높이 솟은 건물은 달빛과 노란 조명 빛에 싸여 어둠 속에서 더욱 반짝거리기까지 했다. 사람들이 순식간에 건물을 둘러쌌다. 안으로 들어가지는 못하고 밖에서 웅성거렸다. 충분히 소란스러웠지만 건물 안 사람들은 누구 하나 밑을 내려다보지 않았다. 가온은 주위를 둘러보았다.

 그러다 익숙한 옷차림의 뒷모습이 눈에 띄었다. 밝은 얼굴로 세희를 불렀다. 하지만 그녀의 표정은 결코 밝지 않았다. 그는 세희답지 않은 표정이라고 생각했다. 방정맞게 흔들던 손을 슬며시 내렸다. 그녀는 헝클어진 머리에 어깨를 축 늘어뜨린 채 가온에게 다가왔다. 세희는 가온과 사람들이 도착하기 한참 전부터 마린 타워의 문을 두드렸었다. 경비 하나 나오지 않았다. 혼자 소리도 질러 보고 중앙 현관문을 열어 보려 노력했지만 모두 실패였다. 저 위에 있는 사람들을 부르려면 더 확실한 게 필요했다. 마린 타워와 마주 보고 있는 전광판이 보였다. 커다란 전광판은 마린 타워 창문을 향해 있었다. 세희는 그것을 보고 아! 하며 작게 소리를 내더니 핸드폰을 꺼냈다. 물이 들어가 잘 작동되지 않는지 답답한 표정을 지었다. 그녀의 행동을 지켜보던 가온도 해변에서 주운 종이를 꺼냈다. 종이 속 사진에 시커멓게 탄 나무와 쓰레기가 엉켜 있었다. 전광판이 빛을 냈다. 어두운 하늘에 달보다 하얀빛이 켜졌다. 사람들의 시선이 모두 그곳으로 향했다. 곧 사진 한 장이 전광판을 채웠다. 그것을 본 사람들은 모두 가온과 세희가 일하던 회사의 이름을 내뱉었다. 이 정도 빛과 충격이면 마린 타워 주민들도 반응이 있을 것이라 생각했다. 마린 타워에서 새어 나오던 빛들이 사라졌다. 전광판을 봤음에도 무시한 것이다. 창문 너머로 커튼을 치는 모습이 보였다. 마린 타워는 점점 어둡게 변했다.

건물 뒤로 빨간 불꽃이 보였다. 멀리서 큰 불이 활활 타올랐다. 공장이 있는 위치였다. 그 불은 마린 타워 작은 창으로도 보였다. 상황을 외면하던 마린 타워 주민들의 눈동자에도 붉은빛이 비춰졌다. 그들은 다시 커튼을 열었다. 그제야 밑을 내려다보니 사람들이 보였다. 자신들을 쳐다보는 셀 수 없이 많은 눈동자들이 무섭게 느껴졌다. 중앙 현관문이 열렸다. 그곳에서 경호원들이 우르르 내려왔다. 하지만 사람들의 수를 감당하기에는 턱없이 부족했다. 가온이 경호원들 중 한 명을 붙잡았다. 지금은 전부 잠겨 버렸을 마을의 상황을 설명하며 우리를 건물에 들어가게 해 달라고 설득했다. 모두가 살 수 있는 방법이 이것뿐이라고 하니 경호원의 눈빛이 흔들렸다. 잠시 대기해 달라는 말을 남기고 건물 안으로 들어갔다. 얼마나 시간이 지났을까. 돌아온 그가 꺼낸 말은 예상 밖이었다.

"현재 건물 안에 자리가 없어서 전부 들어가실 수 없습니다."

그는 두 손바닥을 내보이며 방어 자세를 취하고는 곤란하다는 말만 반복했다. 옥상까지 채우면 되지 않냐고 가온이 소리쳤다. 경비원은 한숨을 푹 쉬더니 그곳은 마린 타워 주민들만 출입이 가능한 곳이라며 표정이 굳어졌다. 충분히 이해시켰다고 생각했던 가온의 말문이 턱 막혔다. 재난 상황임에도 불구하고 이들은 본인들의 위치가 더 중요했다. 언젠가 이곳에서 살고 싶어 했던 과거의 자신이 부끄러웠다. 어금니를 세게 씹었다. 양쪽 턱이 저려 왔다. 계속해서 실랑이를 하다가 결국 어린아이와 여성, 노인 들부터 건물 안으로 들어가기 시작했다. 애써 웃으며 가족들을 들여보내는 한 남자의 얼굴이 가온의 심장을 꽉 눌렀다.

*

마린 타워 안으로 들어온 세희는 엘리베이터에 올라탔다. 누를 수 있는 층은 34층부터였다. 눈치를 보더니 슬쩍 함께 탄 경호원을 떠보았다. 전혀 예상치 못한 대답이 돌아왔다. 2층부터 33층까지는 쓰레기를 갈아 바다에 내보내는 기계들이 자리 잡고 있다고 했다. 밖으로 나가지 않고 쓰레기를 처리하기 위해 요즘 아파트들은 전부 그렇게 만드는데 몰랐냐며 슬쩍 입꼬리를 올리며 웃었다. 바다를 죽이고 있던 것은 공장들만이 아니었다. 이곳에 사는 사람들은 쓰레기를 버리려고 일부러 밖으로 나가지 않는다. 모두 기계에 넣고 갈아 버리면 그만이었다. 쓰레기가 갈릴 때 나는 큰 소리를 막기 위해 두꺼운 방음벽이 설치되어 있었다. 사람들이 웅성거릴 때 아무도 밖을 내다보지 않았던 이유가 여기 있었다. 34층에 도착해 그곳에 있던 사람들과 마주쳤다. 엘리베이터에서 내리는 사람들을 보는 눈빛은 안고 있는 반려견을 바라보는 눈보다 못했다. 집 안으로 들어가지 못하고 차가운 복도에 앉았다. 아이들과 노인들을 배려해 옷가지들을 벗어 주기도 했다. 작게 난 창문 너머로 공장이 보였다. 공장 쪽에서 타오르던 불꽃이 꺼져 있었다. 공장은 배출구만 남겨 놓고 물속으로 가라앉았다. 밖에 남은 사람들은 불안감에 벌벌 떨면서도 서로 티를 내지 않았다. 괜찮을 거라며 서로를 위로했다. 그렇게라도 하지 않으면 견디지 못할 것 같았다.

공장이 별로 멀지 않으니 곧 이곳에도 물이 들어오기 시작할 것이다. 사람들은 건물 안으로 들어가고 싶었지만 강력한 보안 때문에 유리문 앞에서 주먹만 쥐었다. 커다란 벽돌을 들어 깨 보려고 했지만 여러 겹으로 붙어 있는 유리는 꿈쩍도 하지 않았다. 틀린 비밀번호를 누를 때마다 시끄러운 소리가 났다. 사람들은 잠시 겁을 먹었지만 아무도 내려오지 않자 모두가 눈을 마주쳤다. 전부 같은 생각을 하는 듯했다. 다시 또렷하게 뜬 눈으로 그룹을 만들었다. 그리고 한 그룹씩 유리문을 향해 다가 갔다. 여러 사람이 문을 잡고 매달렸다. 하나, 둘, 구호를 외치며 힘을 모아 문 열기를 시도했다. 하지만 미끄러운 유리를 잡고 힘을 온전히 쓰기는 어려웠다. 지친 그룹이 떨어져 나가자 다른 그룹이 문에 붙었다. 이번에는 동시에 문을 밀어 비틀 생각이었다.

건물 1층 전체가 흔들릴 정도의 소리가 났다. 몇 번 더 쿵쿵 거리더니 문이 휘었다. 다시 한번 밀자 드디어 와장창하고 문이 깨졌다. 사람들은 다급히 엉켜 건물 안으로 들어갔다. 카드가 없으면 타지 못하는 승강기를 버리고 비상계단으로 올라갔다. 살았다고 안심하며 한참을 올라갔다. 수없이 떨어진 땀방울로 계단이 미끄러웠다. 계속해서 나갈 곳을 찾아 걸어 올라갔지만 문이 보이지 않았다. 주저앉는 사람도 있었다. 좁은 공간에 헉헉대는 숨소리만 가득 울렸다. 가온은 난간을 잡고 밑을 내려다보았다. 저 밑에서 철석거리는 소리가 들렸다. 결국 바닷물은 건물 안까지 집어삼키려 했다. 바다가 플라스틱을 게워 내듯이 지하로 물을 흘려보냈다. 그 시간 동안 온 힘을 다해 최대한 높이 올라가야 했다. 뒤에서 올라오던 사람들은 계단 난간을 잡고 올라왔다. 손이 땀에 젖어 미끄러웠다. 잠깐 정신을 놓은 사이 크게 휘청거렸다. 한 남자는 아슬아슬하게 난간에 매달렸다. 벗겨진 신발이 저 아래로 떨어졌다. 물은 그것을 허겁지겁 집어삼켰다. 겨우 도움을 받아 올라온 남자는 계단에 앉아 멍하니 아래를 바라보았다. 천천히 끈적하게 올라오던 물이 쓰레기 처리 기계를 만났다. 기계 안에는 수많은 음식물들은 물론이고 갈린 비닐봉지와 옷, 가방, 신발 등이 가득했다. 바닷물은 멈칫하더니 그것들을 한 번에 삼켰다. 물이 순식간에 불어났다. 물방울이 뚝뚝 떨어지는 얼굴과 달리 입 안은 침을 아무리 삼켜도 말라 갔다. 사람들은 떨리는 다리를 움직였다. 움직여야 했다. 허벅지가 터질 것 같았지만 멈추지 못했다. 물소리가 점점 가까워졌다. 사람들의 비명 소리도 늘어 갔다. 계단 밑을 내려다보니 바닷물이 회오리처럼 사람들을 집어삼키고 있었다. 빨려 들어가는 사람과 눈이 마주쳤다. 가온은 눈을 질끈 감고 다시 위를 바라보며 계단을 올랐다. 뒤를 돌아보지 않으려 노력했다. 사람의 비명 소리가 바로 뒤에서 들렸다. 가온은 근육이 찢어지는 것을 느끼면서도 계속해서 달려 올라갔다. 반 층 위에 문 하나가 보였다. 가온은 문고리를 향해 손을 뻗었다. 복도에 앉아 있는 사람들을 모았다. 옥상을 향해 계단을 오르는 중에 타워 주민들의 웃음소리가 문을 뚫고 들려왔다. 그 소리는 사람들보다 먼저 계단을 타고 높이 올라갔다.

 탁 트인 공간에 도착하자 사람들은 심장을 토하듯 헛구역질을 했다. 저마다 벽이나 바닥을 짚고 숨을 헐떡였다. 옥상 난간을 잡고 건물 밖으로 숨을 토해 내던 가온이 고개를 들었다. 빌딩 앞 전광판에 시민들의 제보 사진이 차례로 지나갔다. 가온이 보낸 사진이 나오자 더 이상 넘어가지 않고 멈췄다. 번쩍거릴 때마다 물속 조각들이 비춰졌다. 멀리서는 완전히 잠긴 채 겨우 내민 배출구로 쓰레기들을 내뿜는 공장이 보였다. 아래층에서 창문이 깨지는 소리가 났다. 와인 잔이 떠오르며 붉은 액체를 흘렸다. 이번에는 옥상에 있는 사람들의 머리를 한참 넘는 높이였다. 모두 옥상 중앙에 모여 다가오는 바다를 바라봤다. 가온은 높은 파도 속에서 소용돌이치는 플라스틱 조각들을 보았다. 두 번째 파도가 다가왔다. 차가운 공기가 얼굴에 먼저 닿았다. 사람들은 모두 서로의 손을 잡고 눈을 꽉 감았다. 떨어지는 물방울이 점점 가늘어졌다. 밤을 더 어둡게 만들던 회색 구름이 걷혔다. 멀리 보이는 수평선 아래에서 붉은 태양이 올라오려 애썼다. 그 노력이 바다에게 닿았는지 파도는 크기를 서서히 줄였다. 탁한 물은 다시 푸른빛을 되찾아 갔다. 수면을 덮은 조각들이 태양 빛을 받아 반짝거렸다. 사람들은 그 중심에서 해가 완전히 떠오르기를 기다렸다. 각자의 방법으로 파도를 받아들일 준비를 마쳤다.

# 『전태일평전』독후감

솔직히 말하자면 나는『전태일평전』을 읽기 전까지만 하더라도 전태일 열사를 '전테일' 열사로 알고 있을 만큼 그에 대한 이야기를 모르고 있었다. 단지 내가 알고 있었던 역사적 사실은 그가 자신을 희생하며 우리나라 노동자들을 지켜 냈다는 것뿐이었다. 그저 한국사 교과서의 근현대사 부분에서 시험을 위해 외운 여러 위인들 중 하나였다. 하지만 이 책의 122쪽 「억울한 생각」을 읽으며 점점 의심이 들기 시작했다. 내가 읽고 있는 전태일 열사의 이야기가 정말로 그 전태일 열사가 맞는지 말이다. 그리고 얼마 지나지 않아 나의 의심은 확신으로 변했다.

어렸을 적의 내게 가장 감사한 위인을 고르라고 하면 두말 없이 방정환 선생님을 골랐을 것이다. 어린이들을 위해 자신을 희생한 위인이기 때문이다. 다만 이 책을 읽은 열아홉 살의 내게 다시 질문한다면 나는 전태일 열사라고 이야기할 것이다. 성인이 되어 사회에 나가기 전에 이 책을 읽을 수 있었던 것은 내 인생에 있어서 큰 축복 같은 기회였다. 책상에 앉아서 연필을 쥐고 있던 나는 머지않아 직접 사회에 나가서 노동이라는 것을 할 것이기 때문이다. 노동자로서의 나의 모든 권리를 세워 주고 교정해 준 사람의 이름이 전태일 열사라는 것을 깨달았기 때문이다. 당연하다고 생각하는 작은 사실이 사실은 누군가의 타오르는 피와 살로 이루어져 있다는 사실을 잊을 수가 없다. 나를 위해, 크게 나아가 우리나라의 모든 노동자들을 위해 행동하신 영웅 전태일을 말이다.

어렸을 적부터 불우한 가정 형편 때문에 학교도 제대로 끝마치지 못하고 낮에는 구두닦이, 밤에는 신문팔이를 하며 그야말로 하루하루를 생존해 가던 어린 전태일이 들려준 평화시장의 이야기에 경악을 금치 못했다. 8평 남짓의 어두운 공간에는 사람이 없었기 때문이다. 그 먼지 구덩이 작업장 안에는 전혀 인간으로 볼 수 없는 기계들만 있었기 때문이다. 정말로 인간이 노동을 하는 것이 아닌, 기계가 작동하고 있는 것 같은 현장의 풍경이 생생하게 책 속에 펼쳐졌다. 작업장을 가득 채운 사람들과 쉴 새 없이 들려오는 재봉틀 소리, 숨을 쉬면 공기보다 많이 들어올 것 같은 섬유 먼지들까지 어디 하나 사람이 살아가고 있다는 증거가 없는 장소였다. 그 속에서 노동을 하는 노동자들을 고용주는 그저 살아 숨 쉬는 재봉틀 그 이하로 보았을 것이라는 사실에 너무나도 겁이 났다. 어떻게 같은 인간을 겨우 고용인이라는 입장에서 피고용인을 그렇게 막 대하고 걱정해 주지 않을 수가 있지? 다행히도 나는 이 궁금증에 대한 대답을 찾을 수 있었다. 그들에게 사람의 목숨은 섬유로 만들어진 옷보다도 못한, 종이로 된 돈보다도 못한 존재라고 생각했기 때문이다. 자신들의 배를 노동자들의 피로 채우고, 자신들의 지갑은 노동자들의 가죽으로 채워 갔기 때문이다. 그렇게 바뀌지도 않고 눈 뜨고는 바라볼 수도 없을 것만 같은 풍경을 전태일이 바꿔 내고 모든 노동자들의 감긴 눈을 틔워 준 것이다. 우리가 지금 정당하게 돈을 받으며 안전하게 일을 할 수 있는 것은 전태일 열사의 용기와 행동에 있다.

총 387쪽으로 이루어진 『전태일평전』은 단순히 종이와 잉크로 만들어진 책이 아닌, 전태일 열사의 피와 눈물, 살과 숨으로 이루어져 있는 기록문이다.

비록 아름다운 청년 전태일은 세상을 떠났지만 그는 아직도 현실에 존재한다. 노동자로서의 어두운 과거와 뼈아픈 고통 들을 잊지 않고 이후에도 같은 일이 반복되지 않도록 아직도 힘쓰고 있다.

세상이 아무리 자신의 그림자를 가리려고 하더라도 손으로 하늘을 가리지 못하는 것처럼 그 누구도 자신의 그림자를 가리지도 지우지도 못한다. 다만 그 그림자를 밝게 밝혀 줄 용감한 인물이 있으면 그림자는 줄어들거나 숨어 버린다. 전태일이 그 역할을 해 준 것이고, 환상적인 결과로 멋지게 이뤄 낸 것이다.

시간이 지나면서 당연하다고 느껴지는 변화는 어느 누군가에게 있어서 당연하지 않았기에 변화가 생긴 것이라는 것을 이 책을 통해 알았다. 그는 자신만의 삶, 청년 전태일의 삶을 포기하는 대신 셀 수 없을 정도로 많은 노동자들의 삶을 지켜 냈다. 그가 지켜 낸 노동자들의 수는 거기서 멈추는 것이 아닌 지금까지도 실시간으로 늘어나고 있다. 그가 이뤄 낸 성과는 과거형이 아니라 현재 진행형이라는 것이다.

우리는 우리 주위를 둘러볼 필요가 있다. 분명 전태일 열사가 밝힌 등불 아래에서 고통받고 있는 이들이 존재할 것이다. 우리가 하는 일들이 정당한 것인지, 핍박을 받는 것은 아닌지 스스로 알아차릴 수 있을 정도로 똑똑해져야 한다. 인간은 여전히 동물의 탈을 벗지 못했기에, 약자를 보면 이용하려는 본능이 남아 있기에 우리가 스스로 우리를 지켜 내야 한다. 그래서 앞으로는 전태일 열사처럼 대의를 위해 자신을 직접 불태우는 안타까운 희생이 세상에 나타나지 않도록 말이다.


아무리 피고용인이지만 고용인과 같은, 가치적(으로) 동등한 인간임엔 차이가 없기 때문이다. ─『전태일평전』에서

# 제17회 전태일청소년문학상

# 심사평

# 열사의 맑고 강인한 마음과 닮은 작품

전태일청소년문학상이 제17회를 맞이했다. 모든 문학상이 의미가 있고 소중하겠지만 전태일 열사의 이름을 담은 데다가 청소년을 대상으로 한다면 그 무게가 남다를 수밖에 없다. 시 부문 심사위원들은 눈을 크게 떴다. 열사의 맑고 강인한 마음과 닮은 작품을 찾고자 했다.

시 부문에는 모두 84명 응모자의 시 266편이 도착했다. 청소년기 특유의 감성을 그린 작품도 있었고, 사뭇 어른스러운 시도 눈에 띄었다. 전체 응모작의 수준이 높은 편이 아니었지만, 예심을 통과한 작품들은 저마다 빛나는 지점이 있었다.

「옥탑의 난시」 외 2편은 문학적 완성도가 높은 작품이었다. 시적 배경이 되는 공간이 생동감 있게 느껴지는 점이 큰 매력이었다. 언어를 다루는 솜씨 또한 훌륭했다. 다만 시의성이 잘 드러나지 않는다는 게 아쉬운 점으로 언급되었다. 전태일 정신을 잘 살렸는지에 대한 질문에 충분한 답이 되지는 못한다는 의견도 있었다. 물론 주제에 갇혀 기계적인 시를 써야 한다고 말하는 것은 아니다. 자신의 개성을 살리면서도 목소리를 분명하게 내는 법을 찾는다면 더 좋은 글을 쓸 수 있으리라 생각되었다. 격려의 의미를 담아 사회평론사 사장상 수상자로 결정하였다.

「캐러멜 라이징」 외 2편에는 평범해 보이는 일상을 매력적인 순간과 공간으로 바꾸는 힘이 있었다. 청소년기의 마음을 섬세하게 담아내는 능력도 출중했다. 앞으로 더 많은 이야기를 들려줄 수 있을 것 같다는 기대를 품게 되었다. 다만 재미있는 이미지들 사이에 주제를 노골적으로 드러내는 문장이 눈에 띄었다. 시가 어디까지 말할 수 있는지, 무엇을 숨겨야 하는지 고민해 본다면 더 멋진 시가 다가오지 않을까 싶다. 진심으로 응원하며 한국작가회의 이사장상 수상자로 결정하였다.

「좋아하는 일」 외 2편은 작은 모순에서 의미를 확장시키는 능력이 있었다. "좋아했던 것도 일이 되면 떠나고 싶어"지는 상황(「좋아하는 일」), "얼음"과 "기계"를 일직선상에 놓아 "녹아내"리는 것과 "설 필요가 없"는 것의 대치(「선잠」), 「사과의 과녁」의 화자가 "손님"들에게서 발견하는 모순적인 상황들을 통해 이 시대의 노동을 어떻게 바라보는지 확인할 수 있었다. 주제를 형상화하는 방식도 눈길을 끌었다. 적재적소에서 단어들이 잘 작동했고 이미지가 선명했으므로 설득력이 높았다. 전반적으로 작품 내에서 화자는 마치 "선잠"에 든 듯한 느낌을 주었는데, 이러한 수동적인 자세를 유지하면서도 모순을 해결하거나 새로운 가치를 발견할 수 있지 않을까 하는 기대를 품게 되었다. 축하의 박수를 보내며 경향신문사 사장상 수상자로 결정하였다.

「골동품」 외 2편에서 청소년 화자는 세심하면서도 무해하다.

화자는 시대와 대결하기보다 시대를 자신만의 방식으로 이해하며 긍정하고 있다. "골동품"을 주워 모으는 "형"을 관찰하거나(「골동품」), "아무도 옥상에 관심을 가지지 않아서 혼자서 해가 지는 걸" 보는 화자(「열기구가 뜨는 곳」), "선생님의 말은 이해하기 어려운 것들만 가득"하지만 자신만의 "푸름"을 찾는 화자(「너의 파랑」)는 '인간을 물질화하는 시대'에 절망하지도, 그것을 부정하지도 않는다. 산문시에서 본인만의 호흡이 느껴지는 문장들도 돋보였다. 눈에 띄는 수식은 없지만, 그건 곧 솔직하고 잘 정제되어 있다는 뜻이기도 하다. 어떤 고백은 담백할 때 더 와닿는다. 사회적으로 시선이 닿지 않는 곳에서 의미를 발견하고자 하는 자세는 전태일의 정신과도 닮아 보였다. 시적 발상을 지배하여 뒤틀고 충돌시키기보다 화자가 무엇을 어떻게 보고 느끼는지에 집중하는 발화는 인상적이었고 신뢰할 수 있었다. 이에 심사위원들은 만장일치로 전태일재단 이사장상 수상작으로 결정하였다.

　시와 가까워지기에 좋은 시절이 따로 있는 것은 아니지만, 그래도 청소년기는 시를 읽고 쓰기에 좋은 때인 것만은 분명한 것 같다. 시 부문에 응모된 작품들을 읽으며 그러한 사실을 다시금 확인할 수 있었다. 수상자들은 이번을 계기로 더 즐겁게 글을 쓸 수 있기를, 아쉽게도 낙선한 분들은 다음을 기약하면서 더욱 시와 가까이 지내시기를 바란다.

**심사위원** 권민경(시인), 양안다(시인), 유병록(시인)

# 양지보다 음지에 눈을 맞추는 문학

제17회 전태일청소년문학상 산문 부문에는 총 114편의 작품이 응모되었다. 응모된 작품은 다양한 환경의 각기 다른 인물을 보여 주었지만 노동해방, 인간해방으로 요약할 수 있는 전태일 정신을 담은 작품들이어서 반가웠다.

「개를 찾습니다」는 공부를 잘하는 동생과 비교당하며 상대적으로 무가치한 존재로 여겨지는 주인공이 애견 미용 실습을 하면서 맞닥뜨린 일을 다룬다. 이 작품은 집에서 편안하게 쉬지도 못하고, 달걀말이 하나도 동생에게 양보해야만 하는 주인공의 처지와 인간의 비뚤어진 욕망을 채우기 위해 착취당하는 번식장의 개들을 유비적으로 잘 그렸다. 또 모든 억압과 불합리 속에서도 주인공이 번식장의 푸들에게 손을 내미는 결말은 비록 미약해도 결코 포기할 수 없고 포기해서도 안 되는 약자의 연대를 보여 주었다. 「2022 돈키호테」는 왕왕 이슈화되는 특성화 고등학교 실습 과정의 비리와 노동 착취를 소설화한 작품이다. 건강한 주인공이 불의에 굴하지 않고 전진하는 모습이 인상적이지만 결말로 가면서 영웅화되는 주인공의 형상과 이상주의적인 결말이 아쉬움으로 지적되었다. 논의 끝에 「개를 찾습니다」를 제17회 전태일청소년문학상 산문 부문 최종 수상작으로 선정하기로 의견을 모았다.

전태일의 삶이 그러했던 것처럼, 문학은 언제나 양지보다 음지에 눈을 맞추었다. 우리 청소년들도 빨리 가기보다는 좀 느려도 함께 가는 방법을 모색하는 삶과 문학에 초점을 맞추었으면 한다. 전태일을 가장 아름답게 기억하는 방법은 우리가 그를 잊지 않음으로 제2, 제3의 전태일이 나오지 않는 세상을 만드는 것일 터이다.

**심사위원** 김유담(소설가), 박일환(시인), 송수연(아동문학 평론가)

# 전태일의 삶을 알아 가고 기억해야 하는 이유

좋은 독후감은 좋은 책을 어떻게 읽었는지를 보여 주는 글이다. 남의 글을 읽은 감상을 나의 글로 재탄생시키는 과정인 것이다. 이는 단순히 책 내용의 요약에 그쳐서는 안 된다. 그러나 아직 많은 청소년들이 책의 내용을 읽고 그것을 옮기는 것을 독후감 쓰기라고 여기는 것 같아서 안타까운 마음이 들었다. 제갈선의 「사라지지 않을 것들에 대하여」는 차분하고 담담한 문장으로 전태일 열사의 삶을 통해 자신의 삶을 돌아보며, 앞으로 어떤 삶을 추구해야 하는지를 깨달아 가는 과정이 인상적인 독후감이었다. 이채원의 「선구자 전태일」과 김경민의 「『전태일평전』 감상문」, 이병하의 「『전태일평전』 독후감」 또한 우리가 여전히 전태일의 삶을 알아 가고 기억해야 하는 이유를 선명하게 드러내는 귀한 글이었다. 앞으로도 이러한 귀한 시선을 잃지 않기를 바라는 마음으로 수상자들에게 축하의 인사를 건넨다.

**심사위원** 김유담(소설가), 박일환(시인), 송수연(아동문학 평론가)

"노동자는 기계가 아니라 인간이다!"
"내 죽음을 헛되이 하지 말라!"

전태일이 스스로를 노동해방, 인간해방의 횃불로 불사르면서 외쳤던 이 피맺힌 절규들은 오늘도 우리들 가슴속에서 뜨겁게 고동치고 있습니다. 노동이 있고 싸움이 있는 곳이라면 그 어디에서나 폭풍처럼 해일처럼 메아리치고 있습니다.

죽음마저도 넘어서 버린 전태일의 불꽃은 바로 '인간선언'의 불꽃이었습니다.

불의의 힘이 아무리 강하더라도, 그리하여 그것이 아무리 인간을 억누르고 소외시키고 파괴한다 할지라도, 인간은 끝끝내 노예일 수 없으며 기필코 일어서 스스로의 주체적 삶을 실현시키기 위해 싸울 수밖에 없다는 진실을 밝힌 인간선언의 불꽃이었습니다.

전태일기념사업회에서는 노동해방, 인간해방의 횃불을 높이 든 전태일을 기념하고자 '전태일문학상'을 제정합니다.

우리는 인간을 억압하고 착취하는 모든 불의에 맞서 그것을 이겨 내려 노력하는 모든 사람, 모든 집단의 목소리를 한데 모으려는 뜻에서 제정된 이 전태일문학상이 노동운동을 그 핵심으로 하는 우리의 민족민주운동과 문학운동에 새로운 활력과 힘찬 응원가로 자리 잡을 것임을 믿어 의심치 않습니다.

전태일문학상이 공장에서, 농촌에서, 학교에서, 각각의 삶터와 일터에서 인간이 인간답게 살 수 있는 사회를 건설하기 위해 노력하는 모든 사람들이 함께 참여하고 함께 나눠 갖는 문학상이 될 수 있도록 많은 분들의 관심과 격려를 부탁드립니다.


1988년 3월
전태일기념사업회